目次

落暉《ゆうひ》に燃ゆる

大岡裁き再吟味

序　放鷹《ほうよう》

やがて、夜明けの空に射《さ》した紺青《こんじょう》の明るみは、まるで光の波紋が広がるように、彼方《かなた》の森まで見通せる広大な拳場《こぶしば》を蔽《おお》っていった。

原野《はらの》は冷たい薄墨色から濃緑へ見る見る色彩を変え、なだらかな丘陵をくだった眼下に散開する鷹匠《たかじょう》と鷹犬牽《たかいぬひき》らのまとう編笠《あみがさ》と白装束を、黄金色《こがねいろ》に染め始めた。

鷹犬牽らはひとりに三、四頭ずつの御鷹犬を牽《ひ》き、どの御鷹犬もすでに気を昂《たかぶ》らせて鼻息を乱し、鷹犬牽の牽き綱を荒々しく引いてゆるませなかった。

大鷹《おおたか》や熊鷹《くまたか》を腕に据えた鷹匠と鷹犬牽らは、野鳥のさえずりが聞こえる前方の雑木林を見やっては鷹匠組頭へ見かえり、鷹を放つ指図を待っていた。

鳥見《とりみ》役の役宅がある高円寺村のみならず、中野、阿佐ヶ谷《あさがや》、沼袋、新井などの各村より駆り出された数百人の農民たちが、鳥見役の指図に従って、広大な拳場を遠巻きに囲うように散らばっていた。

農民たちは、御鷹犬が入れない湿地や深い藪《やぶ》の獲物を追いたてる勢子《せこ》役である。

丘陵の上では、張り廻らした白い幔幕を背に、徒衆の一団を従えた十数騎の騎馬侍が轡《くつわ》を並べ、間もなく放鷹《ほうよう》の始まる原野を見おろしていた。

「どう、どうどう」

一頭の騎馬がはやって嘶《いなな》くのを、騎乗の侍がなだめた。

騎馬侍らを左右に従え、八代将軍徳川吉宗《とくがわよしむね》の姿が騎馬侍の中心にあった。

吉宗は、黒木綿の背割羽織《せわりばおり》と同じく黒の小倉の裁《た》っ着《つ》け袴《ばかま》、甲掛けに革手袋、黒塗りの陣笠《じんがさ》という、目だたぬ質実な扮装《ふんそう》に拵《こしら》えていた。

吉宗は六尺余の背丈があって、しかも、その日の供をするどの大名衆や書院番衆、小姓組番衆の騎馬より馬体の大きな栗毛《くりげ》のペルシャ馬に跨《また》がっていた。

吉宗はとき折り、鐙《あぶみ》の上で立ちあがって拳場を見廻《まわ》したりしたため、原野に散開している鷹匠や鷹犬牽、遠く離れた鳥見役や勢子役の農民らにも、あれが公方《くぼう》さまか、とひと際目だっていた。

そのとき、老いてなお矍鑠《かくしやく》たる千駄木組鷹匠組頭の古風昇太左衛門《さきかぜしようたざえもん》が、丘陵上の将軍をふり仰ぎつつ、紺青の明るみの空へ右腕を差しあげた。

吉宗が右手を軽くふって、昇太左衛門に応えると、昇太左衛門は将軍から向きなおり、差しあげた右腕を野鳥がさえずる雑木林へ真っすぐに向けた。

それを合図に解き放たれた御鷹犬が、けたたましく吠《ほ》え、猛烈な勢いで次々と駆け出した。激しく地面をかいて四肢を躍動させ、草木の間を易々《やすやす》と身をくねらせ走り抜け、見る見る雑木林へと迫っていく。

御鷹犬が雑木林の中へ飛びこんだ途端、追いたてられた雉鳩《きじばと》の群が、まるで色づいた木々の葉群《はむら》が大風に吹かれて飛散するように、一斉に舞いあがった。

雑木林の下草の陰からは、いく羽もの雉が慌てて飛び出し、深緑色の羽をばたつかせ地上すれすれに滑空していき、草原に巣作りする鶉《うずら》が吃驚《びっくり》して飛びたった。

突如、野鳥の慌てふためいた鳴き声が、雑木林と周辺の原野に沸騰《ふっとう》した。

鷹匠らは、野鳥の飛びたったその機を狙い、腕に据えた大鷹や熊鷹を放つ。

放たれ自由を得た鷹は、茶褐色の両翼を大きく広げて悠然と数度羽ばたかせ、その体勢から狙いを定めた獲物へ、まるで空を鋭い刃が一閃《いっせん》するように、深い渓谷を渡る疾風《はやて》のように飛翔《ひしょう》し、襲いかかっていくのだった。

鷹狩りは、飛びあがった野鳥がまだ十分な速さに達していない、その束《つか》の間《ま》に合わせて鷹を放つ。

その放鷹の機を《合わせる》のが、鷹匠の技である。

鷹匠の腕から鷹が放たれたとき、吉宗が栗毛を真っ先に駆った。

吉宗の栗毛が、どどっ、と丘陵を駆けくだり、左右の騎馬侍と従う徒衆らが、吉宗に遅れまいと一斉に続いた。

騎馬侍の先頭を走る吉宗は、片手で手綱をとり片手には鉄砲を携えていた。鷹狩り好きの吉宗は、馬上より鉄砲を放って鳥獣を仕留めるのが得意だった。

大鷹の飛翔は、空へ飛びたっていく獲物の背面へ鋭く長い爪をたてるまで、ゆったりとしたなめらかな宙の遊泳のように滑空していき、瞬《まばた》きの間も許さず、獲物を捉え背面に爪をたてる。獲物の背中に爪をたてた鷹は、空中では止《とど》めを刺さず地上へと降《こう》下《か》していく。

騎馬の一団は、鷹が獲物を捉えて降下していく地上へと騎馬を駆り、鷹の狩猟の顚《てん》末《まつ》を観戦するのである。

吉宗と吉宗に続く騎馬侍衆は、馬蹄《ばてい》をとどろかせ、獲物を捕獲する控え網を手にした鷹匠をたちまち追いこし、鷹を追って馬を駆った。

原野の先に、御鷹犬に追われて逃げ惑う雉が羽をばたつかせ、けん、けん……と悲しげに鳴き騒ぎ、すっかり夜の明けた上空には野鳥が飛び廻り、地上では騎馬が嘶いて蹄《ひづめ》を鳴らし、御鷹犬は勝ち誇ったように吠え続けていた。

鷹狩りは、生類を憐《あわ》れむ五代将軍綱吉《つなよし》が放鷹制度を廃したが、吉宗が八代将軍の座に就くと直《ただ》ちに復活することとなり、鷹匠頭、鷹匠組頭、鷹匠衆、また鳥見などが再置され、増員にすらなった。

吉宗は、江戸近郊のおよそ五里内外の境界を、葛西《かさい》筋、岩淵《いわぶち》筋、戸田筋、中野筋、目黒筋、品川筋の六筋にわけ、それぞれの筋ごとに鷹場組合を設けて鳥見に目黒掛、品川掛などと分担管理させ、鷹狩りに備えさせた。

将軍の鷹狩りの鷹場を《拳場》と言った。

六筋の拳場は、天領のみならず、大名領、旗本領、寺社領などが入り組み、むろん原野ばかりではなく百姓地もあったため、百姓らは将軍の鷹狩りにずい分迷惑した。

上（将軍）のおすきなもの御鷹野と下の難儀。

と、江戸町民にからかわれるほど、吉宗は鷹狩り好きであった。

その日、元文《げんぶん》元年の冬十一月、早朝に始まった吉宗の鷹狩りに、江戸町奉行より寺社奉行へ転出してまだ三月《みつき》ばかりの大岡越前守忠相《おおおかえちぜんのかみただすけ》も、背割羽織と裁っ着け袴に、陣笠をかぶった騎馬侍の一群の中にいた。

「越前、おぬしも大名並みの寺社奉行に転出したのだ。久しぶりにつき合え」

吉宗から直々《じきじき》に声をかけられた。

元文元年、大岡忠相六十歳。将軍吉宗は七歳下の五十三歳である。

吉宗は、五十をすぎてもなお衰えを見せぬ六尺余の壮健な体軀《たいく》を馬上にそびやかし、原野の光と風の中を駆けていた。

一方、吉宗ほどではないものの忠相も背丈があり、六十歳とは言え、若き日の面影をまだ十分に止めていた。若き日は、徒頭《かちがしら》に就くほどの武芸に秀で、久しぶりの鷹狩りに馬を存分に駆けさせるのは、武士の性根が躍った。

その朝の忠相の馬は、長年乗り慣れた老いた葦毛《あしげ》である。

忠相は、老馬ながら主人に忠実で粘り強いその葦毛の気だてを愛した。

「若駒を召されては」

大岡家の馬方が勧めたので、若い替え馬を牽いてはきたものの、いつも乗り慣れた葦毛に跨ったのだった。

忠相の愛馬は十分に粘り強かったが、鷹を追って颯爽《さっそう》と原野を駆ける吉宗や番衆、大名衆の自慢の駿馬《しゅんめ》と比べればやはり遅れがちとなった。

集団の最後尾についていくのがやっとだった。

前方の原野を、吉宗は左に栗毛の手綱をとり右に鉄砲を携え、黒木綿の背割羽織の裾をひるがえし、真っ先に駆けている。

大名衆や供の番衆の騎馬が、吉宗に遅れまいと続いていた。

忠相の葦毛は出足が遅れ、番衆の後ろから吉宗を追う形になって、首を大きく上下させ、鼻息を荒くして丘陵を懸命に駆けおりた。

速さでは若い馬に追いつけぬとも、足どりはしっかりしている。

これでよい、と忠相は馬上から葦毛に声をかけた。

前方の空には、吉宗お抱えの大鷹が鮮やかに雄飛《ゆうひ》し、彼方の雑木林から飛びたった野鳥の群へ放たれた矢のように迫っていくのが見えていた。

騎馬集団は、大鷹が狙い定めた雉鳩へ飛翔するのをまっしぐらに追い、なだらかに起伏する野を駆け、窪地《くぼち》に一旦沈んではたちまち駆けあがる。

騎馬集団のあとを追いつつ、忠相の葦毛が差しかかった窪地の先に細流があった。窪地をくだった葦毛が、細流を飛び越えたときだった。

葦毛の右手に白装束の鷹匠がひとり、徒で並びかけた。

忠相は驚いた。

徒で騎馬に並びかけるとは、よほどの脚力である。

鷹匠は編笠をかぶらず、長く束ねた総髪を旗印のようになびかせ、獲物を捕獲する控え網を携えていた。

忠相と目が合い、鷹匠はともに駆けながら忠相へ楽しげに笑いかけた。

ゆるめた大きな目が人なつこい、まだ若衆の年ごろに思われた。放鷹の技を身につけるのに長い修業を要する鷹匠にしては若すぎるが、と忠相は訝《いぶか》った。

「おぬし、鷹匠か」

忠相は葦毛を走らせながら、声を投げた。

若衆はこたえる代わりに、前方の空を指差した。

若衆が指差した空に、吉宗の大鷹より高く、下面に黄斑《きまだら》が認められる一羽が獲物を追って雄飛していた。

「隼《はやぶさ》か」

忠相は馬上より見あげて言ったが、若衆は白い歯を一瞬こぼしたばかりで、鼻筋の端正な横顔を空の隼へ向けた。

忠相の葦毛と若衆が並んで窪地を駆けあがったとき、吉宗の大鷹が両翼を左右に美しく広げ、空中に鋭利な線形を描きつつ、空へ高く飛びたとうとする一羽の雉鳩の背にふわりと乗りかかったのが見えた。

雉鳩を押さえた神寿《しんじゅ》と名づけた吉宗お抱えの大鷹が原野へと降下していく様に、吉宗は馬上で叫んだ。

「見事だ」

ところが、大鷹に押さえられた雉鳩が激しく翼を羽ばたかせて抗《あらが》い、大鷹も羽ばたいてもつれた一瞬、大鷹と雉鳩がわずかに離れた。

大鷹は翼を広げてわずかに離れた雉鳩へ旋回しかけるが、素早く細かな旋回ができず、一旦雉鳩から遠ざかる恰好《かっこう》になった。

その隙に雉鳩は懸命に羽ばたいて、次第に離れていき、旋回して再び追う大鷹と雉鳩との間は、開くばかりだった。

それを見た吉宗は、大鷹から逃れ羽ばたいていく雉鳩へと栗毛の踵《きびす》をかえし、泥障《あおり》を激しく蹴った。

吉宗の意図を咄嗟《とつさ》に察した栗毛は、鋭く嘶いて方角を転じ、蹄をとどろかせ、土や枯草を蹴散らした。

吉宗は手綱をゆるませて栗毛の自由な疾駆に任せ、金覆輪《きんぷくりん》の鞍《くら》から腰を浮かせて両膝をやわらかく折り、抱えた鉄砲の台尻を肩にあてていた。

逃れていく雉鳩へ狙いを定めた。

ぱあん……

乾いた音が拳場の空に走った。

彼方の原野の野鳥が、銃声に驚いていく羽も飛びたち、御鷹犬が紺青の空の野鳥へ盛んに吠えかけた。吉宗のあとを追っていた騎馬の大名衆や番衆が、吉宗が鉄砲を放った上空を見あげていた。

しかし、雉鳩は吉宗の鉄砲からも逃れ、空の彼方へ飛び去ろうとしていた。

吉宗は手綱をつかみなおして引き、無念そうに栗毛の疾駆を止めた。

栗毛は前足を大きく跳ねあげた。

騎馬衆らは、雉鳩を諦め上空をゆるやかに旋回している大鷹を見あげ、空《むな》しく馬を廻すばかりだった。

と、そこへ上空を飛翔する一羽の影が、いきなり急旋回し、大鷹から逃れた雉鳩へと急降下していくのが見えた。

鳥影は瞬時の間に雉鳩に迫り、空中で交錯《こうさく》した。

その瞬間、雉鳩は空へはじき飛ばされ、吉宗らの騎馬集団から離れた彼方の草原へ力なく落下していったのだった。

おおっ、と騎馬衆らが喚声をあげ、御鷹犬が盛んに吠えていた。

そのとき、雉鳩が落下した草原に真っ先に駆けつけたのは、忠相の葦毛と徒の若い鷹匠だった。

「あそこです」

鷹匠は指差して、忠相に教えた。

隼の一撃に疵《きず》ついた雉鳩が、草原に茶色い翼を広げ苦しげに羽ばたいていた。

鷹匠は獣のように草原を駆けていき、雉鳩を控え網で手際よく捕獲した。

すると、きっきっきっ、と鳴きながら上空を旋回していた隼が、翼を広げ、若い鷹匠の腕に降りてきた。

隼は鷹匠の皮の手甲《てっこう》を巻きつけた腕に止まり、青灰色の翼を誇らしげに収めた。

忠相は若衆の近くまで葦毛を走らせ、手綱を引いた。

「凄《すさ》まじい一撃だった。見事な調教だ。上様の隼か」

忠相は、馬上から鷹匠に声を投げた。

「まだ若鳥です。上様がお望み遊ばされれば、献上いたします」

鷹匠があどけなさの残る笑顔を、馬上の忠相に投げかえしてきた。

「徒にて馬にも負けずに駆けるとは、凄《すご》いな」

「千駄木の野に鷹を追って育ちました。鷹を追って走るのは、苦ではありません」

「鷹匠にしては若いが、千駄木組か」

「わたくしは鷹匠ではありません。父の郎党にて、餌差《えさし》を務めております」

「餌差？　鳥刺《とりさし》だな。その形は鷹匠に見えるが。父とは……」

「父は千駄木組鷹匠組頭・古風昇太左衛門です。わたくしは十一《じゅういち》と申します」

千駄木組鷹匠組頭の古風昇太左衛門は、すでに七十代の半ばと聞いている。若衆は孫ほどの年ごろに見えた。

「昇太左衛門の倅《せがれ》にしては、若いが」

「わたくしは古風昇太左衛門の十一番目の子です。父は名をつけるのが面倒で、十一と名づけたのです」

「十一番目の子ゆえ十一か。なぜ鷹匠ではなく、餌差なのだ。その隼は十一が調教したのではないのか」

「わたくしは、山谷《さんや》に雄々しく羽ばたく鷹が好きです。ですが、御鷹匠屋敷《やしき》の鷹匠は生に合いません。この隼は、親鳥とはぐれた雛鳥《ひなどり》を見つけたのです。死なせてしまうのは可哀想でした。ゆえに雛から育てたのです。餌差を始めたのは、何もせずに父の郎党に甘んじているのは肩身が狭かったのです。よって、せめてもと思い、餌差を始めました。いずれは餌差ではなく、鳥刺を生業にしてもよいかと、思っています」

「鷹匠が性に合わぬのに、鳥刺なら性に合うのか」

「鳥刺のゆく森や林や野山の細道が、わたくしのゆく定めの道なら、その道をゆくつもりです。どんな道であっても、見るもの聞くもの出会うものが、わたくしを楽しませてくれます。それがわたくしには楽しいと、子供のころ追っていた千駄木の野を飛ぶ鷹に教わりました」

十一は胸をはずませ、心から楽しげに言った。

「はは。人の道を鷹に教わったか。面白い男だ」

葦毛が嘶き、草原をかいた。

「十一、わたしは大岡忠相という。いいものを見せてもらった。礼を言う。縁があればまた会おう」

忠相が言うと、あっ、という意外そうな顔つきに十一はなった。

忠相は葦毛を廻し、吉宗と吉宗に従う騎馬衆が御鷹犬の吠える原野へと馬蹄をとどろかすあとを追っていった。

第一章　或《あ》る日の大岡忠相

一

江戸南町奉行から寺社奉行に転出して、一年と三月余がたちまちすぎた。

元文二年閏《うるう》十一月の寒い朝だった。

六十一歳の忠相は珍しく朝寝をした。

その朝、庭の欅《けやき》の四十雀《しじゅうから》もまださえずらぬ夜明け前、一度目覚めた。若いころと違い、一度目覚めるとまだ寝足りぬのに寝つけなかった。

普段の日は仕方なくそのまま起き出して、評定所一座《ひょうじょうしょいちざ》や寺社四奉行に廻される稟《りん》議《ぎ》書、関東地方御用掛に差し出された様々な願書《ねがいしょ》や伺書《うかがいしょ》などに目を通すが、その朝はわけのわからぬ気鬱《きうつ》に胸がつかえて、寝床を出る気力が萎《な》えた。

部屋の冷たい暗闇が不気味だった。

手足を縮め、まるでひと抱えの冷たい空虚を抱えているような恰好で、生温かな布団にぐずぐずとくるまっていた。

しかし、気鬱のわけをあれかこれかと、頭がぼうっとするほど繰りかえし自問しているうちにいつしかまた寝入ったらしく、気がついたら朝になっていた。

縁側の雨戸はすでに引かれ、庭から射す朝の薄日が、寝間に閉《た》てた黒塗り桟の腰付障子へおぼろな白い模様を映していた。

ちち、ちち、と四十雀《しじゅうから》の寒そうなさえずりが、障子ごしに聞こえた。

つらい夢を見て、寝汗をかいていた。

ただ、つらい夢を見た覚えがあるだけで、どんな夢だったか思い出せなかった。そして、やはり気鬱は治まっていないことに気づき、気が滅入《めい》った。

どうしたのだろう、とわけのわからぬ気鬱を訝った。

忠相は、寝汗をかいた首筋を指先でぬぐった。

六十をすぎてひどい痔《じ》を患った。

時どき腹痛があり、眩暈《めまい》を覚えることもある。

気鬱は痔の所為《せい》か、と独りごちた。

ふと、すぎた日の断片が途《と》ぎれ途ぎれに脳裡《のうり》をかすめていった。

二十八歳のとき、忠相は御徒頭《おかちがしら》に就いた。

御徒衆は将軍の行列に先駆し、将軍の儀仗兵《ぎじようへい》と警手を兼ねた役目である。その御徒衆を支配下におく御徒頭は、名門の旗本の中でも武芸に熟練した者が選ばれた。

二十組ある御徒組の、十番組御徒頭であった。

あのころの忠相は、若く、身体《からだ》も壮健であった。まっすぐ前を向いて生きていくことができた。

迷いはあった。

けれども、それ以上におのれに自信があった。

痩身ながら上背があって、目鼻だちの整った見映えのする相貌に、三河以来の旗本大岡家の血筋を引き、武芸にすぐれ、のみならず明晰《めいせき》な頭脳をも持ち、いずれは幕政の重き役に就く逸材《いつざい》と嘱望《しよくぼう》されていた。

御徒頭から御使番《おつかいばん》、御目付、山田奉行、御普請奉行と種々の要職《ようしよく》を歴任し、徳川吉宗が享保《きようほう》元年に八代将軍に就いた翌二年、御普請奉行から江戸町奉行に転じた。

それにより、評定所一座の三奉行のひとりとして幕政に参画する身となった。

忠相四十一歳の春である。

享保七年には関東地方《じかた》御用掛を兼務し、関東の農政にも携わってきた。

町奉行に就いて以来のこの年月、身にも心にも重い患いはなかった。髷《まげ》の白髪が目立ち始め、相貌に若き日の面影はもはや失《う》せた。だが幸い、心身の不調はこれまでなかった。年の割には未《いま》だ健やか、と言ってよかろう。痔以外は……

そのとき、縁側の明障子《あかりしょうじ》に人影が射した。

障子ごしに若党の小右衛門《こえもん》の声がした。

「旦那さま、お目覚めでございますか。御登城のお支度がございます。本日の御登城は、いかが遊ばされますか」

忠相は、うむ、と布団の中で吐息をもらした。

「はい、旦那さま……」

小右衛門の障子戸ごしの声が、訊《き》きかえした。

気鬱の所為で、布団から身を起こすことすら億劫《おっくう》だった。

「少々、気分がすぐれぬ。今日は登城を控える。そのように、お城へ使いの者を出しておいてくれ」

「承知いたしました。早速、手配いたします。ご気分がすぐれぬのでござれば、道閑《どうかん》先生をお呼びいたしますか」

道閑とは、裏霞ヶ関《かすみがせき》の佐々木《ささき》道閑という医者である。

お抱え医師ではないが、桜田御門外の霞ヶ関から裏霞ヶ関、永田町の大名屋敷の多いこの周辺では名が知られている。外桜田に長屋門を構える大岡家でも、屋敷内に病人が出たときは、佐々木道閑を呼ぶ。

「それにはおよばぬ。このまま休んでいればよい」

「朝のご膳を、お運びいたしますか」

「それもよい。しばらくひとりにしてくれ。用があれば呼ぶ」

「さようでございますか。では、そのように」

腰付障子に映る小右衛門の影が音もなく縁側を退《しさ》っていくと、庭の四十雀の鳴き声が聞こえ、忠相は微妙な後ろめたさを覚えた。

寺社奉行は前職の町奉行ほど、忙しい役職ではなかったものの、忠相は月に一日かせいぜい二日ほど在宅するだけで、ほぼ毎日登城し、寺社奉行と奏者番《そうじゃばん》の席次の芙蓉《ふよう》之間《のま》に詰めて勤めに精励《せいれい》した。

ただし、忠相は寺社奉行であっても一万石以上の大名ではなく、奏者番でもないため、控室は芙蓉之間の隣の部屋に設けられていた。

大岡忠相の家禄《かろく》は、五千九百二十石であった。

寺社奉行の月番には、式日に和田倉門外の評定所にて開かれる、寺社、町、勘定の三奉行と、老中、大目付の会合に臨んで諸件を協議し、三奉行支配の相互にまたがる三手掛、五手掛などの事件の裁判にも出座する。

また寺社奉行は、寺社のみならず寺社領の領民、連歌師、楽人、陰陽師《おんみょうじ》、古筆見《こひつみ》、碁、将棋の者までを支配し、支配下のもめ事や訴えあるいは嘆願書などが、役宅である自邸に次々と持ちこまれた。

忠相は、それらに必ず目を通さないと気が済まなかった。

これも若いころから几帳面《きちようめん》な気性で、そのため、例え明番《あけばん》の在宅日であっても休日はないも同然だった。

それがその朝、突然わけのわからない気鬱に悩まされ、忠相は凝《じ》っと身を横たえ、ひたすら自分自身と向き合っていた。

そうする以外、何もする気が起こらなかった。

一方、屋敷内では、日ごろより勤めを怠ったことのない恪勤《かつきん》精励なご当主が、その朝に限って登城をお控えになるほど気分がすぐれぬのだから、仮令《たとえ》、医者を呼ぶにはおよばずと仰《おつしや》られても、尋常なご容態ではないに違いないと、奉公人らの間でひそひそ話がしきりに交わされた。

忠相はひとりにしておいてほしかったが、家人らが放っておかなかった。

真っ先に寝間に顔を出したのは、奥だった。

「あなた、わたくしです。入りますよ」

次之間の間仕切《まじきり》の襖《ふすま》を返事も待たずに引き、打ちかけの裾《すそ》を畳にすべらせ、背中を向けて目を閉じている忠相のすぐ後ろの枕元に、とん、と坐《すわ》った音がした。

「小右衛門より、ご気分がおよろしくないとうかがいました。何かよくない物をお召しあがりになってお腹《なか》が痛いとか、お風邪を召してお熱があるとか？」

忠相の額に冷たい手を断りもなくおいて言った。それから、

「幸い、お熱はないようでございますね。小右衛門に道閑さまをお呼びしなくともよいと仰ったそうですが、本途《ほんと》にお呼びしなくともおよろしいのでございますか。道閑さまにお見たてをしていただいたほうが、およろしいのではございませんか。あ、そうそう。朝ご飯はお召しあがりにならないのでございますか。少しだけでもお召しあがりになられて、精をつけたほうがおよろしいのでは」

などと、およろしいを繰りかえし、忠相が目の上までかぶった上布団を調えるように少しずらしたりした。ほのかに漂う奥の白粉《おしろい》の匂いが、今は考え事の邪魔になったし、余計なお喋《しやべ》りがうるさかった。

「よい。寝ていれば治る。今しばらくひとりにしてくれ」

背中を向けたまま、素っ気なくかえした。

「さようでございますか。では、ゆっくりご養生なされませ。あら、あなた、白髪が増えたこと。鬢《びん》のところが目だちますね。どうしましょう」

忠相の鬢のほつれを、奥が指先で梳《す》いた。

煩わしかったが、我慢してするままにさせた。

お水をお持ちいたしますか、寝間着のお着替えは、などとこまごましたことをなお

も言ってから奥が退ったのと入れ替わりに、奉行手付の松亀柳太郎の太い声が、次之間の間仕切ごしにかかった。

「お奉行さま、ご養生中まことに畏れ入ります。松亀柳太郎でございます。少々よろしゅうございますか」

やはりきたか、仕方あるまい、と忠相は諦めた。

「うむ」

とうなった。

間仕切が引かれ、寝間に入った松亀が忠相の後ろににじり寄ったのがわかった。

「お奉行さま、お加減はいかがでございますか。小右衛門よりご気分がすぐれぬご様子と知らされ、吃驚《びっくり》いたしました。霜月になり、まことに寒い日が続いておりますゆえ、お風邪をひかれたのでございましょうかな。風邪は百病のもとと申します。風邪ごときと侮《あなど》っては、大病のもとになりかねません。あいや、お役目につきましては、決してご心配にはおよびませんぞ。われら配下の者一同、お奉行さまにご心配をおかけせぬよう、むろん、いささかも滞りなきよう粛々《しゅくしゅく》と進めて参りますゆえ、お心おきなくじっくりとご養生なされ、健やかなお身体にご快癒《かいゆ》なされたのち、お役目に戻られるのがよろしいのでございます。みなも、お奉行さまのこういうときこそ……」

忠相は軽く咳《せき》こんで、松亀の饒舌《じょうぜつ》をさりげなく制した。そして、

「済まぬが頼む。で松亀、用は何か」

と、背中を向けたまま言った。

「あ、はい。それででございます。本日のお役目は、おおむねそのように進めて参りますが、ほんの二、三、お奉行さまのご確認をいただかねばならぬ伺書などが届いてございます。お奉行さまのご裁許があった旨、相手方に今日明日にでも返書をいたしたほうがよろしいかと思われます。あくまで、形を整えておくそれだけのご確認でございます。すぐに済みますので、よろしゅうございますか」

「このままでかまわぬか」

「はい。よろしゅうございますとも。それではまず始めに……」

と、松亀は始めた。

松亀柳太郎は、大岡家の役宅に判例調査などの補佐役に勘定所より出向している奉行手付である。

松亀は、ほんの二、三のはずだった用件では済まず、それにつきましては新たに別の嘆願がございまして、などとくどくどしく続き、松亀が退っていくまでに半刻《はんとき》近くがかかっていた。

職務に忠実なそつのない能吏だったが、自分が寺社奉行職をお支えしているのですぞ、というような素ぶりがときに見え、それが少し鼻についた。

ささいな打ち合わせにも同じことの念押しがくどく、疲れさせられた。

ようやく松亀が退っていき、忠相はひと息ついた。

いつの間にか、庭の四十雀のさえずりが聞こえなくなって、寝間は空虚な静けさにくるまれた。

寝がえりを打ち、目をそっと開け、腰付障子へやった。

障子に映る軒庇《のきびさし》の影が、先ほどより障子の下のほうにまで広がっていた。

巳《み》の刻ごろか。お城ではそろそろ四ツの太鼓が打たれ、と忠相は漫然と考えた。

後ろめたさを忘れ、そのまま目を閉じて物思いの中へ沈んでいった。

と、表玄関のほうで来訪の声が聞こえた。

静けさが破れ、誰だ、と目を開けた。

ほどなく、縁側の腰付障子に小右衛門の影が再び射し、着座した。

「旦那さま、寺社奉行の松平信岑《まつだいらのぶみね》さま、井上正之《いのうえまさゆき》さま、牧野貞通《まきのさだみち》さまより、お使者の方々がお見舞いの品を持参なされました。みなさまが旦那さまのご様子をお訊《たず》ねでございますが、いかが遊ばされますか」

寺社奉行は四奉行が月番で勤め、その相役の見舞いの使者である。

忠相は、そうであった、と気づかされた。

これまで自分も、抜かりなくそうしてきた。

城中において、役職の相役のみならず、知己《ちき》の方々が病気療養などで登城を控えていると知らされた折りは、家臣に言いつけ、必ず病気見舞いの品を届けさせた。

忠相はこれまで、病気療養で登城を控えた覚えが殆《ほとん》どなかったため、そのことに思いがいたらなかった。

忘れていた後ろめたさが、また頭をもたげた。

「雄次郎《ゆうじろう》はおるのか」

「使者の方々に、応対しておられます」

「では、雄次郎に伝えよ。お奉行さま方のありがたきお心遣い痛み入る、主はただ今気分がすぐれず臥《ふ》せっておるゆえ、おかまいできず失礼いたすと、使者の方々に丁重に見舞いの礼を述べておくようにとだ」

「ご病状につきましては、いかようにと」

「病状か。そうだな。腹を下したゆえ、この一両日ばかり養生に務めておれば平癒《へいゆ》いたすであろうと、それだけでよい」

「御意。そのように岡野《おかの》さまにお伝えいたします」

雄次郎とは、三河以来、大岡家に仕えている岡野家の雄次郎左衛門《ざえもん》である。

忠相が南町奉行に就いていたおよそ二十年の間、内与力の目安方を務め、去年、忠相が寺社奉行に転出してからは、家督を倅の新五《しんご》に譲って新五が大岡家に奉公しているものの、今でも忠相の相談役として仕えている。

岡野家は長屋住まいではなく、雄次郎左衛門は、邸内の一隅に普請した一戸に倅の家族とともに暮らしている。忠相より五歳上で、雄次郎左衛門も歳《とし》をとった。

玄関のほうから、使者を見送る雄次郎左衛門の丁重な口ぶりが聞こえる。

使者が帰っていき、これでしばらくは静かに横になっていられるかと目を閉じたところへ、また来訪者があったらしく、表玄関がざわついた。

小右衛門が急いだ様子で縁側にきて、腰付障子ごしに来訪者を告げた。

今度は、北町奉行の稲生下野守《いのうしもつけのかみ》と、忠相転出のあと南町奉行職に就いた松波筑後守《まつなみちくごのかみ》の、病気見舞いの使者であった。

拙《まず》いことになった、と忠相は後ろめたさどころではなく思った。

「雄次郎に、先ほどと同じように丁重に……」

疎漏《そろう》なきように、と言い添えて小右衛門に命じたが、胸の鼓動が早くなった。

南北町奉行は、評定所一座三奉行の同役である。

このままではたぶん、いや間違いなく勘定奉行の使者も、もしかして大目付さまやご老中さま方のもとと思うと、もうこのまま横になっていられなかった。

そしてその通り、南北町奉行の見舞いの使者が引きあげたあと、勘定奉行の見舞いの使者の来訪を受けたとき、知らせにきた小右衛門に忠相は言った。

「使者の方々に少々お待ちいただき、雄次郎左衛門をここへ呼べ」

忠相ははじかれたように布団から上体を起こし、夜明け前ほどではなくとも、寝間着ひとつでは震えあがるほどの寒さに身を縮めた。

二

本日気鬱甚だし　登城控え候

忠相は、今朝の日記の書き出しをこのように始めていた。およそ半刻前、表玄関に次々と来訪した使者の賑《にぎ》わいが次第に途ぎれ、屋敷の台所と勝手のほうの使用人の声や物音だけになってから、忠相は日記を開いて筆をとったのだった。

どおん、どおん……

と、外桜田の大岡邸の北の空に、御城の御櫓《おやぐら》で打つ昼を報《しら》せる太鼓が響き渡り、武家地から離れた町家の時の鐘や、寺院で打ち鳴らされる梵鐘《ぼんしょう》の微眇《びびょう》な音色が、それを追うように彼方の空を流れていく。

陽射《ひざ》しが降りそそぐ昼はさすがに寒さもやわらいで、火鉢に熾《おこ》る炭が白くなっても、八畳の居室は十分に暖かかった。

火鉢の五徳に黒い鉄瓶がかけてあり、そそぎ口に白い湯気が淡くゆれていた。

忠相は筆をおき、机の上に開いていた日記を閉じた。

縁側に閉てた腰付障子を少し開けた。

庭の冷気が居室に流れ暖かさを乱したが、今はそれが火照った頬に心地よかった。

忠相の居室は寝間と同じ南向きの、寝間から次之間と溜《たまり》之間を隔てた一室で、縁側ごしの庭には、二台の石灯籠《いしどうろう》に、山吹の灌木《かんぼく》や欅の高木が土塀際で冬枯れた葉を散らしているのが見えている。

今朝、寝間で聞いた四十雀の鳴き声は聞こえず、少し物足りなかった。

忠相は肌着に帷子《かたびら》と唐茶色《からちゃいろ》の綿入れを重ね、上に袖なしを羽織り、痩身をぽってりとした装いにくるんでいた。

思った通り、あれから大目付、ご老中方、また知り合いの諸役人の方々からも見舞いの使者が次々に来訪し、その応対をすべて雄次郎左衛門に任せて、忠相はこの居室で身を縮めていたのだった。

昼近くなって、さすがに見舞いの使者の来訪は途絶え、ほっとした。

もしもここに、万が一、将軍吉宗さまの見舞いの使者が差し遣わされていたら、大変な騒ぎになっていただろう。

吉宗さまの見舞いの使者となれば、供侍を数名連れた御駕籠《おかご》の行列では済まない。

壮麗な行列をつらね、あれは将軍さまの使者の御行列だと、外桜田の往来は騒然としたに違いなかった。

幸い、吉宗さまの使者はなく胸をなでおろしたが。

次之間の間仕切ごしに、雄次郎左衛門の嗄《しゃが》れた声がかかった。

「旦那さま、雄次郎左衛門でござる」

「入ってくれ」

忠相は、庭へ遊ばせていた目を間仕切へ向けた。

間仕切の襖がひかれ、雄次郎左衛門がまるで岩の座像を次之間から居室へずるずるとずらすようににじり入ってきた。

雄次郎左衛門は、ずんぐりむっくりの短躯《たんく》に濃い鼠色《ねずみいろ》の羽織と縞《しま》袴である。

頭でっかちな頭頂部はすっかり禿《は》げ、鬢と後頭部にわずかに残った白髪で小さな飾りのような髷を結っている。眉毛は白く長くて、若いころはぱっちりとした愛嬌《あいきょう》のあった二重《ふたえ》の目も丸顔の頰も老いて垂れ、かえって作り物めいた福々しさが感じられた。

「お早《はよ》うございます」

もうとうに昼だが、雄次郎左衛門はいつも通り、朝の挨拶をした。それから、福々しい顔をあげて忠相と目を合わせ、澄まし顔を皺《しわ》だらけにほころばせた。

忠相は、つい苦笑いをかえした。

「うん、お早う」

「ご気分はいかがで、ございますか」

「よくない。気分が滅入ってならぬ」

「奥方さまからお聞きいたしました。熱はないそうでございますな。小右衛門が、旦那さまは腹を下されておられますと、言うておりました。ご気分が滅入っておられるのは、腹下しの所為でございますか」

「腹下しではない。それにしておけと、言うたのだ。気鬱でな。起きる気力が萎えてならなかった。何ゆえかわからぬが」

「ははん、なるほど。気鬱でござるか。長く生きておると、そういうこともございますな。よろしいではございませんか。旦那さまは生真面目なご性分ゆえ、今なお走り続けておられる。ゆっくりお休みなされませ」

「休んで、気鬱が晴れればな」

「気晴らしに遠出をなさるとか。それがしがお供をいたしましょうか」

「雄次郎と遠出をして、途中でへたばった雄次郎をかついで帰るのはいやだ。考えただけでも気鬱がひどくなる」

「あっはは。ならば若い小右衛門を連れていきなされ。遠出先の眺めのよい酒亭で、景色を肴《さかな》に酒などを嗜《たしな》まれ、ほろ酔いで戻ってこられるのも、案外、気鬱にはよさそうに思われますぞ」

そうかもな、と忠相はどうでもよさそうに笑った。

「見舞いのご使者は、みな戻られたか」

「おう、そうでした」

雄次郎左衛門は膝を打った。

「お役職にかかわる方々のご使者の対応は、滞りなく済ませました。そろそろ午《うま》の刻になりますので、今日はもうどなたさまのご使者もお見えにはなられますまい。そのご報告に参ったのです。何しろ、大目付さまやご老中さま方のご使者まで見えられましたゆえ、日ごろの旦那さまのご恪勤精励ぶりがけなげに思われ、家中の者みなが驚いたり感心したりしておりました」

「そんなことはどうでもよい。ともかく、見舞いの返礼など、疎漏なきよう頼む」

「お任せくだされ。それがしも久しぶりに旦那さまのお役にたてますゆえ、面白うございる。家中の日ごろの些事《さじ》をご報告いたすだけでは、つまりません」

台所と勝手の使用人らの言い合う声が、普段より活気があった。

「案外、台所が賑わっておりますな。静かにさせましょうか」

「それほどではない。台所は寂しいのより、少し賑やかなほうがよい」

「昼餉の膳を、こちらにお運びいたしますか」

「今はいらぬ。先ほど起きて朝の残りの膳で済ませたばかりだ。雄次郎はきりのよいところで昼にすればよかろう」

忠相はまた筆を執って日記に向かった。

「それは、日記でござりますな」

「その時どきに、何がどのようにあったかを、見たこと聞いたこと、ふと思いついたことを書き綴《か つづ》ったり、読みかえしたりしていると、見えていなかったおのれ自身が見えてくることがある。気鬱のわけが知れるかもと、思うてな」

「なるほど、旦那さまらしい。旦那さまには、先代の忠真《ただざね》さまのご養子に入られて以来お仕えしておりますが、まことにまめでいらっしゃる。それがし、つくづく感じ入っております。しかし、あまり思いつめなされませんように。思いつめてはかえって身体に障ります。ほどほどになされませ」

「わかった。もうよいからいけ。用があったら呼ぶ」

忠相は筆をすべらせながら言った。

では、と雄次郎左衛門は退っていった。

雄次郎左衛門が退ってからほどなく、台所と勝手のほうの使用人らの声や物音は聞こえなくなった。

屋敷中を冬の昼の静寂が蔽うと、その静寂の隙を狙ったかのように、すぎたときへの諦めが忠相の脳裡をかすめた。しかも、諦めたときのどれにも、物憂い後悔と無念が、干からびて散っていく落葉のようにまとわりつくから始末に負えなかった。

忠相はすぐに日記に厭《あ》いて筆をおいた。頬杖《ほおづえ》をついて、庭へ目を遊ばせた。

一年半前の元文元年五月、まだ南町奉行の忠相は、《御吹替《おふきかえ》》、すなわち金銀の改鋳に乗り気ではなかった将軍吉宗を説き伏せ、貨幣吹替を押しきった。

「御好は遊ばされず候へども……」

と、忠相は日記に記した。

この元文御吹替は、評定所一座で推し進めてはいたが、実情は忠相が主導した。

金貨銀貨吹替により、忠相は江戸の諸色《しょしき》（物価）の安定を図っていた。

忠相の行った吹替は、金貨と銀貨の品位を慶長《けいちょう》の通貨を基準にして、金貨を六割、銀貨を五割八分に下げ、金貨と銀貨の交換相場（レート）を銀貨に対して金貨を高く導くことを目《もく》ろんだ。

政治都市の江戸を中心にした関東東北経済圏は、経済都市大坂を中心にした上方西《さい》国《ごく》の巨大な経済圏に、大きく依存しなければならなかった。

江戸五十万町民の暮らしは、上方西国経済圏よりあらゆる物資が日々江戸へ下ることにより、成りたっていた。

その江戸を中心にした関東東北経済圏の通貨は小判などの金貨であり、大坂を中心にした上方西国経済圏の通貨は丁銀などの銀貨であった。

すなわち、大消費地の江戸で商売をする商人らは、上方西国の物資を銀貨で仕入れ、それを江戸に運んで金貨で売らなければならなかった。

当然のごとく、金貨銀貨の交換相場で金貨が銀貨より安ければ、銀貨で仕入れた上方西国の物資は金貨で購入する江戸町民には高くなる。反対に銀貨が金貨より安くなれば、江戸町民にとって上方西国で仕入れた物資が安く安定するはずであった。

銀貨に対して金貨を高くする両替相場を目ろんだ元文御吹替は、両替の手数料で莫《ばく》大《だい》な利益を得ていた江戸の両替商らの激しい抵抗に遭った。銀高相場の利鞘《りざや》で儲《もう》けていた巨大商人らも、こぞって忠相の元文御吹替に歯向《はむ》かった。

証拠はないが、両替商らを中心にした商人らは、元文御吹替が断行されるや、大量の銀貨の流通を故意に減らし、本来なら金貨に対して銀貨安になるところを、銀貨高へと誘導して密《ひそ》かに儲けを企《たくら》んだ節がある。

そのため、御吹替直後は逆に銀が高騰し、江戸の商売は大混乱の様相を呈した。

忠相は、両替商らに奉行所へ出頭を命じ、金貨銀貨の交換相場が逆になった説明を求めた。しかし、両替商らはまともな説明に応じず、しかも忠相の命令に代理人を寄こしたことを不届きと怒り、代理人らに入牢《じゆろう》を命じた。

忠相は巨大商人らに対し、一歩も引かなかった。

すると、両替商を中心にした商人らは、江戸幕府の勘定奉行や忠相の相役の町奉行らに働きかけ、忠相追い落としを謀《はか》った。

それは江戸南町奉行・大岡越前守忠相と江戸の巨大商人らとの暗闘であった。

元文御吹替から三月後の八月、忠相は町奉行から寺社奉行に転出した。

寺社奉行は譜代大名の中の有能な若手が選ばれ、その大名の能力によっては老中に進むこともある名誉ある役職であった。

その寺社奉行に、六十歳という老境に入り、しかも譜代大名でもない幕臣の忠相が就いたのは、異例の栄転ではあった。

だが、実情は両替商らが裏工作により幕府内の忠相の反対派と結び、忠相を寺社奉行栄転という体裁で町奉行の役職から排除したのである。

思えば、江戸町奉行に就いておよそ二十年、忠相は江戸の諸色を安定させるために様々な手を打った。両替商のみならず、江戸の町を実利において牛耳《ぎゆうじ》る大商人たちともたびたび渡り合ってきた。

だが、巨大商人らとの闘いのいずれにも、忠相は敗北を喫してきた。

忠相は頬杖をついて庭を眺めながら、去年の御吹替から寺社奉行転出まで続いた一連の出来事を、ぼんやりと思い出していた。

かまわぬ。やるだけのことをやった。それだけだ。

と思ったそのとき、やるだけのことをやったか、やったことに間違いはないか、と自問するおのれの声が聞こえた。

不意に、胸につかえていた気鬱がかき払われ、ある光景が忠相の脳裡に甦《よみがえ》った。

「ああ、あれは……」

と、思わず呟《つぶや》いた。

忠相がその男を見たのは、南町奉行所の裁許所であった。

お裁きが行われる大白州のある裁許所に奉行が出座するのは、初審と最後の断罪をくだす折りの二度である。

それは、その男に断罪をくだす最後のお裁きの場であった。

男は飯田町《いいだまち》の指物《さしもの》職人の与佐《よすけ》と言った。

与佐は、小柄な身体に獄衣を着け後手に縛《いまし》められ、裁許所の大白州に敷いた茣蓙《ござ》に神妙にうな垂れて着座していた。

伸びた月代《さかやき》に乗せたみすぼらしく歪《ゆが》んだ髷に、こけた頬と細い顎《あご》にかけて斑《まだら》になった染みのように生えた無精髭《ぶしょうひげ》が目についた。ひと重の純朴そうな目を伏せ、紫色の唇を力なく結んでいた。

ひどく疲れきって、早く終らせてほしいと、願っている様子にさえ見えた。

牢屋敷の拷問蔵で厳しい拷問を受けたのは、わかっていた。

吟味役与力より、与佐は拷問に耐えて頑《かたく》なに罪を認めなかったが、結局は、自分がやったと白状し口書爪印《つめいん》も捺《お》したと、報告を受けていた。逃れようのない罪により、打首とすでに結審しており、あとは言いわたすばかりである。

ただし、遠島以上の重罪は牢屋敷において吟味役の与力が言いわたす。

よって、その日の裁許所では、奉行も形通りの訊問《じんもん》をひとつか二つ、与力を介して行うだけだった。

最後の吟味が始まり、与力が与佐の罪状を述べ、相違ないかと質《ただ》し、相違ございません、と与佐がこたえる形通りの遣《や》りとりが交わされた。

忠相は、おのれの犯した罪をどのように思うか、と与力を介して与佐に質した。

「申しわけねえことを、したと思っております」

ぼそぼそとしたくぐもった口ぶりで、与佐はこたえた。

さようかと、打首はすでに決まっているのだから、それで終えてよかった。

だが、忠相はその折りなぜか、男の口ぶりを物足りなく感じた。

「申しわけないと、言うことはそれだけか。罪のない者を殺《あや》めた。申しわけないと言うほかに、何もないのかと、お奉行さまのお訊ねである」

と、さらに与力に言わせた。

すると、与佐は黙ってうな垂れ、すぐにはこたえなかった。

「与佐、こたえよ」

与力は厳しくたしなめる語調を、お白州の与佐に投げつけた。

与佐はこくりと頷《うなず》き、やはりぼそぼそとしたくぐもった声で言った。

「命をとられた高間《たかま》の手代さんに罪があるかないか、あっしにはわかりません。去年の米の凶作で米不足のときに、米を買占めて値を吊《つ》りあげ、あっしら貧乏人を苦しめた高間伝兵衛《でんべえ》さん始め米問屋さんに罪があるかないか、それもあっしにはわかりません。あっしは貧乏人ですから、値の吊りあがった米を買えず、女房と子供にひもじい思いをさせている自分が情けなくって、米問屋さんが憎らしくってならなかった。それだけで……」

すかさず、与力が与佐をさえぎって言った。

「手代は、おまえが憎らしく思う米問屋に雇われている使用人だ。使用人は主人の言いつけに従って働いておる。主人を恨みに思い、その恨みを主人の言いつけに従いまっとうに働いておる使用人に晴らすのは、筋違いではないか。おまえは、筋違いの恨みによって手代を殺めたのだぞ。罪のない手代を殺めて、申しわけないと言うほかに何もないのかと、お奉行さまは訊ねておられるのだ」

「でございますので……」

与佐は言いよどんだ。顔を伏せ、しばし考える素ぶりを見せた。

やがて顔をあげ、裁許所の忠相へ真っすぐ目を向けた。

たどたどしく、けれども懸命に言った。

「お、お奉行さまに、申しあげます。あっしは、物心ついてからこの方、お上のお言いつけ通りに生きて参りました。なんと申しますか、お上はいつも正しく、お上が間違ったことをなさるはずはないのでございます。でございますから、お上のお言いつけを守って生きていれば、ま、間違いはないんでございます。へえ、でございますから、このたびの手代さん殺しは、あっしの仕業だと、お上がお決めになったんでございますから、きっとそれが正しいことなんでございます。あっしなんかにはどうにもならない、仕方のないことなんでございます。それだけでございます。ほかに言うことは、ございません」

あのとき、忠相は胸中に一抹の不安が兆したことを思い出していた。

この男がまことに手をくだしたのかと、あのとき生じた疑念が再び頭をもたげるように、忠相は頬杖をついていた文机《ふづくえ》から身を起こした。

日記を開き、紙面を繰った。

日記には、足掛五年前の享保十八年正月二十六日の出来事を、《高間騒動》と記している。その日、借家、店借、裏々に居住する諸職人、日傭取、その日稼ぎの町民二千余が、米問屋八人組筆頭の高間伝兵衛の日本橋店を襲った。

その騒ぎのあと、米問屋高間の手代の亡骸《なきがら》が、米蔵裏の草地で見つかった。手代は八右衛門《はちえもん》と言い、匕首《あいくち》か小刀で腹や胸を数ヵ所刺され絶命していた。

胸の動悸《どうき》が音をたてた。

お上が決めたことだから、きっとそれが正しいことか……

忠相は呟いた。

忠相は座を立ち、腰付障子を開けて庭の縁側に出た。

「小右衛門、小右衛門はいるか」

表玄関の溜のほうへ声を投げた。

「ただ今……」

声がかえり、すぐに摺足《すりあし》で縁側に現れた小右衛門が、片膝づきに頭を垂れた。

「ご用を承ります」

「駒込村の古風十一《さきかぜじゆういち》を呼べ。急ぎだ。よいな」

急ぎではなかったが、気が急《せ》いて、忠相はついそう言った。

三

西に傾いた天道が赤々と燃える夕刻の七ツすぎ、深編笠をかぶった長身痩軀《そうく》の侍風体が、大岡邸の表玄関の庇下に立った。

侍風体は、桑色の綿入れに青鈍色《あおにびいろ》の裁っ着け袴を着け、黒足袋に草鞋《わらじ》であった。

深編笠に顔は隠れていたが、庇下にまで射す西日に照らされた身体つきからして、若い男と思われた。

深編笠の下に、長い首と髭《ひげ》を剃《そ》ったばかりのような白い顎《あご》がのぞいており、男は表玄関の敷台《しきだい》前で顎紐《ひも》をほどき、その深編笠をとった。

二十代半ば前と思われる男の相貌が現れ、静かな庇下が男の若さに華やいだ。

細く濃い眉の下のぱっちりと見開いた二重の目や、整った鼻筋、また当人も気づかぬ若い好奇心ゆえにわずかに笑みをたたえてきゅっと結んだような口元に、いく分かの生意気さと不安にゆれる少年の面影を残していた。

そして、黒髪をひっつめ、髷を結わず束ね髪にして背中に長く垂らし、黒撚糸《ねんし》の柄に黒塗り鞘《さや》の小《ち》さ刀《がたな》を一刀のみ、身《み》の廻《まわ》りの飾りのように腰に帯びていた。

男の様子は、鄙《ひな》びた田舎育ちの少々傾《かぶ》いた若衆のようで、武士らしくなかった。

敷台上の玄関之間は舞良戸が両引きに開き、黒塗り台に黒塗り枠をたてた大きな衝立《たて》が屋内の目隠しになっていた。

その衝立のわきより現れた若党の小右衛門が、玄関之間に着座した。

「ようこそ、おいでなされませ」

小右衛門が恭《うやうや》しく頭を垂れて言い、男は一礼した。

「古風十一、大岡さまのお呼びにより、参上いたしました」

「どうぞおあがりください。旦那さまは居室におられます。ご案内いたします」

千駄木組鷹匠組頭・古風昇太左衛門の倅の古風十一は草鞋をとき、磨きこまれた敷台より拭板《ぬぐいいた》を踏んであがった玄関之間で深編笠と小さ刀を小右衛門に預け、庭のある縁側から忠相の居室へ通った。

広い庭に夕方の西日が射し、土塀の彼方の南の空はまだ昼間のように明るかった。

邸内は静まり、遠くに鳥の声が聞こえるばかりである。

「旦那さま、古風十一どのをご案内いたしました」

「入れ」

と、即座に穏やかな声がかえってきた。

忠相はそのときも腰付障子わきの文机についていて、十一が居室に入り着座すると、文机の前で膝を十一へ向け、表情をゆるめた。

忠相の傍らの火鉢に火が熾り、火鉢にかけた黒い鉄瓶が湯気をゆらし、急須と湯呑《ゆのみ》もおいてある。

「お呼びたてにより、とり急ぎ参上いたしました」

十一は手をつき、忠相に辞儀をした。

「案外早かったな、十一。手をあげて楽にせよ。小右衛門、雄次郎を呼んでくれ」

忠相は、十一の小さ刀と深編笠を部屋の隅に寝かせた小右衛門に言った。

「岡野さまをお呼びいたします。夕餉《ゆうげ》のご膳はいかがいたしますか」

「そうだな。早めに整えてくれ。十一、夕餉の支度をさせている。今夜は少し長くなると思う。夕餉をいただきながら話す。よいな」

「はい。馳走《ちそう》に相なります」

小右衛門が急須と湯呑の盆を持って退り、すぐに雄次郎左衛門が次之間にきた。

雄次郎左衛門は、岩の座像のような短軀を次之間から居室へずるずるとずらしてにじり入り、忠相と十一が対座する片側に着座した。

「岡野さま、ご無沙汰いたしております」

十一が雄次郎左衛門にも手をついて言った。

雄次郎左衛門は、白くて長い眉毛の福々しい丸顔の垂れた頰をいっそう垂らして、十一に笑いかけた。

十一は変わらず、はつらつとしておる。おぬしの自由な様子を見ると、こちらも若やいだ気分になる。昇太左衛門どのはご息災か」

「はい。父は年が明けますと七十七歳に相なりますが、未だ組頭の役職を兄に譲らず、千駄木の野に組下の鷹匠衆を引き連れ、鷹の仕こみや捉飼場《とりかいば》（稽古場）の見廻りを欠かさず続けております。ときには餌差の竿《さお》をとり、わたくしに餌差を教えてやると申しまして、わたくしとともに千駄木の野や王子のほうまで歩き廻ることもございます。古風家を継ぐ兄は、もう五十をすぎておりますが」

「はは。さすがは古風昇太左衛門どの。七十六、七になってもなおやれるか。大したものだ。見習いたいものでござる」

「雄次郎もやれるよ。わたしの目の黒いうちは、つき合ってもらわねばな」

「旦那さま、それがしは無理でございます。昇太左衛門どのとはできが違います。人間わずか五十年。夢幻のごとき生を十五年余、それがしは余分に生き長らえました。そろそろかなと思っております。いつまで旦那さまのお供ができますか」

「何を言う。十一を見て若やいでおれ」

雄次郎左衛門は、十一へ向いて嗄れ声で笑った。

十一は少々照れ臭い気分になって、瞬《まばた》きを繰りかえすばかりである。

そこへ、小右衛門が新しい急須と湯呑を運んできた。三人に茶を淹《い》れると、「夕餉の支度が整い次第、お運びいたします」と、またすぐに退っていった。

それを機に、忠相は口調を改めて十一に言った。

「十一は今年二十二歳だな」

「はい。去年の冬、中野筋の拳場にて殿さまにお声をかけていただいてより、早一年に相なります」

「ならば、十一が十八歳の足掛五年前、日本橋の米問屋の高間が町民二千余に襲われた米騒動を覚えているか。高間騒動と町方では言っていた」

「覚えております。わたくしは千駄木の御鷹匠屋敷におりましたが、下谷《したや》からきた御用聞に、日本橋で米問屋が襲われ大騒ぎになっている噂《うわさ》を聞きました。米問屋の高間が多数の住人の打ち毀《こわ》しに遭い、店がめちゃめちゃにされ、買占めていた米俵が大量に奪われたことを知ったのは翌日です」

「わたしは、南町の町奉行だった。米問屋の高間が襲われたと知らせが入り、南北の町方が出役したが、二千余、噂では三千四千もの町民が高間を、米を寄こせと怒り狂って襲ったのだから、町方のわずかな手勢ではとても鎮められるものではなかった。江戸城より、御番衆が出役する事態になるところだった。幸いと言うのは気が引けるが、打ち毀しはほかの米問屋にはおよばず、高間一軒のみにて収まった。十一は、何ゆえ高間騒動が起こったか、わかるか」

忠相の問いに、十一は若い好奇心ゆえにわずかに笑みをたたえて口元をきゅっと結び、しばし首をかしげた。そして、考え考え言った。

「あの前の年、西国の田畑が蝗《いなご》の大群に襲われて、収穫がまったくできず、西国で夥《おびただ》しい餓死者が出ました。江戸からも西国へ救援米を送っていたため、江戸でも米不足の事態を生じ、米の値が高くなっておりました。そんな折り、米問屋が米の買占めを始めて米不足がいっそう深刻さを増し、米の値は高騰を続け、それが町民の怒りを買い打ち毀しが起こったと聞いています。米問屋の高間が襲われたのは、高間は米問屋八人組の筆頭で、米の買占めに暗躍した噂が高かったとも……」

「ふむ。まあ、そういうことだな。だが、われら侍はお上より米を家禄として受け、それを飯米に廻し、飯米以外を売って金銀銭を得て暮らしておる。米不足で米相場が高値になれば、われら侍の暮らしにはむしろ都合がよい。すなわち、町民の難儀がわれら侍には必ずしもそうではない」

十一はまたしばし考えて言った。

「だといたしましても、米の高値はその他の諸色も高値へと導かれ、結局のところ、侍の日々の暮らしも難儀するのではございませんか」

「その通りだ。よって、米の買占めなど断じてあってはならぬのだ。厳格に取り締まって、町民に難儀がかからぬようにするのが町奉行所の役目だ。ところが、様々な事情がからんで、高間騒動の一件では、米不足への対処が急がれたにもかかわらず、町奉行所の手だてが遅れた。奉行のわたしの落度《おちど》と言っていい。あの一件以来、町奉行大岡忠相の評判は散々だった。大岡はかさかき女郎、もう勤めはならぬと、町家では言われていたそうだ」

「いいえ。わたしは、あの名町奉行と評判の高い大岡越前守さまとはどのようなお方だろうと、子供のころからずっと思っておりました」

十一が純朴そうな大きな目を見開いて言った。

すると、雄次郎左衛門もおっとりと茶を喫しながら続けた。

「さようですとも。そのようにからかわれるのも、みな旦那さまのことが気にかかるのでござる。それだけ、旦那さまの評判が高いのでござる」

享保十七年、西国において異常発生した蝗やうんか、害虫などによって多くの田が被害に遭い、九月がすぎても稲の収穫が殆どできず、餓死者九十数万人を数える大飢《だいき》饉《きん》に見舞われた。

当然のごとく、西国上方から江戸への下り米は途絶え、逆に江戸から上方へ救援米を緊急に送らなければならなかった。

ところが、江戸市中に流通する米が極端に少なくなっている事態が、年末十二月になって判明し、突如、江戸の米価は高値へと突っ走り始めた。

徳川吉宗が八代将軍に就いて以来、幕府の基本政策は、江戸の米価引きあげによって、幕府の財政をたてなおし、何よりも、窮迫する家臣団の暮らしを安定させるところに狙いがあった。

吉宗は米将軍とも呼ばれた。

幕府は江戸の米価引きあげのため、各米問屋に米の安売りを禁じたり、諸国諸藩よりの江戸への廻米《かいまい》を規制するなど、様々な手だてを講じてきたものの、米価引きあげの効果は見られなかった。

殊に、享保十五年ごろより、むしろ、米価の低落傾向が続き、幕府は江戸への廻米を禁ずる手だてをより厳しく、規制の網をいっそう広げているところだった。

そこへ、享保十七年の西国大飢饉が起こったのである。

享保十七年の九月以降、江戸への廻米が急激に減少し、しかも、この米不足を好機にと、米問屋の中には米の買占めに走る者も出て、米価は暴騰の一途をたどった。

十二月、町家の米不足を憂慮した名主たちは、町奉行の稲生下野守正武《まさたけ》に、このまま手を打たねば町家に餓死者や、悪事を働く者が出る恐れあり、と訴え出た。

にもかかわらず、適宜《てきぎ》な手だてには何も打たれなかった。

稲生正武は、南町奉行の忠相の相役の北町奉行を勤め、年末十二月は北町奉行所が月番であった。

そして、年が明けた享保十八年の正月、米事情はさらに悪化した。

町役人らは再び、江戸廻米制限令を直ちにとき、米問屋八人組に与えている江戸着米独占取捌《とりさばき》の特権を廃止するようにと訴えた。

腰の重かった幕府がようやく手を打ったのは、正月二十一日になってからだった。奥州および関八州よりの白米の江戸送りの禁をとき、駿河《するが》、美濃《みの》、伊勢《いせ》と、その周辺の米を江戸に送ることを禁じていた法令を撤回した。翌二十二日、窮民二万三千八百余人に対し、男一日二合、女一日一合、五十日分の支給を決定し、その触れを江戸市中に廻した。

しかし、米不足と米価暴騰の対処が遅れたうえに、それでは、町民らの不平不満や怒りを抑える効果はなかった。

今日一日を生きる米が、なくなっていたのである。

二十六日、その日稼ぎの店借や裏々に住む職人らが、日本橋の米問屋高間に押しかけ、「高間伝兵衛、米を出せ」と騒いだ。それを契機に、町民は瞬く間に二千、三千、四千、とふくらんでいき、勢いを得た町民らの打ち毀しが始まったのだった。

四

ついさきほどまで、日の名残《なご》りが腰付障子を白く染めていたのが、気づかぬ間に薄青色に変わって、冬の夕方の気配が漂い始めていた。

外桜田の夕空を、烏《からす》の声が鳴きわたっていった。

忠相は続けた。

「高間伝兵衛の店は、日本橋の伊勢町《いせまち》にある。南北両町方が中間小者《ちゅうげんこもの》を率いて伊勢町堀へ到着したときは、伊勢町堀が鉤《かぎ》の手《て》に折れる道場橋から裏河岸の堀留まで、店と土手蔵を隔てた往来は群衆であふれていたそうだ。北の町方は浮世小路《こうじ》を抜けて堀留のほうから高間の店に向かい、南は江戸橋を渡って伊勢町堀に入って鉤の手の道場橋へ向かったが、数千の群衆はみな気を昂らせて、町方が出役したからと言って逃げ出す様子はまったくない。町方だ、と声があがった途端、雨のように石や瓦や碗《わん》や鉢などが降ってきて、とり押さえるどころか、物陰や路地に逃げこんで、手も足も出せなかった。浮世小路から伊勢町堀の往来へ向かった北町も、雨あられのごとくに石を浴びせられ、逆に室町の大通りまで追いたてられる始末だ」

「町民らは、得物を手にしていたのでございますか」

十一が訊くと、いや、と忠相は即座に言った。

「物干竿《ものほしざお》を持っていた者もいたようだが、みなおおむね素手だった。だから、あれだけの大騒動にもかかわらず、怪我人《けがにん》が少なかったのだろう。高間の店は裏の主人の住まいまで散々に毀され、ひどいあり様だった。米蔵に収めていた米俵が次々に往来へ運び出され、襲った町民らに持っていかれた。つまるところ、打ち毀しは町方が鎮圧したのではない。往来に運び出された米俵をかついで去っていく者もいたが、多くは俵を破って米を往来にぶちまけ、風呂敷《ふろしき》にくるんだり、中には着ている物を脱いで正月の寒空に下帯ひとつになって、上着に米をくるんで逃げ出していった者もいたらしい。女子供も少なからずいて、笊《ざる》やら鉢やら壺《つぼ》やらに米を一杯にしたのを抱えて逃げていったとも聞いた。町方は、町民の多くが逃げ散り人数が減って、破れた米俵や手つかずのままの米俵が散乱し、ばらまかれた黒米で地面が隠れるほどの往来で気勢をあげ、店の中をまだ荒し廻っていた数百人をとり押さえにかかったにすぎない。その殆ども、蜘蛛《くも》の子を散らすように四散していったが」

「女子供までが打ち毀しに加わっていたとは、みな、余ほど困っていたのでございますね」

十一はまた言った。

「だとしても、打ち毀しは無法だ。誰であろうと無法は許されぬ」

と、雄次郎左衛門が忠相に代わって嗄れ声を挟んだ。

十一は、はい、と頷いた。

「確かにそうだが、町民らが高間の蔵から運び出した米俵は、高間の貯蔵した米俵のほんのわずかだった。江戸市中は米不足であったにもかかわらず、高間は貯蔵した米を売り出していなかった。やはり、買占めをやっていたと言わざるを得ぬ。米問屋八人組が貯蔵していた米を速やかに市場に出しておれば、高間騒動はなかった。町奉行所の緊急売米令を出すのも遅れた。奉行のわたしの落度、失態だ」

「そうではございません。旦那さまは北町奉行の稲生さまに即座にお働きかけなされ、緊急売米令を二十六日のうちに出す段どりで進められたにもかかわらず、稲生さまは案文について勘定奉行さまの同意を得たうえでと、対応を曖昧になされ、結果、出された町触では、売米令は二月付ということになったのでござる。あれは、旦那さまの落度でも失態でもございません。次の打ち毀しが起こらなかったからよいものの、稲生さまは町奉行にありながら、江戸町民のためにではなく、勘定奉行さまや問屋仲間とかへの配慮をいつも優先なさっておられる。去年、元文金貨銀貨御吹替が行われたあと、本来なら銀貨安になるところ、銀貨を買占めて銀貨高を目ろんだ両替商の手代どもに、旦那さまは入牢を申しつけられた。その一件でも、旦那さまが寺社奉行にご転出なされたあと、稲生さまは両替商どもの銀の買占めになんの咎《とが》めもくださず解き放たれた。あれでは、旦那さまのご苦労を水泡に帰すも同然でござる。稲生さまはご自分を切れ者と思いこみ、人の上に立つ者には必要な高潔な性根に欠けるお方だ。世間で、ひとをはめるもの落とし穴と稲生次郎左衛門《じろうざえもん》、と言われておる、そのままなだけのお方なのですがな」

「雄次郎、それぐらいでよい」

雄次郎左衛門が言うのを、忠相は苦笑して止めた。そして、

「町民らが逃げ散って騒動が収まったそのあと……」

と、十一に言った。

「八右衛門という高間の手代の亡骸が、店の敷地《しきち》内に三棟並んだ米蔵の裏手の草地で見つかった。店に押し入った町民らが、打ち毀しをとめにかかった八右衛門を怒りに任せて袋叩《ふくろだた》きにして死に至らしめた、というのではない。高間騒動は、大きな騒ぎにしては怪我人が少なかった。押し寄せた町民の人数の多さに、店の者は怖気《おじけ》づいて押し入った町民らの騒ぎを見守っているしかなかったからだ。だが、八右衛門の死に様は打ち毀しの騒ぎにまぎれて、匕首かその類の刃物で腹や胸を数ヵ所刺されていた。何かの因縁がらみで、数人に寄ってたかって刺されたと思われると、検視を行った町方の見たてだった」

「初めは、下手人は数人と思われる、という見たてでございましたな」

雄次郎左衛門が、また忠相に言った。

「初めはそうだった。八右衛門が誰かの恨みを買ったか、もめ事ごたごたに巻きこまれたかで、打ち毀しの騒動にまぎれて殺害されたと見たて、町方は探索を始めた。探索はだいぶ難航し、下手人の手がかりはつかめぬままおよそひと月がすぎた二月、八右衛門殺しの下手人の差口《さしぐち》があった。下手人は、飯田町の与佐という指物職人で、差口をしたのは同じく飯田町の裏店《うらだな》に居住し、小石川御門内から牛込御門内の辻《つじ》番の番人を勤める、広助《ひろすけ》、五平《ごへい》、道三郎《みちさぶろう》の三人だった」

「指物職人の与佐と、広助、五平、道三郎らは飯田町内の顔見知り、というか、むしろ賭場仲間だったらしい。小川町界隈《かいわい》の武家屋敷の中間部屋で、御禁制の賭場が開かれておるのは珍しい話ではない。武家地は町奉行所の支配外であるし、武家屋敷の主も、中間部屋の賭場を見て見ぬふりをして寺銭を得ておる。しかも、与佐、広助、五平、道三郎はともに、高間伝兵衛店の打ち毀しに加わっていたのだ」

雄次郎左衛門が口を挟んだ。

忠相は続けた。

「掛の町方は飯田町の与佐を捕え、厳しく取り調べた。与佐は、八右衛門殺しは自分ではないと言い張った。与佐の言い分はこうだ。高間騒動のあったあの日、自分は米がなくて苦しんでいる大勢の町民が、米の買占めを裏で操っていると噂の高い米問屋八人組筆頭の高間伝兵衛の店へ押しかけていると聞きつけ、高間伝兵衛に腹がたって凝っとしていられず、打ち毀しに加わった。しかし、自分は腹を空かしている子供のために米を持って帰ってやらねばと、店の打ち毀しより米蔵から米俵をいくつも運び出して、それを往来にぶちまけ、羽織っていた半纏《はんてん》を風呂敷代わりにして米をくるみ、飯田町の裏店へ駆け戻っただけだ。手代の八右衛門など知らず、会ったことも顔を見たこともない。打ち毀しに加わった咎めを受けるのはいたしかたがないとしても、八右衛門殺しは濡《ぬ》れ衣《ぎぬ》であって、自分の仕業ではないとだ」

「むろん、旦那さまは打ち毀しに加わった町民に対して、厳しい追及をなさらなかった。罪は罪だが、情状を酌むことがあってもよい。そう思わぬか、十一」

「思います」

十一はこたえた。

「一方、広助、五平、道三郎の三人は、打ち毀しのあの日、高間の米蔵から米俵を運び出している男らの中に、与佐がいるのを見つけた。与佐と何人かが、蔵の外で手代の八右衛門ともみ合いになっていた。そのうち、八右衛門は気を昂《たかぶ》らせた多勢《たぜい》を恐れてか、蔵の裏手のほうへ逃げ出した。それをほかの者は放っておいたのに、与佐ひとりが、あの野郎許さねえ、ぶっ殺してやると喚《わめ》いて追っかけた。広助らは、与佐が日ごろから気性の荒っぽい、かっとなると自分を忘れてしまうところがあるので、与佐の野郎、何をする気だと追いかけていくと、打ち毀しの騒ぎにまぎれて、蔵の裏手のほうで男の叫び声が聞こえた。三人は米蔵の裏手の曲がり角まで駆けつけ、草地の奥で与佐が八右衛門へ馬乗りになり、包丁か匕首のような刃物をふりかざし、繰りかえし刺しているのを見た。三人は仰天したが、拙いところを見てしまったことに気づいた。咄嗟に、こいつは与佐のために見なかったことにしようと三人で決め、店のほうへ駆け戻ったものの、とんでもないことになったと、打ち毀しの熱気は一気に冷め、そのまま飯田町へ戻った」

忠相は、十一が憮然《ぶぜん》としている様子を見つめ、

「十一、もう少し続けるが、よいか。まずは、これを話しておかねばならぬのだ」

と、ほのかな笑みを投げた。

「はい。ちゃんと聞いております。与佐は、とても激しい怒りに捉われていたのでございますね。二度三度と繰りかえし刺すというのは、与佐の怒りが尋常ではなかったゆえと思われます。もしかして、与佐と手代の八右衛門は、他人には知られぬ何かの因縁があったのではございませんか」

「そう思うか」

「お話をうかがい、そんな気がいたしました」

「しかし、与佐の吟味では八右衛門との因縁は一切聞けなかった。与佐はただ、打ち

毀しの場での一時《いっとき》の怒りに駆られて、八右衛門を繰りかえし刺したようだ。広助、五平、道三郎は、それからひと月、このままにしておいて本途によいものかと、毎日そればかりを話し合ったらしい。聞くところによると、手代の八右衛門は仕事ひと筋の真っ正直な奉公人だった。郷里の上州には年老いた両親もいると、そんな話が出て、これを隠しておいては神仏の罰があたる、八右衛門の亡霊に祟《たた》られる、と恐ろしくなって、とうとう八右衛門殺しの一件は、と差口におよんだのだ」

「大岡さま、気になることがございます」

十一は訊ねた。

「申せ」

「与佐は八右衛門へ馬乗りになって、何度も刺したのでございますね」

「そうだ」

「そうしますと、相当のかえり血を、顔や着物に浴びていたはずでございます。いかに騒動のさ中であっても、血に汚れた与佐を見た者がいたのではございませんか。それに、下手人は数人というのが、町方の見たてだったのでは……」

「見た者はいた。掛の町方の調べで、打ち毀しに加わった川浚《かわざら》いの二人の人足が、高間伝兵衛の米蔵から運び出した米俵を往来にぶちまけ、みなが米をかき集めていたとき、自分の半纏に米をくるんでいる男がいて、その男の半纏が血に汚れているのに気づいた。人足らは、打ち毀し騒動のさ中に疵ついたのだろうと、それぐらいに思って気に留めなかった。しかし、その者が半纏の血を米をくるんで隠したのは間違いないと、人足らは証言した。その証言によって、三人の差口は裏づけられた。下手人が数人という見たても、ひとりで何度も刺した疵痕と考えられなくはない。吟味方より、与佐の罪はもはや明らかゆえ拷問の願いが出された。わたしも同意し、ご老中より与佐を拷問にかけるお許しを得た」

牢屋敷の拷問蔵の拷問は、老中の許しが要った。

それも、殺人、放火、盗賊、関所破り、謀書謀判の重罪に限られ、これらの重罪に刑を科すには、明らかな証拠のほかに、当人の自白がなければならなかった。

与佐は海老責《えびぜめ》と吊責《つりぜめ》の二種の拷問にかけられ、三日後、すべてを白状した。

そうして、晩春三月、南町奉行所裁許所において奉行出座の下、最後の詮議が行われたその夕刻、牢屋敷に出役した詮議役が与佐に打首の刑を言いわたした。

即刻、牢屋敷刑場において刑は執行された。

忠相の話がそこで途ぎれると、三人は押し黙った。

邸内のどこかで、とき折り、ほのかに人の声がするほかは、主屋も庭も、しんと静まりかえって、火鉢の鉄瓶が湯気を淡々とのぼらせていた。

そこへ、縁側の廊下に足音がして、小右衛門が障子戸の外で言った。

「旦那さま、行灯《あんどん》をお持ちいたしました」

ふむ、と忠相がこたえた。

入日前の庭の明るみはまだ腰付障子に青白く映っていたが、障子戸が開かれ、庭の寒気が暖かい居室に流れこんだ。

十一は、火照りを覚える頰にその寒気を心地よく感じた。

小右衛門は炎のゆらぐ角行灯を運び入れると、三人の湯呑の茶を新しく淹れ換え、火鉢の火を見てから、

「溜におりますゆえ、お声をおかけください」

と、退っていった。

庭より流れこんだ寒気が、居室の奇妙な熱気を涼しげにやわらげた。

押し黙っていた堅い気配がほぐれ、忠相が湯呑を持ちあげた。

「まず、話しておかねばならぬのは、そのことだ」

忠相は頰笑《ほほえ》み、雄次郎左衛門は太い首を重たそうに頷かせた。

「十一、この話におぬしは何を思った」

「はい。お奉行さまのお裁きにより、与佐は八右衛門殺しの罪を償いました。お上のご政道は守られたと、思いました」

「そうだ。お上のご政道は守られたのだな。拷問にかけられ罪を白状した与佐は、裁

許所の大白州ではすでに諦めたと見え、わたしに穏やかに言った。おのれは物心ついてからこの方、お上の言いつけ通りに生きてきた。お上はいつも正しく、間違ったことをなさるはずがない。手代の八右衛門殺しがおのれの仕業とお上がお決めになったのなら、きっとそれが正しいことなのでございます、おのれにはどうにもならぬ仕方のないことなのでございますと、与佐はそう言ったのだ」

　忠相はゆっくりと茶を喫した。

　すると、雄次郎左衛門が嗄れ声で、ぼそぼそと言った。

「十一、高間伝兵衛の手代の八右衛門殺しの一件を、改めて調べてくれぬか。与佐がまことに下手人であったかどうか、洗い直してほしいのだ」

「洗い直す？　何ゆえに、でございますか」

「旦那さまが、十一にとお望みなのだ。それを伝えるため、おぬしを呼びたてた」

「ですが、その一件は五年前、すでにお裁きがくだされ、与佐が打首となって落着したのではございませんか」

「だとしてもだ。十一、旦那さまは今なお気に病んでおられる。五年前、旦那さまはお奉行さまとして、当然のお役目を果たされたにすぎない。気に病まれる謂《いわ》れはございませんと、申しあげておるのだが」

　忠相は、湯呑を茶托《ちゃたく》に戻して言った。

「歳をとって、わかったことがある。年寄は生きた年月の長さの分だけ、失態と羞恥と後悔と無念と、そして何よりも、おのれの愚かさに苛《さいな》まれて生き長らえておるということをだ。まことに厄介だが、年寄はそれを墓場まで持っていかねばならぬ。あのときの、与佐の言葉が忘れられぬ。忘れていても、それは消えたのではなく、腹の奥に打ちこまれた楔《くさび》のように残っておる。それを思い出したら、気が滅入る。気がふさいでならぬ。十一、お上は間違ったことをするはずがないか。お上が決めたことはいつも正しいことなのか。そんなわけがない」

忠相は腕組みをし、物思わしげな眼差《まなざ》しを腰付障子へ遊ばせた。

「八右衛門殺しを洗い直して、与佐にくだした裁きが間違っていなければ、そうか、と胸をなでおろせばよい。夜は、少しは安らかに眠れるだろう。しかし、もしもだ、五年前のあの裁きが間違っていたなら、できれば、あのとき何があったのか、本途のことを知りたいのだ。傍《はた》から見れば、今さら無駄なこと、無益な詮索かもしれぬ。しかし、わたしには、それを知ることに意味がある。今はそれを知りたいだけだ、としか言えぬが……」

十一は、ほっそりとした長い首をわずかにかしげ、唇をぎゅっと結んでいた。

「昼間、不意に思いたった。思いたったときから、十一しか思い浮かばなかった。あの拳場でわが葦毛にも劣らぬ俊敏さで駆けていた十一の姿と、空を飛んでいた隼が目に浮かんだ。あのとき十一は、鮮やかに舞い降りた隼を腕に据え、澄んだ目で真っすぐにわたしを見て言ったな。鳥刺のゆく森や林や野山の細道が、わたくしのゆく定めの道なら、その細道をゆくつもりだと。どんな道であっても、見るもの聞くもの出会うものの何もかもが、わたくしを楽しませてくれます。それが楽しいと、千駄木の野を雄飛する鷹に教わりましたと。それを思い出し、十一にやらせようと、即座に思った。それでは、不満か」

十一はあどけなさの残る真顔を忠相へ凝っと向け、やがて、純朴な素ぶりで黙礼した。そして、屈託もためらいも見せずに言った。

「大岡さま。承りました。八右衛門殺しの一件、大岡さまのお気持ちが済むよう洗い直し、ご報告いたします」

「十一、この洗い直しは寺社奉行さまとしての御用ではない。旦那さまご一存の務めだ。早い話が、済んだことを蒸しかえすのだ。隠密《おんみつ》の務めではないが、あまり大っぴらにはできぬし、思わぬところから反発を受けるかもしれぬ。お父上の古風昇太左衛門どのは、そのことをご承知していただけるか」

と、雄次郎左衛門が質した。

「もとより、わたくしは父の郎党として鷹の餌となる野山の小鳥を捕え、御鷹部屋に納めておりますが、禄《ろく》は得ておりません。また、御公儀の餌差役でもございません。

父はわたくしが大岡さまより十人扶持《ぶち》をいただいておりますことを、存じておりま す。本日、大岡さまより御用のお呼び出しを受け、父は大岡さまのお指図に従って粗相なきよう相務めよと、申しておりました」

十一は忠相に向きなおり、なおも言った。

「去年、中野筋の拳場にてわたくしのような身分なき者が、幼きころよりお名前を存じあげておりました町奉行・大岡越前守さまにお声をかけていただき、それを嬉《うれ》しく自慢に思っておりました。のみならずそののち、思いもかけず大岡さまのご厚意により、十人扶持をいただく身と相なりました。その理由を、大岡さまは拳場にてよいものを見せてもらった。わずかだがその礼だと、申されました。鳥刺にすぎぬわたくしには、身に余る扶持でございます。なんの働きもせぬまま、節句のご挨拶におうかがいするのみにて、唯々諾々と身にすぎた扶持をいただいて参りましたのは、いつか必ず、大岡さまのお役にたてるときがくるはずと、思っていたからでございます。ようやく、働くときがきたのでございます」

「十一、調べをどのように進めるか、夕餉をとりながら話そう。当座の入り用もわたしておく。要る物があれば、雄次郎に用意させる」

忠相が言った。

忠相は座を立ち、縁側に出て、溜の小右衛門を呼んだ。西の空の端より庭に射す入日が、縁側に立った忠相の綿入れの裾を、赤く照らしていた。

五

古風十一が、外桜田の大岡邸から辞去したのは、夜ふけの五ツ半すぎだった。

十一の提げた提灯《ちょうちん》の明かりが、ぽつんと一灯、霞ヶ関のほうへ寂しげに遠ざかっていくのを、武家屋敷が両側に続く外桜田の往来の、闇が溜になったような土塀際で、二つの人影が見守っていた。

人影のひとつは、目だけを出した奇特頭巾をつけ、すっと背の高い明らかに女姿で、小提灯を提げている。

今ひとりは、隣の女姿より頭ひとつ背の低い男で、不恰好《ぶかっこう》ながに股の分厚い短軀の頭に置手拭を載せていた。

二人は、十一の提灯の明かりが暗闇の彼方に小さくなるまで、凝っと見つめていたが、やがて、女姿が隣の置手拭にささやき声で命じた。

「がま吉《きち》、おいき」

「へい。じゃ姐《あね》さん、のちほど」

がま吉と呼ばれたがに股の影が、後ろ襟に差している小提灯を手にとり、十一の提灯の明かりを、身体を左右にゆらしつつ小走りに追っていった。

奇特頭巾の女は、がま吉が闇にまぎれるのを見届けてから、踵をかえして外桜田の往来を山下御門のほうへとった。

山下御門橋を曲輪《くるわ》の御《お》濠端《ほりばた》へ渡って、数寄屋橋《すきやばし》の袂《たもと》をすぎ、次の鍛冶橋《かじばし》で橋番屋の番人に呼び止められた。

だが、女は本町一丁目の両替問屋・海保《かいほ》の女中働きに雇われており、本日は主人の用で外桜田の誰某《だれそれ》さまのお屋敷をお尋ねした戻りにて、よんどころなくこの刻限になり、ご不審ならば……などと言い抜け、四半刻《しはんとき》ほどで常盤《ときわ》橋まできた。

常盤橋の橋番には女の顔見知りの番人がいて、この夜ふけでも、会釈を投げただけで怪しまれもせず常盤橋を渡った。

常盤橋御門のわき門を通り、女は北町奉行所を目指した。

元文二年のその時代、北町奉行所は常盤橋御門内にあった。

北町奉行所の表門も閉じられているものの、やはり、わきの小門は真夜中であっても出入りができる。

女は門前で提灯の火を消し、奇特頭巾をとってつぶし島田の髪を長い指で撫《な》でつけた。

わき門をくぐった門内の庇下から、石畳が暗がりの先の壮麗な大玄関へ延び、玄関之間下の敷台には行灯が赤々と灯《とも》されていた。

わき門をくぐったすぐ右手に、同心詰所の番所があって、当番同心が急な願いや訴えに備え、ひと晩中詰めている。

女は同心へ向け、艶《あで》やかな広い額の下に薄い眉ときれ長な二重の目に、湿り気のある愛想笑いを浮かべた。そして、前身ごろに手を添え、わずかに肩を斜にしてしんなりとしたしなを作った。

「本町一丁目の両替問屋・海保半兵衛《はんべえ》さんに雇われております半《はん》と申します。目安方与力の杉村晴海《すぎむらはるみ》さまにお取次を願います。外桜田のお屋敷よりお知らせいたす事情について、とお伝えいただければ杉村さまはご承知でございます」

当番の若い同心は、目安方与力の杉村晴海と、本町の両替問屋・海保半兵衛に雇われたという目の前の妙に婀娜《あだ》な女と、外桜田のどこかのお屋敷とかのかかり合いに見当がつかなかった。

この刻限になんだこの女は、と戸惑った。

とは言え、目安方の杉村晴海に取次となると、あまり詮索もできなかった。

「外桜田のお屋敷とお伝えすれば、どなたのお屋敷か、杉村さまはご承知なのか」

同心は念のために訊いた。

「はい。それも杉村さまはおわかりでございます。何とぞ、半がきたと」

「本町の両替問屋・海保半兵衛に雇われたお半だな。ではお半、そのほうの名とどなたへの用件かを、これに記せ」

同心は帳面を開いてお半に書かせた。そして、

「よかろう。杉村さまに確かめるゆえ、しばし待て」

と、下番《かばん》部屋の下番を呼んだ。

杉村晴海は、北町奉行の稲生正武の目安方を務める内与力である。内与力は奉行所に属する町方与力とは違い、多くは奉行の家臣が務める側衆《そばしゅう》である。町方の与力同心は八丁堀の組屋敷に居住しているが、内与力は奉行所の長屋住まいである。

杉村は色浅黒く、ひと重の険しい目つきで相手を凝っと睨《にら》み、薄い唇を不機嫌そうに尖《とが》らせる癖があった。主人の稲生正武には媚《こ》びへつらうが、相手の身分や立場によって、態度素ぶりを変えることを恥じなかった。

杉村の長屋は、戸前の小庭を板塀が囲い、形ばかりの玄関と隣り合わせて居間の縁側があった。

同じ奉行所の長屋住まいでも、当然ながら、中間小者の長屋とは比べ物にならない。

下番の案内で、お半は縁側のある庭へ廻った。

夜ふけの寒気が庭を重たく蔽い、居間の腰付障子にぼうっと映っている行灯の明かりが見えた。

「杉村さま、お連れいたしました」

下番が腰付障子に声をかけた。

腰付障子に人影が映り、着流しに袖なしを羽織った杉村が、居間の行灯の明かりを背に縁側へ出てきた。

行灯の薄明かりが庭に流れ、か細くお半を照らした。

杉村の姿形は、影にしか見えなかった。

ただ、暗いながらも、顔つきはぼんやりと察せられた。

険しい目つきをお半に向け、薄い唇を不機嫌そうに尖らせている。

杉村は案内の下番を退らせ、縁側に立ったまま横柄に言った。

「お半、聞こう」

「はい」

お半も庭に佇《たたず》んだまま、こたえた。

「見張りより知らせがあり、今日の夕方、供もなくただひとり、侍風体の客が大岡さまの屋敷にございました」

「侍風体とは、どんな風体だ」

「深編笠をかぶり、裁っ着け袴に小さ刀をただ一刀、腰に帯びておりました」

「両刀ではなく、小さ刀？　侍らしからぬ。怪しいな」

「見張りによれば、今日の昼前、大岡さまの病気見舞いの使者が次々に訪れておりましたのが、昼ごろには見舞客の訪問が途ぎれ、午後は訪れる客の姿はございませんでした。それが夕七つかそのころ、その侍風体が大岡さまのお屋敷に入ったと……」

「顔は見たのか」

「深編笠をかぶっておりましたので、顔も年のころも定かには。ただ、すっとした姿形で、若い男のように思われます」

「供もなくただひとりなら、誰かの使いか、大岡の客とは限らぬのかもな。だとしても、油断はならぬ。その男はいつごろ引きあげた」

「四半刻余前に。引きあげたのを見届けてから、ご報告に参りました」

「誰ぞに、あとをつけさせているだろうな」

「がま吉をいかせております。男の素性が知れ次第、ご報告いたします」

「大岡の動きに、どんなささいなことでも変わったところが見えれば、必ず知らせよ。大岡を一刻でも早く評定所一座より追い、二度と幕政に近づけてはならぬ。大岡は清廉で高潔なふりをしておるが、裏には抜け目のない魂胆を隠しておる。あれは危険な男だ。わがお奉行さまのご出世の邪魔にならぬよう、大岡は排除せねばな。ようやく町奉行職から退けた途端、執念深く寺社奉行に乗り換えおった。両替商らも、大岡がいなくなって胸を撫でおろしたのに、寺社奉行として評定所一座に留まりおったゆえ悩ましいと、みなわがお奉行さまに愚痴をこぼしておる」

　また始まった、とお半は少々うんざりして思った。

　他人の悪口を言うのに厭きない人だね。仕方がないのさ。将軍さまが大岡さま贔屓《ひいき》なんだもの。寒いんだから早く終らせておくれよ。

　と、口には出さずに言った。

「そうだ。今日、おまえの雇い人の海保半兵衛がわがお奉行さまを訪ねてきたぞ。大岡が病気のため登城を控えたと聞きつけ、おうかがいいたします、と殊勝なふりをして大岡の病状を探りにきたのだ。いっそ、あの方がぽっくりと逝《い》ってくれれば、お上の政《まつりごと》も穏やかになりますのに、と冗談めかして本音をもらしておった。海保半兵衛も、去年の元文御吹替騒動で、大岡を相当恨んでおるからな。一年半がすぎても、腹の虫はまだ治まらぬと見える」

　杉村は暗い庭にひそひそ笑いをもらした。

「杉村さま、ほかに御用は……」

　面白くもないお半は、ひそひそ笑いを遮った。

「ない。報告を忘れるな」

　杉村はわれにかえったかのように身を居間へかえし、腰付障子を冷《ひや》やかに閉じた。

　ふん、いやだね、とお半は夜の庭にとり残されて呟いた。

お半は、稲生正武との間を取次ぐこの杉村晴海が苦手だった。

お半が北町奉行・稲生正武の密偵を始めたのは、一年と三月余前、八月に大岡忠相が南町奉行から寺社奉行に転出したあとである。

両替問屋仲間筆頭の海保半兵衛と北町奉行の稲生正武が密談し、寺社奉行に転出した大岡忠相が、評定所一座を通して幕政へおよぼす影響を阻止する狙いだった。

のみならず、海保と稲生は、大岡の失態を探り出してそれを暴き、評定所一座よりの追い落としを謀っていた。

「大岡を幕政より、排除しなければなりません。あの男は、金融のことなど何も知りもせぬのに、元文御吹替の不埒《ふらち》な真似《まね》をいたし、世間を大混乱に陥れました。あんなことを二度とさせてはなりません。大岡など、せいぜい関東地方御用掛ぐらいが似合いなのです。田舎を廻って、肥溜《こえだ》めの心配をしておればよいのです」

大岡忠相が町奉行から寺社奉行へ転出したとき、海保が稲生に言った。

大岡忠相は、江戸町奉行職とともに、関東地方御用掛も兼ねていた。町奉行から寺社奉行に転出したのちも、関東地方御用掛は兼ねたままである。

大岡忠相の動向を探る密偵に、お半が雇われた。

北町奉行所の本所方同心の加賀《かが》正九郎《しょうくろう》と西川公也《にしかわきんや》が、元は深川の女博徒で、腕利きの女目明しでもあったお半を、海保半兵衛に中立《なかだち》した。

「大っぴらにはしてほしくない御用なんだがね」

と、海保半兵衛がお半を雇い、大岡忠相の動向を探る密偵役にと、北町奉行の稲生正武へ窃《ひそか》に差し向けた。

「雇い人が白だろうと黒だろうと斑だろうと、金の色に変わりはないからさ」

と、お半は密偵役を引き受けた。

外桜田の大岡邸の見張りは、大岡邸の角にあたる四辻《よつつじ》の南側にある辻番の番人に、お半の下っ引を三人ばかり潜りこませ、大岡邸に出入りする幕府の役人や御用達《ごようたし》の商人などを昼も夜も見張らせていた。

今夕、大岡邸を訪れたあの深編笠の侍風体は、身分ある者とは思えなかった。大岡の客ではないかもしれず、気にかけることはないとも思われた。

お半は、小提灯の明かりを頼りに戻りの夜道をいきながら、ふと、大岡邸を訪れた客の中にあの侍風体を、以前見たような気がした。

ただ、今夜は夜ふけの五ツ半ごろ暗い往来へ出てきたところを見かけたばかりで、しかも、深編笠に顔は隠れていたのだから、思いあたるはずはなかった。

にもかかわらず、お半は今夜のあの侍風体が気になった。

外桜田の往来で、侍風体の提げた提灯の明かりが霞ヶ関のほうへゆれていくのを見送っていたときより、だんだん気になってきたのだった。

あんた誰さ。本物の侍なのかい。気になるね。

お半は呟いた。

それから常盤橋御門のわき門を通り抜け、常盤橋を本町へ渡って、もう亥《い》の刻をすぎた闇の彼方へまぎれていった。

がま吉は、本郷通りの追分《おいわけ》を駒込、中里のほうへとる侍風体の提灯の火を追いながら、ちきしょう、どこまでいきやがる、と苛《いら》ついていた。

閏十一月の夜ふけの寒気が、布子の半纏だけではしんしんと身に染み、がま吉は鼻をすすった。

身体を丸めて腕組みをして、胸の前に提げた小提灯が震えている。

遠くのどこかで、犬の長吠えが聞こえてきた。

追分の片方の往来は、板橋宿から中山道《なかせんどう》へとつらなり、がま吉が侍風体のあとをつける往来は、日光御成道《おなりみち》へとつらなっている。

この先は駒込や中里、さらにいけば飛鳥山《あすかやま》の麓をすぎて、十条村や稲村、赤羽村とか、まさかそんな遠くまでいきやしめえな、と願うような気持ちで思っていた。

それにしても、足の速い男だった。

前方の提灯の火は歩むのが速く、短足がに股のがま吉はずっと小走りで追わなければならなかった。

　はあ、はあ、と吐く息を提灯の明かりが白く照らしている。

　何者だ、あの野郎、とがま吉はまた吐き捨てた。

　と、そのときがま吉は石ころ道に躓《つまず》き、おっとっと、とよろけた。幸い転びはしなかったが、何に躓いたのかと気をとられた。

　これだから田舎道はいやだぜ、と思いつつ前方へ向きなおったところ、ここまで追ってきた前方の火が見えなかった。

　行手は漆黒の闇に蔽われ、うっすらと見える星空と、往来沿いの茅葺《かやぶき》か板葺の粗末な屋根の影が、かろうじて見分けられるだけだった。

　がま吉は慌てた。石ころ道をからからと鳴らし駆け出した。

　ここらだったな、とついさっきまで提灯の火を追っていたあたりまできたが、周辺は重たげな暗闇しかなかった。がま吉の小提灯の明かりをかざしても、何も見分けられなかった。駒込村あたりのはずだな、と暗闇を見廻した。

　往来からはずれたのかもしれない。

　もう少し先まで追ってみるか、それとも諦めるか、がま吉は迷った。

　こんなに暗いんじゃあ、これ以上追っても無駄だ。仕方がなかったんですと言うしかねえな、と引きかえしかけた。そこへ、

「あんた、わたしに用かい」

と、いきなり歯ぎれのいい若い声が聞こえた。

がま吉は短い首をさらに竦《すく》めた。

どうやら、往来沿いの大きな山門らしい漆黒の陰のほうから、がま吉の太い首筋をひと撫でするように声をかけられたらしかった。

「だ、誰でい」

がま吉は声のした陰へ見当をつけ、凄んで言った。

「誰だって？　あんたがずっとつけてきた相手だよ。あんたこそ誰だ。名とわたしをつけてきた用を言え」

声の調子が、訝りながらも意外にやわらかなので、がま吉はちょっと見くびった。

「冗談じゃねえぜ。てめえなんかつけちゃいねえ。ここまで通りかかっただけだ。それがどうかしたかい、さんぴん」

「外桜田からここまで、あんたはずっと同じ道をきたじゃないか。本途に通りかかっただけか」

がま吉はぎょっとした。

こいつ、外桜田の往来からずっと気づいていやがったのか、とうろたえた。

がま吉は咄嗟につくろった。

「てめえなんぞ、知らねえぜ。戻り道をきただけだ。あとをつけられたと、臆病風に吹かれていやがったのかい。間抜け。隠れてねえで、顔見せろい」

「そうか。なら先にいけ」

声は山門の濃い陰から出てこなかった。

がま吉は、引きあげるころ合いだと思った。どんな相手かもわからずにしつこくかずらうのは得策ではないと、長年、闇稼業に手を染めてきた勘で心得ていた。

「ちぇ、めんどくせえ。相手にしてられねえぜ」

と、がま吉はもときた道を戻りかけた。

途端、夜風がよぎったようにがま吉の頬を何かがなぶった。

小提灯のか細い明かりが、がま吉よりは背の高い痩身に深編笠をかぶった男を照らした。男は半間もない眼前に、がま吉の行手を阻むように立ちはだかっていた。

がま吉はたじろいだ。

男は裁っ着け袴に黒鞘の小さ刀を一本帯びていた。両わきに長い腕を垂らし、軽くにぎり締めている。深編笠の下に綺麗《きれい》な顎と長い首筋が見えた。

がま吉が数歩あと退りすると、間を開けさせずに男も数歩踏みこんできた。

「な、なんでい、てめえ。やろうってえのかい。てめえ、追剝《おいはぎ》か」

がま吉は凄んで怒鳴った。

「方角が違うだろう。戻り道をきたのではないのか」

すぐ目の前に男が迫り、また歯ぎれよく言った。

ここまできて、道を引きかえすのは確かに拙かった。

「野郎っ」

がま吉は拳を作った。

太短い腕と石のように固い拳で、裏稼業のあらくれを相手に顎や鼻を砕き、不具にしたこともひとりや二人ではない。

おれを怒らせたてめえが悪いんだ、と呟いた。

小提灯を捨て、深編笠の下の男の長い首筋と顎のあたりを狙って、ぶうん、と拳をうならせた。

するとその瞬間、暗がりへ流れる拳と一緒にがま吉の分厚い身体がふわりと浮きあがり、宙を回転した。

なすすべもなく、はあ、と声をもらして夜空にかすかにまたたく星を見た次の瞬間、背中から石ころ道に叩《たた》きつけられた。

石ころが飛び散り、背中の骨がぼきぼきと音をたてた。

一瞬気を失い、自分の悲鳴で気がついた。

激痛に襲われ、身をよじって転がり、金切声《かなきりごえ》を絞り出した。

それでも、ふと、男のほうを見た。

がま吉の捨てた小提灯が燃えあがり、その炎に照らされた深編笠の男の痩軀が、投げ飛ばされたがま吉へ、大股で歩んでくる。提灯のゆれる炎が照らす男の姿は、この世の者とも思えぬ闇の魑魅魍魎《ちみもうりょう》のようだった。

がま吉は、恐怖に震えあがった。

痛みを堪《こら》えてあたふたと起きあがり、身体を折り曲げ右へ左へとよろけつつ、悲鳴を夜道に甲走《かんばし》らせて駆けた。

第二章　高間騒動

一

まだ暗いその朝、十一は千駄木組の暗い御鷹部屋から一羽の隼を抱え出し、夜明け前の、まだ暗い千駄木の空に解き放った。

東のはるか彼方の地平間際《まぎわ》の空に赤い帯がかかり、その赤い帯の上にかすかな青みが夜空の暗みを溶かしつつある、寒い朝であった。

十一は隼の名を斑《まだら》とつけ、雛鳥から成鳥《せいちょう》になるまで育てた。

鷹匠は普通、若い成鳥を捕え訓練調教して鷹狩りに供するが、雛鳥から育成訓練した鷹を供するのは好まない。雛鳥から育成された鷹は、獲物に襲いかかる攻撃心が乏しいからである。

父親の千駄木組鷹匠組頭・古風昇太左衛門が、鷹匠になる気のない十一が鷹の餌を捕える餌差を務め御鷹部屋に納めるならと、支配役の鷹匠頭の許しを得て御鷹部屋の御鷹に斑を加えることができた。御鷹部屋には隼も飼われているが、人の手により雛鳥から育成訓練された隼は、十一の斑一羽だけである。

しかし、十一は、鷹匠にはならないことを父親の昇太左衛門に告げていた。斑がいつか山谷の野生へ戻っていったなら、自分は鳥刺《とりさし》を生業にして、野山を廻る暮らしをするつもりだと、十一は言った。

およそ一年前の冬十一月、昇太左衛門は、十一に千駄木組の鷹匠のひとりとして将軍吉宗の拳場の放鷹に斑とともに随行することを命じた。

昇太左衛門は、捉飼場（稽古場）での捕鳥だけでなく、将軍の拳場において隼の斑がどれほどの狩猟ができるか、のみならず、十一が斑を遣う鷹匠としてどれほどの《合わせる》技量を習得しているか、それを見定めるため、一年前のあの日、十一に中野筋の拳場へ随行を命じたのだった。

あの拳場で、昇太左衛門は十一の技量やその性根を見抜き、よき鷹匠になるのだがと惜しんだ。のみならず、この十一番目に授かった倅が、身は小さな一個にすぎずとも、気は深い山谷や暗い森や広々と開けた野をどこまでも駆け巡ることを希《のぞ》む、そんな若さの中にいることに気づかされてもいた。

この男は十一番目に思いもよらず授かった倅なのだ。もしかしてこの男は鷹のような子なのかもしれぬ。ならば末のこの男ぐらいは好きにさせてもよかろう。

昇太左衛門は思っていた。

その朝、十一は父親の郎党の仁助《にすけ》の手を借り、束ね髪にして背中に長く垂らしていた長髪をばっさりと落とし、月代を剃って元結《もとゆい》で髷を結った。

月代を剃るのは、十三歳で元服をしたとき以来である。

「越前守さまの御用を務めるのだ。仮にも越前守さまに恥をかかせるようなことがあってはならぬ。御用ではなくとも、身形《みなり》を調えていけ」

と、昇太左衛門が命じたのだった。

十一は紺青の綿入れを着け、腕に手甲、袴は鉄色の裁っ着け袴に黒鞘の小さ刀ただ一刀を帯び、黒足袋草鞋掛、背にひとくるみの荷を括《くく》りつけた。

そして、少年の面影を残した相貌とは少々ちぐはぐな、剃りたての月代がてらてらと光る才槌頭《さいづちあたま》に深編笠をかぶった。

千駄木の鷹匠屋敷を出ると、まだ暗い夜明け前の空には、斑の影が高く舞っては姿を消し、そしてまた、どこからともなく姿を見せた。

駒込から小石川、小日向《こひなた》をへて江戸川を越え、大久保の武家屋敷地を抜けて、内藤新宿の追分を青梅街道《おうめかいどう》へ分かれた。

鳴子坂《なるこざか》をくだるころ、地平を離れた日が朝の空に赤く燃えていた。

青梅街道は、江戸城造営の資材の石灰を奥多摩より江戸へ運ぶため開かれた。街道沿いに広がる武蔵《むさし》の野は、水田に必要な十分な水が得られないため、殆どが畑地である。途中、畑で収穫した青物や土物《つちもの》を山のように乗せた荷馬が、数百頭以上も連なって馬子らに牽かれ、江戸の問屋へ荷送する一団とすれ違った。

荷馬が嘶き、夥しい馬蹄がとどろき、巻きあがる土煙で道の先を見えなくした。

十一は青梅街道の田無《たなし》宿を目指していた。

青梅街道筋の田無宿には所沢街道も通じ、一と六の日に市が開かれる畑作物の集散地として賑わう宿場町である。

足かけ五年前、日本橋の米問屋・高間伝兵衛の店が打ち毀しに遭った米騒動の折り、手代の八右衛門殺しの廉《かど》で打首になった飯田町の指物職人・与佐の女房と子供が、女房の里の田無村へ戻っていることがわかっていた。

あのとき三歳と聞いた子供は、もう七歳になっている。

与佐がどのような亭主だったか、子供のどのような父親だったか、それを知るために、まずは女房に会ってくるのだと、大岡さまは言った。

田無宿に入ったのは、巳《み》の刻をすぎたころである。

十一は宿役人に田無村への道を訊き、田無村の百姓の丹平《たんぺい》の店を訪ねた。

田無宿に入ってからおよそ半刻のち、落合《おちあい》川沿いの土手道に立った。

そこは田無宿より一里ほど北へ野道をとった落合村のはずれで、川向こうは保谷村《ほうや》である。落合川の流れから、土手道の前方に櫟林《くぬぎ》を背にして茅葺屋根の数戸の小さな集落が見えていた。

土手道を通りかかる人影はなく、あたりにはゆるやかなときが流れていた。

薄墨を流したような雲が北の空の果てになびき、天上にかかった日は、周辺の田畑や森や林や、遠くの百姓家の屋根に白い光を降らせていた。

土手道をしばらくいき、やがて、数戸が固まる一軒の百姓家へだらだらとのぼる細道へ折れた。

細道の両側の斜面に甘藷畑《かんしょ》があって、細道をだらだらとのぼったところに、茅葺屋根の主屋と同じ茅葺屋根に古びた土壁の納屋が隣り合わせている。

主屋の縁側に閉じた障子戸が閉てられているが、畑と縁側の間の明地に子供の衣類や帷子、肌着などの洗濯物が干してあった。

片引きの腰高障子を閉じた戸前では、一羽の鶏が地面をついばんでいた。

主屋と納屋の茅葺屋根に、櫟の落葉が模様のように散らばっていた。その屋根より高く枝を延ばした櫟林で、ぎちぎち、ともずが鳴いていた。

百姓家は静かで、十一が甘藷畑のだらだら道を抜け戸前へ進んでいくと、地面をついばんでいた鶏が、邪魔そうに逃げていった。

十一は深編笠をとり、才槌頭を戸前の明るい日に晒した。片引きの腰高障子を引いて、内庭の暗い土間へ声をかけた。

「ごめん、お訊ねいたします。お訊ね……」

と、十一の張りのある声に驚いたらしく、赤ん坊の泣き声がか細く聞こえた。

内庭の薄暗がりの奥に、格子戸の仕切《しきり》が閉ててあった。その格子戸が震えながら開き、白い布で髪を桂包《かつらづつみ》にした女が現れた。女は赤ん坊を背負っていて、赤ん坊が泣くのをあやしながら、戸口の十一に訝しげな黙礼を寄こした。

「赤子を驚かせてしまいました。申しわけございません。どうぞ、まずは赤ん坊の世話を。わたくしは外でお待ちいたします」

「いいんです。むずかってなかなか寝つかなかったんですけれど、このままもう寝てしまいます。一度寝たら、しっかり寝る子ですから」

女が言う通り、赤ん坊はか細い泣き声をすぐに静め、女の背中で手足を投げ出しうとうとし始めていた。頰の赤い、丸々と太った男の子だった。

十一は声をやわらげた。

「畏れ入ります。古風十一と申します。卒爾《そつじ》ながら、落合村の金次《きんじ》さんの店はこちらとうかがい、お訪ねいたしました。おまえさまは、おかみさんのおたづさんでございますか」

「あ、はい。たづは、あたしです」

「田無村のお里の丹平さんより、一昨年、おたづさんが落合村の金次さんのもとへ嫁がれ、この夏、男子の柳一《りゅういち》さんを儲《もう》けられたとお聞きいたしました。背中の赤子はおたづさんの子のお二人目の柳一さん。おひとり目のおそのさんは、江戸飯田町の指物職人の与佐さんとの間に儲けられました。おたづさんはおそのさんを連れて金次さんに嫁がれ、今は親子四人で暮らしておられると、そのように」

おたづは黙っていた。

不審をにじませて、十一を凝っと見つめた。

「ご不審はごもっともです。わたくしは、寺社奉行ならびに関東地方御用掛を兼ねておられる大岡越前守さまの御用を承り、本日、江戸よりお訪ねいたしました。おたづさんにお聞きしたい事がございます」

「大岡、越前守さま……」

おたづは、ぽつりと繰りかえしただけだった。

「はい。大岡越前守さまに承りました。ただそれのみでございます」

そのとき、後ろから声がかかった。

「そこの人、なんの用かね」

ふりかえると、菅笠《すげがさ》の男と童女が、甘藷畑のだらだら道をのぼった庭にいた。

雑木を山のように積み重ねて背負子に負い、童女も痩せた小さな身体に雑木の束を背負っていた。男は菅笠の下から十一の様子をうかがって、童女は不思議そうなあどけない目を、十一の才槌頭に凝っと向けていた。

男と童女の後ろに、甘藷畑の下の落合川と、川向こうの保谷村のほうまでが、冬の明るい空の下にはるばると見通せた。

十一は男と童女のほうへ、恭しく一礼した。

飯田町の指物職人・与佐の女房をおたづと言った。

五年前の高間騒動と亭主の与佐のお裁きがあったのち、おたづはもう江戸では暮らしていられず、三歳の娘のおそのの手を引いて、田無村の里を頼るしかなかった。

おたづの父親の丹平は小百姓で、倅の嫁をすでに迎えていたものの、おたづと孫娘のおそのを見捨てるわけにもいかず、引きとっていた。

おたづには妹と弟がおり、姉の自分が働いて小百姓の暮らしの助けになるようにと、十三歳のとき、神田のお店へ三年の年季奉公に出た。

それから三年、また三年と年季奉公を延ばし、二十一歳の春、奉公先のお店の普請で働いていた指物職人の与佐と懇《ねんご》ろになった。

与佐は小柄で寡黙な、指物師ひと筋の目だたぬ男だったが、気だてが優しく温厚で、おたづはそんな与佐に魅《ひ》かれた。

二十二歳で年季が明け、おたづは与佐と飯田町の裏店で所帯を持った。

翌年、おそのが生まれた。

高間騒動が起こったのは、享保十八年、おたづが二十五歳、おそのがやっと三歳の正月だった。

正月二十六日のその日、日本橋伊勢町で米問屋八人組筆頭の高間伝兵衛の店に、大勢の町民が押しかけていると、裏店の住人が騒いでいた。

前年の西国の大飢饉で、江戸でも秋の九月以来米の値段が高騰し、十二月になってからは、値段の高騰どころか、米屋から米が消えていた。朝に売り出された米は、四《し》半刻《はんとき》もたたぬうちにたちまち売りきれ、

「もう売りきれだ。いくら並んでも米はないよ。帰った帰った」

と、米屋は店を閉じた。

その一日か、せいぜい明日食べる米が、買えなくなっていたのである。

米問屋八人組が米不足のこの機に大儲《おおもう》けをたくらみ、米を買占め、売り渋って値を不当に吊りあげていると噂が流れていた。

町民はみな米問屋八人組の米の買占めの噂に、高間伝兵衛は許せねえと、本途に腹をたてていた。

米不足とともに、うどんやそばなどの代わりの食べ物も値が跳ねあがり、与佐とおたづも、おそのに食べさせる物が手に入らず、親子三人、ひもじい思いを我慢して一日一日をぎりぎりに送っていた。

それでもおたづは、名町奉行の大岡さまが米の買占めや売り惜しみなどの無法をお許しになっておかれるはずはない、きっと、民に米が手に入るように手を打ってくださるはずだし、大岡さまのなさることに間違いはないと信じていた。

だが、享保十七年が暮れ、享保十八年の正月になっても、米は手に入らなかった。大岡さまが間違いのない手を打ってくださっているはずなのに、一体どうしてなんだろうと、今日こそは明日こそはと、祈るような気持ちで待っていた。

その日、日本橋の高間伝兵衛の店に大勢の町民が押しかけている噂が裏店に聞こえ、裏店の住人の中には、「おれたちもいくぜ」「黙ってられないよ」と、路地を飛び出していく者もいた。

おたづは小さなおそのの手を引いて自分の店に戻り、亭主の与佐の帰りを待った。家に食べるものが何もなく、おたづもおそのも空腹に耐えていた。その朝、亭主の与佐は仕事に出かけるとき、

「必ず米を手に入れて、昼には戻ってくる。安心して、待ってろ」

と、店を出てもう昼はとうにすぎていた。

おたづはおそのを膝に乗せて抱き寄せ、お腹が空いたと泣くおそのに言った。

「もう少し我慢してね。父ちゃんがお米を持って帰ってきてくれるよ」

おそのはしくしくと泣きながらも、おたづに頷いていた。おそのはご飯が食べられるようになったばかりだった。

申《さる》の刻に近くなったころ、路地のどぶ板を鳴らして与佐が駆け戻ってきた。

与佐はまとっていた半纏を脱いで、その半纏を丸くふくらませて肩にかついでいた。

「おたづ、米だ。米を持って帰ってきたぞ」

店に飛びこんだ与佐は、荒い息を懸命に静め、なぜか声をひそめて言った。

正月のまだ寒い日に半纏を脱いで戻ってきたのに、ずいぶん遠くから走ってきたらしく、ひどく汗をかいていた。

肩の半纏をおろし、どさっ、と畳において解《ほど》くと、くるんでいた黒米が畳にまでこぼれた。与佐は半纏からこぼれた米をかき集めながら、

「今日と明日の分ぐらいだけを、米つき屋で白米にしてもらっておいで。お、おそのに炊きたてのご飯を、食べさせておやり」

と、言った口調がおどおどしていた。

「それじゃあ、ご近所にも少し分けてあげましょう」

おたづは、与佐の素ぶりに不審を覚えつつも言った。だが、与佐は目を見開いて首を左右に激しくふった。

「駄目だ、駄目だよ。これはおそのに食べさせる大事な米だ。おまえも食べるんだ」

「あんた、何をしたの。このお米はどうしたの」

おたづは与佐の胴着の筒袖をつかんだ。

「いいから、白米にしておいで。おれだけじゃない。みんなやってた。こうするしかなかったんだ。買占めをしたほうが悪いんだ。買占めをした米問屋に、お天道《てんと》さまの罰《ばち》があたったんだ」

おたづは唖然《あぜん》とした。

二月になってようやく緊急売米令が町奉行所より出され、米は高値のままながら、町の米屋に並び、一升とか何合とかを計量して買うことができた。

不平不満は溜《たま》っていた。

けれど、江戸市中は落ち着きを取り戻し、米問屋の打ち毀しも、高間伝兵衛の店以外は出なかった。

ただ、おたづは高間騒動があった日の、与佐が半纏にくるんで持ち帰った米のことがずっと気になっていたし、またあれ以来、名町奉行と思っていた大岡越前守さまのことが好きではなくなっていた。

お上は下々の民のことなど、本途は大して気にかけていないことが、少しわかってきた。大岡さまも同じお上なんだと、わかってきた。

そして、何かわけのわからないもやもやした気分が続き、およそ一ヵ月がすぎた二月下旬の夕刻、ばん、と店の腰高障子を荒々しく開け放って、黒羽織の町方同心と数名の手先が土間に踏みこんだ。

親子三人で夕餉の膳を囲んでいたときだった。

小さな手で、子供用の茶碗《ちゃわん》と箸を親を真似て懸命に動かしていたおそのがおどろき、茶碗と箸を落としておたづの陰に隠れた。

険しい顔つきの手先が、声を荒らげて言った。

「与佐、御用だ。神妙にしろ」

与佐は、口をあんぐりとあけ、呆然《ぼうぜん》としていた。

黒羽織の同心は、朱房の十手で自分の肩を叩きながら、おたづににやにや笑いを寄こした。

おたづは、事情は何もわからないのに、身体の震えが止まらなかった。

お上は下々の民のことなど本途は大して気にかけていないのだと、大岡さまも同じことなんだと、おたづはそのとき震えながら思っていた。

二

内庭続きの勝手の土間に竈《かまど》があって、柴《しば》が盛んに燃え、薄い煙が格子の煙出しへのぼっていた。竈には大きな釜がかけてあり、竈の前に金次と娘のおそのが、柴の束の上に並んで坐っていた。

十一とおたづは、台所の間に切った炉を隔てて、向き合っていた。炉は粗朶《そだ》の小さな炎がゆれ、鉄輪《かなわ》に鉄瓶がかけてある。十一の膝のそばに、白湯《さゆ》の碗がおかれていた。

亭主の金次が、十一のためにふる舞ってくれたものだった。

金次は、十一とおたづが話しやすいように場をはずした。

娘のおそのと竈の前に坐った金次は、柴の燃え具合を見守り、柴をくべたり、おそのと楽しそうに何かを言い合って、笑い声も聞こえた。

おそのは継父《とと》の金次に、よくなついていた。

赤子は少し離れたところに、搔《か》い巻《ま》きにくるまれよく眠っていた。

おたづの背中からおろすとき、様子が違う所為か少しむずかって泣いたが、おたづが搔い巻きを撫でてささやき声をかけると、すぐにまた安心して眠った。

「町方のお役人さまがきたとき、咄嗟に、あのお米のことだと思いました。あれはやっぱり、盗んだお米だったんだって」

おたづは桂包の頭を物憂げに垂れ、炉にゆれる炎を見つめていた。

「ひと月前の打ち毀しのとき、高間伝兵衛さんの店に押しかけた大勢の人が、米蔵から運び出した米俵のお米をお店の前でぶちまけ、笊や壺に入れたり、着物を脱いでそれにくるんだりして、勝手に持ち帰ったって、あのあと、いろいろと聞こえてきました。あたしは、与佐さんのお米はそうじゃないって、自分に言い聞かせていました。与佐さんに訊ねても、凝っと黙って、何も言ってくれませんでしたし。お役人さんが入ってきたとき、きっと、あのお米のことだと思いました。ですから、お米を食べたあたしもおそのも、お奉行所にしょっぴかれて、お裁きを受けなければならないんだと、そう思いました。あたしはおそのを抱いて、与佐さんと一緒にいくつもりだったんです。そしたら、お役人さんが、おめえらがきても邪魔なだけだ、ここにいろ、亭主は当分戻ってこねえ、いや、当分じゃあ済まねえから、覚悟しときなって言い残して、与佐さんをお縄にしてしょっぴいていったんです」

「高間伝兵衛の手代の一件だと、いつ知らされたのですか」

十一は訊いた。

「半刻もたたないうちに、番所の当番さんがきたんです。与佐さんが大番屋に連れていかれて取り調べを受けることになった。今夜か、遅くとも明日には小伝馬町の牢屋敷に入牢《じゅろう》になるのは間違いない、牢屋敷では獄衣だが、着替えの肌着やら下帯は要るだろう、それから、少しは金も持たせたほうがいいと思う、地獄の沙汰も金次第だから、入牢のときに見つからないように着物の襟に縫いこんでおくんだって、言われました。お米を盗んだ罪ですか、と訊いたんです。当番さんは、そんなもんじゃないよって、情けなさそうな顔つきで言って、手代の八右衛門さんの一件を教えられました」

おたづは、小さなため息をついた。

「与佐さんの肌着やら下帯やらを風呂敷に包みながら、恐《こわ》くて恐くて手が震えてなりませんでした。お金は、蓄えの一分金を着替えの肌着の襟に見つからないように縫いこんだつもりです。けどあのとき、手が震えて上手《うま》くできたかどうか、思い出せません。もう、遠い昔のことですから」

「与佐さんの刑が決まったのは、三月の下旬でした。それから、田無の里に戻られたと聞いています。それまで、飯田町の店で暮らしておられたのですね」

「大岡さまのお裁きでお許しが出て、与佐さんは戻ってくるかもしれない、大岡さまは与佐さんを助けてくださるかもしれないと、思っていたんです。与佐さんは気だてが本途に優しいっていうか、あんなことができる人じゃないんです。今でも、信じられない気持ちです。残っていたお金はすぐになくなって、それから着物を売ったり、与佐さんの指物職人の親方が同情してくれて、少し融通してもらったりしてしのぎました。親方は、与佐はあんな大それた真似をする男じゃないと、お奉行所のお白州でも申したてをしてくださって、与佐さんを庇《かば》ってくれました」

おたづは、金次とおそののほうへ目を遊ばせた。

金次とおそのは竈の前にしゃがんで、静かに背中を向けていた。家の裏手の櫟林で、ぎちぎち、ともずの鳴き声が聞こえる。

「与佐さんにくだされたお裁きは、番所の町役人さんが、町奉行所からの知らせが届いたと伝えにきました。大岡さまのお裁きで、昨日の夕方、牢屋敷でなと、町役人さんはそれだけ言って、すぐに戻っていきました。ああ、そうなのかと思いました。立っているのもつらいくらいに力が抜けていきました。そんなわけで、ひと目もあるし、江戸で暮らしていける手だてもありませんから、里のお父《と》っつあんを頼るしかなかったんです。殆ど着の身着のままで、おそのの手を引いたり負《お》んぶしたりして、飯田町から田無村まで帰りました。でもあのときは、それともおそのを連れて大川に身を投げようかと、迷ったんですよ」

「今はこうして、こちらのおかみさんになられました。お幸せそうに見えます」

「そう見えますか。なら、きっと巡り合わせがよかったんです。与佐さんがああなったのに、おそのもあたしも、こうして生きていけるんですものね」

おたづは、自分の幸運を申しわけなさそうに言った。

享保六年、重罪人の親族の連坐制《れんざせい》は、庶民においては廃止になった。それでも、おたづもおそのも、人目を忍んで生きていかねばならなかったのに違いない。

ときがたち、十一は長居をしすぎていることに気づいた。

傍らにおいた深編笠と小さ刀に、手を差し出しかけた。だが、十一はその手を止めてさりげなく言った。

「高間伝兵衛の店の打ち毀しで、往来にぶちまけられた米を奪っている町民の中に、血のついた半纏に米をくるんでいる者がいたと、それを見た川浚いの人足が二人、お白州で申したてたと、大岡さまから聞いております」

おたづは炉の炎へ目を戻し、こくりと頷いた。

「その申したてにより、与佐さんが半纏の血を隠すために米をくるんだと見なされました。与佐さんが米をくるんで持ち帰った半纏に、血はついていたのですか」

「血なんかついていませんでした。本途です。与佐さんは、押しかけた大勢の人がお米を奪っているのを見て、咄嗟に半纏を袋代わりにしてお米をくるんだんです。お米が買えなくて困っていたので、ついやってしまったんです。古くてあまり綺麗じゃないけれど、与佐さんは布子の半纏を一着しか持っていませんでした。新しい半纏を買うように言っても、まだ着られる、これで十分だって、我慢していたんです。ですから、与佐さんがしょっぴかれるその日まで、その半纏を着て仕事にも出かけていました。ちゃんと調べればわかるのに、町方のお役人さまもお白州のお調べでも、それから御奉行さまの大岡さまも、血のついた半纏は別の半纏で、一件を隠すために処分したと決めてかかっていたんです。与佐さんをしょっぴいた町方のお役人さまは、前波《まえなみ》甚之助《じんのすけ》さまです。前波甚之助さまの名前は、今でも忘れられません」

「前波甚之助、ですか」

「はい。南町の定廻《じょうまわ》りの……」

十一は唇を結び、束の間をおいた。

「高間の米蔵の裏で、与佐さんと八右衛門さんが争っているところを見たと、町奉行所に差口をした方々がおりました。広助さん、道三郎さん、五平さんの三人です。その人たちは同じ飯田町の町内の住人で、与佐さんとは以前から親しくて、遊び仲間だったと聞きました。おたづさんも三人をご存じですね」

「あの人たちは、知っていました。でも、五年もたってもう顔も思い出せません。遊び仲間というのは、もしかして、与佐さんがあの人たちと賭場で遊んだことがあったからでしょうか」

「賭場仲間と聞きました。五年前、小川町界隈の辻番の番人を勤めていた三人は、武家屋敷の中間部屋で開かれている賭場を知っていて、しばしば遊んでいた。与佐さんと顔見知りになったのは、その賭場だと……」

「それはたぶん、違うと思います。与佐さんと所帯を持ってから、あの人たちに誘われて賭場にいったことがあると聞きました。だけど、与佐さんは、博奕《ばくち》はあまり性に合ってなかったと思うんです。あの人たちと知り合ったのは、同じ町内に住んでいたからです。与佐さんは、博奕はつまらねえ、もうやめた、と言ってました。あたしも御禁制の賭場になんかいかないでって、言いましたし。与佐さんは、目に見えて、手で触って、だんだん形に作りあげていくのが性に合っているんです。仕事でも、遊びでも。本物とそっくりに細かく絵を描いて、とても上手でした」

「では、三人と賭場仲間では、なかったのですか」

「与佐さんは賭場仲間ではありません。ただ、たまにあの人たちが家にきて、与佐さんを誘って呑《の》みにいったりはしていました。あたしは、あの人たちが好きになれませんでした。あの人たち、いつも三人一緒なんです。いつも一緒で、ちょっと変な人たちに感じていました。それに広助という人は、与佐さんがちょっとまごついたりへまをすると、人の前で平気で叱り飛ばしたり怒鳴りつけたりするんです。何やってんだ、ちゃんとしろとか、怒声を浴びせて。吃驚しているあたしには笑いかけて、あっしらの仲間は、本音でつき合う男同士の友情で結ばれているんですよって、いけしゃあしゃあと言って。道三郎さんと五平さんもへらへら笑っていました。与佐さんは気が優しいので、広助さんに言いかえせず、照れ臭そうに笑っていたのを覚えています」

おたづは少し考えた。ため息をつき、それから言った。

「あの人たちがお奉行所に差口をした所為で、与佐さんがお縄になったと知って、なぜとも、意外とも思いませんでした。ただ、なんてひどい人たちなんだろうって、そう思っただけです。罪を犯したのは与佐さんだし、与佐さんは罪を償わないといけないし、あの人たちは見たことをありのままに言っただけで、間違ったことをしてはいないとわかっていたけれど、でも、なんて腹黒い人たちなんだろうって、そんな気がしてならなかったことも、忘れられません」

竈で燃える柴が音をたてた。竈の前の柴の束に坐った金次とおそのは、言い合いもせず、笑い声もなく、黙って竈の炎を見つめていた。金次はおそのの細く小さな肩に手をやり、優しく抱き寄せていた。

裏手の櫟林でもずが鳴き、煙出しの格子窓に青空が見えた。

「ありがとうございました」

十一はおたづへ、頭を深く垂れた。

十一が甘藷畑の間のだらだら道をくだるころ、日はちょうど天空に高くかかり、彼方の野の空に舞っている一羽の鳥影が眺められた。

ああ、あれは斑だ。ついてきたのか。

と、十一は思った。

おたづとおそのが戸口のところに出て、おたづは桂包の頭をさげて辞儀をくれ、おそのは無邪気な笑みを見せて手をふっていた。

金次が落合川の土手道まで、十一を見送った。

十一は落合川沿いに田無宿はずれの青梅街道へ出て、江戸へと街道を戻るつもりだった。昼の陽射しを浴びて土手道をいくのは、夜明け前の厳しい冷えこみが嘘《うそ》のように、のどかで心地よかった。

金次はどこまで見送るつもりなのか、十一のあとをついてきた。

何か言いたいことがあるらしい、というのは察しがついた。

落合川の土手道を半町余いったところで、農耕馬を牽く村人といき合い、金次はほんの二言三言、立ち話を交わした。

十一はそのままいってしまうのは気が引け、金次の立ち話が済むのを待った。

さっきまでいた百姓家へ見かえると、おたづとおそのはまだ戸口に佇み、土手道の十一のほうを見ていた。

「金次さん、ここまでにて。突然お邪魔いたし、お世話をかけました」

村人がいきすぎていったのを機に、十一は金次に辞儀をした。

「何もおかまいもできず、相済まねえことでございました。どうぞ、お気をつけて」

「それでは」

と、いきかけた十一を金次が呼び止めた。

「あの、古風さま」

十一は身体を斜に止め、金次へ向いたとき、百姓家の戸口のおたづとおそのが、ちら、と目に入った。

「あっしは今日、ちょっと意外に思ったんでございます」

金次は言って、次に言うのをためらった。

「何を意外に思われたのですか」

十一は金次を促した。

「もう五年も前の、今さら思い出してもどうにもならねえすぎたことだから、おたづはあんまり話したがらねえだろうと、思っていたんでございます。あっしの気持ちを正直に言えば、おたづが昔のつらい出来事を思い出させるのは可哀想だから、古風さまのお申し入れはお断りしたかったんでございます。けど、お上の偉いお奉行さまの大岡越前守さまの御用で、古風さまがわざわざこんな田舎まで訪ねてこられたんだかいら、それを無下にするのは申しわけねえ気がして、話だけでも聞いて差しあげたらいいじゃねえかと、勧めたんでございます。おたづは、浮かぬ顔をしておりました。けどそれは、前の亭主の与佐さんが手代を刺した一件を思い出すのがつらいからじゃなくて、あっしの女房になった今でも、あの不幸な出来事の顛末に得心のいかねえ、納得のできねえ思いを人知れず自分の気持ちの中に仕舞っていたからなんだと、古風さまにぽつりぽつりと語るおたづの様子を見て、気づかされました」

「おたづさんは、おたづさんとおそのさんが、金次さんのお陰で幸せに生きていけることを、巡り合わせがよかったと、ありがたいことと思っていらっしゃいます」

金次は、はい、と十一に頷いた。

「おたづがそうだからって、不服というのじゃございません。あっしだって、おたづを女房にする前、田無村の丹平さんのところに子連れで戻ったおたづに、いろいろな噂がたっているのは、聞いておりました。一昨年、たまたま田無村に用があって出かけた折り、おたづと幼い娘のおそのを見かけて、ああ可哀想なと、胸を締めつけられたんでございます。力になってやりたいとか、偉そうな同情心が始まりだったんでございます。今はそうじゃありません。おたづは倅の柳一を産んでくれ、おそのもあっしの娘になってくれて、おたづでよかったと、心から思っております」

それから金次は、言いにくそうに言った。

「ではございますが、古風さま。大岡さまの御用は、もうこれきりにしていただきたいんでございます。おたづは今、あっしの女房でございます。おそのはあっしの娘でございます。おたづもおそのも、落合村の小百姓の家の者でございます。今さらどうにもならないすぎた昔を、ふりかえらないでほしいんでございます。おたづに、罪を犯して亡くなった亭主のことを、二度と思い出してほしくないんでございます。お若い古風さまにはおわかりにならないかもしれませんが、これがいい歳をした亭主の気持ちなんでございます」

金次は肩をすぼめ、目を伏せた。

十一には、金次の気持ちが痛いほどわかった。百姓家の戸口のところに、おたづとおそのの姿がまだあった。きっとおたづも、思い出したくないことに違いない。

穏やかな暮らしをかき乱したのだと、十一は気づいた。

「不仕《ぶし》つけなお訊ねをいたしました。許してください。大岡さまは、五年前の一件のお裁きで、間違ったのではないかと苦しんでおられます。間違いなら真実は何だったのか、それを知りたいとお考えです。金次さんのお気持ちは、よくわかりました。大岡さまに、そのように必ずお伝えいたします。では、これにて」

と、踵をかえした。

四半町ほどいってふりかえると、まだ土手道に小さくなった金次が佇み、十一を見送っていた。金次は膝に手をやり、十一へ丁寧な一礼を寄こした。

三

本所竪川《たてかわ》と深川の小名木川《おなぎがわ》を結ぶ六間堀の、北之橋と中之橋が架かる土手道の西側の深川北六間堀町には古くから、岡場所があった。

岡場所の防ぎ役は茂吉郎《もきちろう》という顔利きで、茂吉郎は六間堀町と西側の八名川町《やながわちょう》を縄張りにしていた貸元でもあった。

茂吉郎が卒中で亡くなったのは、十年前だった。

そのあと、ひとり娘の十九歳のお半が茂吉郎の縄張りを継いだ。北六間堀町と八名川町の賭場の貸元と岡場所の防ぎ役を継いだ。

しかし、お半は後ろに隠れて顔を出さず、手下の年寄らを八名川町の賭場の貸元や北六間堀町の岡場所の防ぎ役にたて、自分は後ろから手下らを操るという、十九歳の娘にしては驚くほどしたたかな手腕を見せた。

その一方で、お半は町方役人にとり入って町方の御用聞《ごようきき》を務め、いずれは、六間堀を隔てた東側の南北六間堀町や森下町へ、町方の御用聞の顔を上手《うま》く利用して縄張りを広げることを狙っていた。

お半がうら若い女の身ながら、御用聞、すなわち岡っ引を始めたのは、前波甚之助という南町の灰汁《あく》の強い定廻りの下でだった。

足掛七年前の、享保十六年のことである。

お半は前波甚之助の下、腕利きの岡っ引としてたちまち頭角を現し、六間堀のお半の名は、岡っ引や南北町方の間で知れわたった。

ところが一年余がたって、旦那の前波甚之助が妙な事件を起こし、江戸から忽然《こつぜん》と姿を消した。そのため、以後は町方の旦那を替えて女御用聞を務めてきたお半に、去年の八月、少々物騒な話が舞いこんだ。

外桜田の大岡邸を見張り、大岡越前守の日々の動向、また大岡邸に出入りする幕府高官のみならず、大名や商人町人、旗本御家人らの、大岡越前守とのかかり合いを窃に探る密偵だった。

去年の八月、大岡越前守が南町奉行から寺社奉行に転出した直後だった。北町の本所方同心の加賀正九郎と西川公也に、

「どうだ、やってみねえか」

と、こっそりと話を持ちかけられ、お半は二つ返事で請けた。

というのも、怪しげで不穏な、もしかすると危険かもしれないその密偵を捜しているのが、北町奉行の「稲生正武さまだ」と教えられたたからだった。

しかも、本町の巨大両替商の海保半兵衛が稲生正武とからんでおり、大岡越前守の動きを窃に探り、普段と変わった動きがあれば、どんなささいなことであろうと即座に報告を入れよ、というものだった。

へえ、お上もやることはあっしらやくざと、大した違いはないんだね。

お半は背中が粟《あわ》だつほどの好奇心をそそられた。

密偵の手間代は、半端な額ではなかった。

「雇い人が白だろうと黒だろうと斑だろうと、金の色に変わりはないからさ」

お半は思った。

そして何よりも、北町奉行・稲生正武の職権と、巨大両替商・海保半兵衛の財力が後ろ盾となれば、川向こうの南北六間堀町や森下町どころか、竪川から小名木川までの町地は全部お半の縄張りにするのも、絵空事ではないと思われた。

北町奉行の稲生正武とその目安方の杉村晴海に《お目にかかった》のは、本町に構えた海保半兵衛の店の、豪勢な奥座敷《ざしき》だった。稲生正武と杉村晴海は山岡頭巾をかぶって目だけを出し、杉村晴海が、

「お半か。やることは心得ておるな」

と、いく分尊大な口調で言った。

「お任せくださいやし」

お半は畳に手をついてこたえた。

しかし、稲生正武はお半にひと言も声をかけてこなかった。そののち、お半の報告は、すべて、ちょっと陰湿でのっぺり顔の杉村晴海を通して伝え、稲生正武に目通りしたことはない。

その八月の日から一年と数ヵ月がたった元文二年閏十一月の夕刻、深川北六間堀町の西隣の八名川町にある、黒板塀に見こしの松も粋なお半の二階家に、手下のがま吉と猪助《いすけ》が戻ってきた。

がま吉と猪助はお半に言いつけられ、数日前、外桜田の大岡邸を夜ふけの五ツ半すぎに出た深編笠の侍風体の素性と、その侍風体が大岡忠相と、あるいは大岡邸と如何《いか》なるかかり合いなのかを、あれから探っていた。

「姐さん、がま吉です。猪助もおりやす。先夜の深編笠の侍風体の素性が、大体わかりやした。ちょいと、よろしいですか」

がま吉がお半の居間の襖ごしに言った。

「お入り」

お半の声がかえってきた。

がま吉が襖を引くと、六畳間の神棚を飾った下の、桐《きり》の長火鉢の座についたお半と若いお稲《いね》がいた。

お半は、萩文の単衣の帷子に先代の茂吉郎が着ていた朽木縞の綿入れを袖を通さず肩にかけ、片膝をたてた恰好で、後ろに膝立ちしているお稲に肩をもませていた。

髪も島田には結わず、まるで寝起きか風呂あがりのように背中に長く垂らし、化粧っけはないが、厚い唇に真っ赤な紅だけを差していて、それがやや下ぶくれのぽってりとした白い肌に艶《なま》めかしく映えていた。

がに股のがま吉と猪助は、お邪魔いたしやす、という態で長火鉢より一間ほどをおいて、お半と向き合った。

「お稲、もういいよ。ちょっとはずしておくれ」

お半は肩のお稲の白い手に触れて甘い口調で言い、お稲を退らせると、長煙管《キセル》に刻みをつめて火鉢の炭火をつけ、煙管を二度吹いた。そして、火鉢の縁で煙管を、かん、と鳴らして吸殻を落とし、

「あの侍風体の素性を聞かせておくれ」

と、素っ気なく質した。

へい、と殆ど首のないがま吉が、無理矢理首をのばした。

「名前は古風十一。年が明ければ三になる二十二、三歳。駒込村の吉祥寺の先に神明宮がありやす。その隣の千駄木組鷹匠屋敷に野郎は住んでおりやした」

「千駄木組の鷹匠屋敷？　あいつは鷹匠なのかい」

「て言うか、野郎は千駄木組鷹匠組頭の古風昇太左衛門の倅です。昇太左衛門が五十をだいぶすぎて生まれた十一番目の子だから、十一とふざけた名をつけられたとかで、駒込村ではよく知られた男のようです。鷹匠の技は身につけておりやすが、どうやら当人は鷹匠になる気がないらしく、今は組頭の屋敷の部屋住みながら、勝手気ままに野山を歩き廻って日を送り、仕事といえば、まあ、餌差みてえなことをやっていると聞けやした」

「餌差ってなんだい」

「鳥刺のことですよ。もち竿で小鳥を捕えて鷹の餌にする役目です。ですが、お上お雇いの餌差でもなく、野郎は小鳥や鷹を追って野山を歩き廻ったり駆け廻ったりするのが好きなだけの、いい歳をして何を考えているのかよくわからねえ、がきみてえな若蔵だと、御鷹部屋の番人が馬鹿にした口ぶりで言っておりやした」

ふふ……

と、お半は赤い唇をゆるませた。

「がま吉はそんながきみたいな若蔵に、痛い目に遭わされたんだね」

「ち、違いますよ。あんときゃあ、滅法寒くて縮こまってたら、暗闇に乗じていきなり襲いかかられたんで、後れをとっただけでさ。確かに、妙にすばしっこい野郎ですがね。次は本気を出して、容赦なく痛めつけてやりやすぜ」

「そうかい。まあいいよ」

お半はまた煙管を吹かし、ゆるゆるのぼる煙を目で追いつつ呟いた。

「それにしても、五十をすぎてから倅を産ませた昇太左衛門も、ずい分盛んな爺《じい》さんだね。笑えるじゃないか」

「まったくで。そうそう、それと二本差しじゃなくて腰の小太刀《こだち》一本てえのは、小太刀が相当使える野郎だそうで」

「ふうん、小太刀使いね。それであのひょろひょろした身体に、飾りみたいな小さ刀を一本ってわけかい」

お半は煙管を火鉢の縁に鳴らして、吸殻を落とした。そして言った。

「で、大岡と若蔵はどういうかかり合いなんだい」

「それなんですがね。どうやら、野郎は大岡から捨扶持を受けているようです」

「捨扶持？　どれほどの」

「大した高じゃねえでしょうが、何石何俵何人扶持かはわかりません。それに、野郎は今も親父《おやじ》の下で鷹匠屋敷の部屋住みですから、大岡の家臣というのでもねえようです。ただ、五節句には大岡邸に挨拶は欠かさないらしいですぜ」

「大岡邸の客の出入りをずっと見張っていたのに、あの若蔵は知らなかったね。見落としてたのかい」

「あの妙な風体なもんで、客とは思わなかったんじゃありませんか。身分の低い使いの者とか御用聞ぐらいに見られたとか」

「あの日は大岡が急な病により登城を控えた。役人衆の病気見舞いの使者が、続々と昼ごろまでつめかけた。それが一段落して……」

お半は、宙に目を泳がせ呟いた。

「野郎が大岡邸にきたのは、やっぱり、大岡の病気見舞いじゃありませんか。鷹匠組頭の部屋住みごときが、お城勤めの身分の高い見舞客と鉢合わせしたくなかった。それで、訪問を夕刻まで遅らせたとか。身分が低いんで、野郎はいつもこそこそとやってたんですよ」

「もしかしたら、若蔵は大岡の隠密の用を言いつかっていたとか。捨扶持というのはそのための禄だとしたら筋が通る」

「まさか。高が二十二、三の若蔵が隠密の御用をでやすか」

「見くびっちゃあ、いけないよ。おまえだって敵《かな》わなかったんじゃないか」

がま吉はお半に言いかえされ、殆ど首のない首を無理矢理縮めた。

「気になるね。若蔵の動きに気をつけなきゃあ。気の廻しすぎかもしれないけどさ」

お半はまた呟いた。

すると、がま吉もまた縮めた首をのばした。

「それで姐さん、野郎のことでもうひとつ、お知らせすることがあります。まあ、大したことじゃねえと思いやすが、念のために」

「なんだい」

「猪助、おめえが話せ」

へい、とがま吉の隣で痩せた肩の間に月代ののびた貧相な顔を埋めている猪助が、首をぽきんと折った。

「御鷹部屋の番人に、ちょいと鼻薬を嗅がせてそれとなく聞き出したんですがね。野郎は今朝の夜明け前、青梅街道の田無宿へ出かけたそうです。なんでも、五年かそこら前まで江戸の飯田町にいて、田無宿か近在の里に戻った誰かに会いにいく用があるとかで。御鷹部屋には、野郎が雛から育てて調教した隼が飼われておりやしてね。野郎はそいつをぱっと夜明け前の空に飛びたたせて、あとを追っかけるみてえに出かけていったそうで」

猪助は痩《こ》けた頬を歪め、薄笑いを浮かべた。

お半は、なんだいそれと思いつつ、五年前かそこら、というのが気になった。

「五年前、江戸の飯田町、里の田無に戻った誰かに……」

お半は繰りかえした。

五年かそこら前なら、お半は女だてらにと言われながらも、南町の定廻りの前波甚之助の岡っ引を務めていたときだ。

前波甚之助は、裏表の落差の大きい灰汁の強い旦那だったが、頭がきれ、お半が気の利く役にたつ岡っ引とわかると、女だろうが六間堀のやくざだろうが、お半を使うことを、まったくためらわなかった。

それと、五年ほど前の飯田町というのも、ふと、お半の腹の中で煮えきらぬ記憶がもやもやと燻《くすぶ》った。

ま、こっちにはどうでもいいことだけどさ。

と、お半はまた煙管に火をつけ、ふうっ、と薄煙と一緒にもやもやを吹いた。

「猪助、御鷹部屋の番人はおまえみたいな人相の悪い男に、よく話したね」

「はは、そりゃもう。鼻薬はなんにだって効き目がありやすので。それに、あの十一って野郎は組頭の倅ですから、御鷹匠屋敷でも御鷹部屋でも、才槌頭のぼん、と呼ばれておりやしてね。ああ、才槌頭のぼんはいつもふらふらほっつき廻っているからねとか、あれでいいのかねとか、ぼんらしいねとか、なんとなくみな気にかけているんですよ。姐さんだって、あんなどうってことねえ野郎が、気になるんじゃありやせんか。確かに、顔だちはちょいと可愛《かわい》げですけどね」

「あの若蔵、才槌頭なのかい」

「へい。ちゃんと計ったわけじゃねえんですが、そのようで」

ふん、とお半は鼻で笑った。やっぱり気にしすぎだね、と思った。

「猪助、おまえはあの若蔵のことをもうちょっと探ってみな」

「承知しやした。なら、まずは駒込のあそこら辺の賭場か呑屋《のみや》を探しやす」

猪助は、まばらな黄ばんだ歯を見せ、あはは、と笑った。

四

同じ日の宵、十一は岡野雄次郎左衛門の、胸が厚く肩幅のある短軀に従い、外桜田の往来を麴町《こうじまち》へとり、番町の武家地を牛込御門へと向かった。

雄次郎左衛門は、小さな飾のような髷を結った薄い白髪に菅笠を載せ、渋茶の羽織と細縞《ほそじま》の袴を着け、短軀には長刀に見える二本を物々しく帯びていた。

「手土産だ。十一はこれを」

と、十一に一升徳利《とっくり》を持たせ、自ら提灯をかざした。

十一は、田無まで往復した深編笠の旅姿のままである。

夕刻、青梅街道を内藤新宿まで戻り、四谷《よつや》御門を通って、外桜田の大岡邸を訪ねた。

大岡さまはまだ下城ではなく、雄次郎左衛門に落合村のおたづを訪ねた昼間の首尾を報告した。

「さようか。おたづは再縁していたか。おそのを連れて、落合村の金次の女房になったのだな」

「柳一という赤子も生まれ、穏やかに落ち着いた暮らしに見えました」

「穏やかに暮らしているようであれば、それはまことによかった。亭主の与佐にどのような事情があったにせよ、それは女房と子の罪ではない。前を向いて生きていかねばな。十一、ご苦労だったな。旦那さまにお伝えしておく。旦那さまもお聞きになれば、少しは気がお楽になられるであろう」

ところで、と雄次郎左衛門は言った。

「田無までのいき帰りで、疲れておるだろうし腹も減っておるだろうが、おまえに会わせたい男がおるのだ。これから出かけるのでも、かまわぬか」

「わたくしは慣れておりますので、大丈夫です。どちらへ」

「牛込御門外の、神楽坂《かぐらざか》の先の肴町《さかなまち》だ」

牛込御門から神楽坂をのぼって通寺町《とおりてらまち》への往来を隔て、肴町の向かいは行願寺などの門前の町家が続き、肴町内へ曲がる角の自身番の前には高札がたっていた。

暗くなって冷えこみが厳しく、弓張月《ゆみはりづき》が巽《たつみ》の空に冴《さ》えざえと耀《かがや》いていた。

武家屋敷が続く狭い通りを挟んで、肴町の町家が軒を並べ、通りから路地へ入った

二階家が三戸並ぶ奥の一戸が、金五郎の店だった。台所のある勝手にいた女房が、台所から寄付きにきて、

「おや、岡野さま、おいでなさいやし」

と、あがり端《ばな》に手をついて雄次郎左衛門を迎え、隣の深編笠をとり才槌頭を見せている十一に笑みを向けた。

四畳半の寄付きに二階へあがる階段があって、その板階段を軋《きし》ませ、声を聞きつけた金五郎がすぐに降りてきた。

「岡野さま、お寒い中をわざわざお運びいただき、畏れ入りやす。まずはあがってくだせえ。そちらの若いお侍さまも、どうぞ」

金五郎は、広い額と彫の深い目鼻だちに若いころの精悍《せいかん》さを留めた顔をやわらげ、こちらも女房と同じく十一を見守った。

金五郎の年は六十二歳。髪はごま塩になってはいても、小銀杏《こいちょう》の髷はまだふさふさしていた。十二年下と聞いているつぶし島田の女房は、町家の優しげなおかみさんという風情だった。

「この男が昨日話した古風十一だ。夕刻、屋敷にきたので、一日でも早いほうがいいと思って、早速連れてきた。これで一杯やりながらな」

雄次郎左衛門は、十一を従えて格子の表戸をくぐった前土間に立ち、十一の提げて

きた一升徳利を持ちあげて見せた。

「古風十一と申します」

十一は照れながら、今朝剃った月代がまだ綺麗な才槌頭をさげ、寄付きの金五郎と女房に辞儀をした。

「なるほど。こちらが千駄木組鷹匠組頭・古風昇太左衛門さまの、十一番目のお子さまで、十一と名づけられた十一さまでございましたか。金五郎でございます。こっちが、女房のお槇《まき》でございます」

「槇でございます。古風十一さま、岡野さまからお聞きしておりましたよ。お聞きしていた通り、いえ、それ以上の凜々《りり》しいご様子で、むさ苦しい店がぱっと明るくなったような気がします。さあ、どうぞおあがりなさいまし」

お槇は客に慣れた素ぶりを見せた。

「ともかく、あがってください。夕飯は明るいうちに済ませたんですがね。寝るにはまだ早いんで、十五夜じゃありませんが、ちょいと寒いのを我慢して、冬の月でも愛《め》でながら寝酒をちびちびやるかと、思っていたところでした。ちょうどいい。二階の火鉢にあったまりながら、吞《や》りましょう。お槇、酒の用意はおれがやるから、何かつまめる物の支度を頼むぜ」

「生憎《あいにく》、もう残り物しかないんです。十一さま、粗末な物でごめんなさいね」

お槇が残念そうに言うのを、雄次郎左衛門が手をひらひらさせて言った。

「よいよい。お槇、そのような気遣いはいらぬ。十一は青梅街道の田無までいって戻ってきたので、腹が減っておる。いつもの衣《きぬ》かつぎがあればよい。白い下り塩をぱらぱらとまぶしてな。あれが案外に酒に合う」

「あら、田無まで出かけて、戻っていらっしゃったんですか。今日一日で？」

「十一は子供のころより、空を飛ぶ鷹を追って野山を駆け廻っていたそうだ。田無ぐらいのいき帰りは、一日もあれば十分。なあ十一」

はい、と十一は目を丸くしてお槇に頬笑んだ。

「まあ、鷹を追って野山を。足がお速いんですね。さぞかしお腹が空いていらっしゃるでしょう。衣かつぎでも、かまいませんか」

「ゆでた里芋の皮をつるっと剝《む》いて、塩をつけて食べるのは美味《おい》しいですね。ありがたくいただきます」

ささあさ、と金五郎に促され、雄次郎左衛門の後ろから腰の小さ刀をはずして寄付きにあがり、階段上がり口の低い横木につきそうな才槌頭をさげて階段を踏んだ。

二階は三畳間と四畳半の二間になっていて、四畳半に行灯が灯り、陶《とう》の火鉢にかけた鉄瓶にのぼる湯気を、ぼんやりと照らしていた。

火鉢の炭火がほどよく四畳半を暖めている。

けれど、ちょいと寒いのを我慢して、と金五郎が言っていたのは本途で、出格子の窓に閉てた障子戸が五、六寸ほど透かしてあり、夜空に青みを帯びた弓張月が隙間から見えた。

「障子戸を開ければ、満月でなくても綺麗な月見酒ができますがね。それじゃあ寒くって、布団をかぶらなきゃあなりません。ここは頭の中の月見で風流を感じながら、というのでいきましょう」

金五郎は透かしていた障子戸を閉じた。

火鉢を囲んで着座し、ほどなく、お櫃《おしき》が徳利と杯、小皿に箸と、ひと口茄子《なす》に蕪《かぶ》のからし漬けの鉢などを、両手に抱えた折敷に載せて、階段をのぼってきた。

「からし漬けです。お口に合うかどうかわかりませんけれど、支度ができるまで、これで始めていてくださいな。燗《かん》はおまえさん、頼むよ」

「よしきた。からし漬けが酒に合うんだ」

と、金五郎は楽しげに言った。

金五郎は、今はもう身を引いているが、四十数年も馬喰町《ばくろうちょう》の宝屋という読売屋に勤めていた読売だった。

大岡忠相の目安方である岡野雄次郎左衛門と金五郎のつき合いが始まったのは、享保三年である。

その年、大岡忠相は役宅に町年寄を呼び出し、町火消についての七ヵ条の規定を申しわたし、各町にばらばらだった町火消を、新たに編成する施策を打ち出した。

町火消をいろは四十八組の大組小組に編成したのは、享保五年である。

読売屋の金五郎は、大岡越前守の町火消の編成を読売種にしばしばとりあげ、大岡越前守を名町奉行と持ちあげ、それが町家に広まった。

金五郎は雄次郎左衛門にいきなり会いにきて、お奉行さまのことをいろいろ訊き出したのが、二人のつき合いの始まるきっかけになった。

雄次郎左衛門は、初めは柄の悪い読売屋が煩わしいと思っていたのが、話をしてみると案外に金五郎の男伊達《おとこだて》の気性が面白く、また気心の通じるところが気に入り、以来およそ二十年、金五郎との親交を続けてきた。

去年の元文元年、大岡忠相が町奉行から寺社奉行に転出し、雄次郎左衛門も目安方を退いて、主人とともに大岡邸に戻ったとき、金五郎は雄次郎左衛門に言った。

「ちょうどいい機会だ。あっしもこれを機に読売屋の足を洗うことに決めました。気がついたら、もう六十の還暦をすぎて六十一です。あっという間の歳月でした」

「金五郎はわたしより四つも若い。まだまだ、柄の悪い読売屋が似合っているぞ」

雄次郎左衛門はからかったが、

「勘弁してくださいよ。読売屋が休み休みしなきゃあ嗅ぎ廻るのがつらくなったら、潮どきです。大岡さまには、持ちあげたりけなしたりで、ずい分稼がせていただきました。心残りはありません」

と、読売屋に未練を残さなかった。

金五郎の女房のお槇は、十二歳下の神田白銀町《しろがねちょう》の町芸者だった。お槇のお腹に金五郎の子ができ、お槇は町芸者をやめて金五郎と神田の裏店に所帯を持った。

娘が生まれたが、あんな読売屋と馬鹿だねと言われながら、昼も夜も江戸市中を嗅ぎ廻る読売屋の性で家を空ける金五郎に代わって所帯を支え、ひとり娘を育てたのは、お槇の辛抱強い働きがあったからこそだった。

十年ほど前、牛込肴町のこの一軒家を手に入れ、ひとり娘を日本橋の商人の嫁に出したのもこの店からだった。孫も二人できている。

去年、読売屋を辞めてから一年と数ヵ月、金五郎とお槇夫婦は、二人だけの静かで穏やかな、しかし少々張りの乏しい隠居生活を送ってきた。

「金五郎は、ただの柄の悪い読売屋とは違う。性根に、表からは見えない人の世のからくりを見たい、という好奇心にあふれておる。年はとっても、おまえの調べにきっと役にたつと思ってな。おまえに会わせたかった。大岡さまもご承知だ」

外桜田から牛込御門へ向かう道々、雄次郎左衛門は十一に言った。

金五郎は手にした杯を、ことり、と折敷の板に鳴らして言った。

「そうでしたか。それで田無宿へ。そいつはお疲れさままでございました。覚えておりますとも。あの高間騒動のどさくさにまぎれて殺された手代は気の毒ですが、手をかけた指物職人の女房と幼い娘も気の毒でした。亭主が打首になって、残された女房はいろいろ言われてつらい目にも遭ったでしょうが、そのように子供も一緒に縁があって、今はつつがなく暮らしているなら、よかったんじゃありませんか」

三人は胡坐《あぐら》をかき、膳ではなく折敷を囲んでいた。

折敷には、お槇が手早く拵えた衣かつぎを盛った大皿、笹掻《ささが》きにした牛蒡《ごぼう》に人参《にんじん》と蒟蒻《こんにゃく》を入れて炒《い》りごまをふった金平《きんぴら》牛蒡の鉢、葛《くず》あんかけにときからし添のあんかけ豆腐の鍋が、甘酸っぱい匂いで三人をそそっていた。

徳利に杯、小皿や碗や箸は、それぞれの傍らにおき、金五郎と雄次郎左衛門の間においた火鉢の湯気ののぼる鉄瓶で、金五郎が燗酒の番をした。

「ですが、あのときの手代殺しは妙な一件だなとは、思っておりました」

金五郎は徳利を鉄瓶からとり出し、徳利から垂れる雫《しずく》を手拭でぬぐい、雄次郎左衛門と十一に「どうぞ」と差した。

「何しろ、伊勢町堀のこっちの往来も堀越しの往来も、町民がぎっしりとつめかけていて、わあわあと大喚声で、なんだいこりゃあと、吃驚したというより啞然としました。あっしはあの日、米問屋の高間に町民が押しかけたと知らせを受けて、こいつは見逃せねえ読売種だと、伊勢町へ駆けつけたんです。けど、あっしらより先に、奉行所から中間小者を率いて町方のお役人方がすでに出役しておりました。あっしらはその後ろにいたんですが、町方だと町民らが叫んだ途端、ばらばらばらと、石やら瓦の欠片《かけら》やら、薪やら、簞笥《たんす》の抽斗《ひきだし》やら、茶碗や皿や壺やら鉢やらが、手あたり次第にとっては投げとっては投げ、という具合にお役人方の後ろにいたあっしらのほうにまで飛んできましてね。お役人方は、身を物陰に隠すのが精一杯で、とり押さえるなんてできる話じゃなかった。元々多勢に無勢だし、しかもみな火がついたみてえに気を昂らせておりました。あっしらはただ、見物人と遠巻きに囲んで、打ち毀しが静まるのを眺めていただけでしたね」

「お城の番方の出役を要請する話もあったな。さあ、金五郎……」

雄次郎左衛門が金五郎の杯に徳利を差し、

「ええ、ええ、そうでしたね。畏れ入ります」

と、金五郎がそれを受けた。

「十一、おまえも呑め」

雄次郎左衛門は十一にも徳利を廻し、十一は食べかけの衣かつぎを小皿において、頰をふくらませたまま杯をあげた。

「はは。衣かつぎは美味いか」

　十一は口の中の物を呑みこみ、ひと口、酒を含んでから、

「里芋にまぶした塩が、ちょうどよい具合に甘いのです」

　と頰笑んだ。それから、食べかけの衣かつぎを再びつまみ、金五郎に言った。

「手代の八右衛門の亡骸は、いつ、どのように、見つかったのですか」

「あれは確か、そろそろ夕方という遅い午後でした。高間伝兵衛の店を散々に打ち毀した町民らが大部引きあげ、二、三百人かそこらがまだ残って店を荒し廻っていたのを、南北のお役人方が挟み撃ちにする恰好でとり押さえにかかり、残っていたのも逃げ散っていったあとの、襤褸《ぼろ》家みたいになった店のあり様を、ひでえもんだ、よっぽど腹がたってたか腹が減ってたかだな、なんて読売仲間と言い合いながら眺めておりました。そしたら、高間の店から、人殺し、人殺し、旦那さま、八右衛門さんが刺されました、と金切声が聞こえてきたんです。そのあと、高間の使用人から聞き出した話なんですがね。八右衛門の亡骸は、三棟ある米蔵の一番奥の、しかも米蔵の裏の枯草がぼうぼうと生えた隙間みてえなところに、仰のけになっていたようです。隣との境に高い板塀があって、人目にはまずつかねえようなところでした。使用人が言うには、八右衛門の亡骸を検視のお役人方が囲んでいたので、直《じか》に見ることはできなかったけれど、お役人方の間から血だらけの亡骸がちらっと見えた。それから、戸板に乗

せて筵《むしろ》をかぶせた亡骸が米蔵の裏から運び出される途中、ほかのお役人方が筵をまくって亡骸の様子を確かめたのを、あっしもその折りにはなれたところから、ちらっと見たそれだけでやす。亡骸の顔は、目はふさがれておりましたが、血飛沫《ちしぶき》が散って、叫んでいるみてえに歪んでいてむごたらしいあり様だったと、話を訊いた使用人が言っておりました。胸と腹に刺された疵痕がいくつもあって、検視をしたお役人方は、数人に寄って集《たか》って刺されたようだと言っていたそうです。どなたが言ってたか、そこまでは聞けませんでしたが……」

十一は首をかしげ、雄次郎左衛門に言った。

「八右衛門が数人に寄って集って刺されたのなら、飯田町の与佐ひとりが、八右衛門殺しの罪で裁かれたのは、おかしいのではありませんか」

雄次郎左衛門ではなく、金五郎が十一にこたえた。

「ですから、八右衛門殺しは妙な一件だなと、思ってはいたんですよ。そう、飯田町の与佐が八右衛門殺しの下手人としてお縄になったのは、高間の打ち毀しからひと月ほどがたった二月の下旬でしてね。高間騒動の町民らの中にいた与佐が、打ち毀しの騒ぎにまぎれて、高間の手代の八右衛門を刺したところを見たと、三人の男が町奉行所に訴え出ました。しかもその三人は、与佐と同じ飯田町の住人で、与佐とは顔見知りでしたから、あれは与佐の仕業に間違いありませんと、訴え出たんです」

「広助、五平、道三郎の三人だ。与佐と同じ飯田町の住人で、小川町界隈の辻番の番人をしていた者たちだった」

　それは、雄次郎左衛門が言った。

「そうそう、三人は辻番の番人でしたね。あっしらが高間の使用人から聞いた、検視をしたお役人方が数人に寄って集って刺されたようだと言っていたのも、たぶんそうだろうというだけで、間違いなくそうだというわけではありません。それと、三月になって与佐の吟味が始まり、二度目かのお白州で、与佐が八右衛門を刺してかえり血を浴びた半纏に、高間から奪った米をくるんで血を隠したのを見たと、高間に押しかけた中にいた二人が申したて、与佐はもう万事休すの態だったようですね。あっしもそれをあとで知って、正直なところ、下手人は与佐に間違いねえなと思いました」

「ですが、おたづは言っておりました。与佐の半纏に血はついていなかった。あのとき与佐は、押しかけた大勢の町民が米を奪っているのを見て、咄嗟に自分も半纏を袋代わりにしてお米をくるんだ。米が買えなくて困っていて、ついやってしまった。ちゃんと調べればわかるのに、掛の役人は調べてくれなかったと、おたづは言っておりました。八右衛門殺しの掛の町方は、前波甚之助というお役人で、おたづは、その名前を今でも忘れられないそうです」

「十一さまはご存じでやすか。それでも与佐は、自分じゃねえと言い張ったんです。

だから、牢屋敷の拷問を受け、三日ほど耐えましたが、とうとう白状して打首になった。あっしら読売屋の中にも、妙な一件だなと言うのもいたんですがね。白状したんだから仕方がねえよと、あのときはみな思いましたね」

　ふうむ、と雄次郎左衛門が物思わしげにうなった。

　不意に、外の静かな路地を、からころと下駄《げた》の音が通った。

　金五郎が座を立って、障子戸を一尺ほど透かした。

「ちょいと暑くなってきました。戸を透かしましょうか」

「ああ、月がいつの間にかあんなに高くのぼったね」

　金五郎は、障子戸を透かした出格子から、中高の精悍な横顔を見せて夜空を仰ぎ、まるで夜の向こうの誰かに話しかけるかのように言った。

「十一さま、大岡さまがどういう狙いがあって、すぎたことを、もう終ったことを今になってお調べになるのか、あっしにはお考えはわかりません。けれど、すぎたことだろうと、終ったことだろうと、心残り、気が済まないって気持ちは、あっしみてえないかがわしい読売屋にもあります。だから、そういうのはわかるんですよ。何しろ年寄は、歳をとったその数だけ、後悔の数も増えますんでね」

「大岡さまも、それを仰っておられました」

「調べるのは、若い十一さまです。あっしじゃあ、ありません。ただ、できるだけの手引きは、お手伝いいたしやす。十一さまがどれほどのことがおできになるか、おいぼれの読売屋がお供をして、拝見させていただきます」

「ありがとうございます。よろしくお願いいたします」

十一は言った。

金五郎の障子戸を透かした出格子のほうから、冷たい夜風がゆるやかに流れてきて、酒に火照った十一の頬を撫でた。そこへ、お槇が階段を途中までのぼってきて、

「おまえさん、お酒は大丈夫かい」

と気にかけた。

五

三日がたった。

十一と金五郎は、堀川の堤道から小川町へと折れ、だらだらと左や右へくねりながら延びる武家屋敷地の石ころ道を飯田町へと向かった。御台所町の往来を横ぎり、次のもちのき坂下の通りもすぎて、瓦屋根をつらねる飯田町に入った。

「ここら辺の町家は、もうどの店も瓦屋根ですね。麴町の店もそうでした。駒込村は寺や土蔵造り店をのぞけば、まだまだ板葺か茅葺です」

十一は深編笠を持ちあげて、急に人通りの多くなった瓦屋根のつらなる町家の様子を見廻し、先をいく金五郎に話しかけた。

唐茶色の半纏を着けた金五郎がふりかえり、懐かしそうな口ぶりで言った。

「あっしが読売屋を始めたのは元禄《げんろく》の世で、町家は相応の大店《おおだな》でもこけら葺か板葺屋根かで、茅葺屋根もありやした。赤穂《あこう》のお侍さんが、本所の吉良《きら》邸を襲撃して吉良さまの首を討ったのも、元禄の終りごろでした。あのころ、瓦葺屋根のお店なんて、数えるほどしかなかったんですよ。享保の世になって、大岡さまのお指図で、いろは四十八組の町火消の編成ができてから、火事に備えて瓦葺屋根にするようにとお達しが出されました。けど、何しろ町家の安普請が瓦葺屋根の重みに耐えられないというので、なかなか進まなかったんです。それが、今じゃ御城下の表店はどこも瓦葺になって、町家の景色もすっかり変わりました」

「金五郎さんの店も、瓦葺屋根でしたね」

「十年前、肴町にあの店の普請をするのに、ちょっと無理をして瓦葺にしたんです。あっしは読売屋の勤めで、昼も夜も区別なしに家を空けることが多かったんで、女房と娘が少しでも安心していられるようにと思いましてね」

「瓦葺なら、火事の心配は少なくなりますからね」

「はい。あれからここ十年ほどで、牛込御門外の神楽坂から坂上の通寺町のあそこら辺も、殆どが瓦葺屋根になりました」

金五郎は言いながら、次の飯田町中坂通りの辻に差しかかって、

「十一さま、こちらで」

と、辻を東へ折れ、飯田川《いいだがわ》沿いの柳並木の土手道まで十一を導いた。

その日も、閏十一月の天気はよく、白い陽射しが飯田川の水面にきらきらと降っていた。土手道の北は飯田川の堀留で、堀留から先の小みぞに石橋のこおろぎ橋、南のほうにはまな板橋が架かり、飯田川の対岸は武家屋敷地である。

堀留からまな板橋までの船寄せに数艘《そう》の船が舫《もや》っていて、堀留の荷船から人足が炭俵をかついで土手道に運びあげていた。

駿河台《するがだい》から小川町界隈の辻番の番人を周旋する達四郎《たつしろう》の請宿は、飯田川の土手道から入った小路の、四、五軒先の角地にあった。

三日前の夜、肴町の店で金五郎は十一に言った。

「これからどういうふうに調べるにしても、まずは、広助と五平、道三郎の話は訊いておかなきゃなりませんね。辻番の番人が、長く続く者はそうはいません。三人が今も辻番の番人を勤め、飯田町に住んでいるか、あるいは、番人はとっくによして飯田町も引き払っていたら、越した先はどこか、まずはあっしが当たってみましょう。そうですね、かかっても一両日もあれば何かわかると思います。あっしのほうから駒込

村へ使いの者をいかせます。そのときまたご足労願いますよ」

昨日の午後、駒込村千駄木の御鷹匠屋敷に、金五郎の使いが文を届けにきた。

明日朝五ツ、朝餉《あさげ》ノ支度ヲ調へ御待申上奉候。

金五郎の使いの文にはそうあった。

請宿は朝が忙しい。

金五郎の店でゆっくり朝飯の馳走になり、忙しい刻限のすぎるころ合いを見計らった。表の両引きの腰高障子に、《飯田町》《請宿達四郎》と太筆の文字が読めた。

「へい、ごめんなさい」

金五郎は両引きの戸を左右に引き、薄暗い前土間に声を投げた。

前土間は、明障子を閉てた店の間に沿って折れ曲がりに暗い奥へ通っていた。

金五郎と十一が敷居《しきい》をまたぐと、折れ曲がりの土間の奥から草履を鳴らして、着流しに紺看板の小太りの若い者がすぐに出てきた。

「おいでなさい。お名前とご用件をおうかがいいたしやす」

「金五郎と申します。あっしは以前、馬喰町の宝屋と申します読売に勤めておりまして、その折り、こちらのご亭主の達四郎さんに二度ほどお会いいたしました。ご亭主の達四郎さんにお取次を願います」

「ああ、馬喰町の宝屋さんの名前は聞いておりやす。うちは請宿でございやすが、読売屋さんなら、請宿のご用ではないんでございやすか」

「と申しますか、じつは以前、こちらの請宿の斡旋《あっせん》を受け勤めに就いており、しかし今は勤めを辞めておりますある人物のことについて、ご亭主の達四郎さんに少々おうかがいしたい事情がございます」

「うちは、お屋敷地の辻番の番人を専らに請けておりやす。うちが請けて番人を勤めた者なら、主人でなくともあっしでもわかりやすが。もっとも、うちが請けた人によっては、あっしの一存では読売屋さんにお教えできねえ場合もございやすが」

「読売屋の訊きこみの用では、ございません。ですが、何分にもここでは申しあげにくい差し障りがございます。何とぞ、ご亭主の達四郎さんに、お取次を願いたいのでございます」

「さようで。では、主人に伝えて参りやすので、お待ちを」

若い者が小太りの体軀をゆらして奥へ退り、ほどなく、明障子を閉てた店の間に人のくる気配がした。

障子戸が引かれ、よろけ縞の綿入れを着流し、太い下腹を角帯で支えた五十代と思われる男が、頬のたるんだ顔を金五郎と隣の十一に向けた。

「おや、これはこれは、金五郎さん、珍しいね」

男は引き開けた障子戸に手をかけた恰好のまま、に、と口元を歪め黄ばんだ歯を見せた。

「達四郎さん、ご無沙汰いたしておりました。また、厚かましくてうるさい読売屋がお邪魔いたしました。と申しましても、あっしはもう読売屋ではございません。老いぼれの隠居でございます」

「そうだよな。金五郎さんは去年、宝屋の勤めを辞めて、牛込の田舎に引っこんだはずじゃなかったのかい。引っこんだはずが、やっぱり読売屋の性根が疼《うず》いて、凝っとしていられず、また、余計な詮索をしようってわけだな」

「身についた読売屋のがさつな錆《さ》びが、老いぼれの身にこびりついておりましてね。達四郎さんに、ちょいとお訊ねしたい事情がございまして、牛込の田舎から久々に御城下に出て参りました」

達四郎は、侍風体の十一を見おろし、妙なとり合わせじゃねえか、と訝しんだ。

「言うほど老いぼれちゃいねえぜ。ところで、こっちの若いお侍さんはどなただい。小さ刀一本ってえのは、どっかのお武家の若党奉公かい」

「こちらは、御公儀の高名なお奉行さまのお指図により、ある調べ事をなさっておられる古風十一さまでございます。と申しましても、御用のお調べではございません。お奉行さまが内々にお気にかけておられる事柄があって、お奉行さまのご一存で古風さまに調べるようにと、お指図なさったんでございやす」

うん？　と達四郎は二重顎の下の皺を集めるように、首をかしげた。

「別に怪しんで言うわけじゃねえが、御公儀のお奉行さまとはどなただい。お奉行さまもいろいろいるぜ。金五郎さんが中立をする気なら、話せることは話してやってもかまわねえが、こっちも請宿稼業だ。万が一でも、あとで話が拗《こじ》れてごたごたに巻きこまれるのはご免だ。あれはお奉行さまのどなたさまのお指図で、と心得ておかなきゃあ、話せることでも話せねえだろう。心配すんな。言い触らす気はねえよ」

「十一さま、かまいませんか」

と、金五郎に訊かれ、はい、と十一は首肯した。

「達四郎さん、そのお奉行さまは大岡越前守さまでございやす。長く南町奉行職をお勤めになられ、去年、寺社奉行職に栄転なされました。ご存じでしょう」

「ほお。あの名奉行と名高い、大岡越前守さまかい。本途に名奉行だったかどうか、おれは知らねえがな」

達四郎が垂れた瞼《まぶた》を剝いて、がらがらと喉を震わせて笑った。

「そうかい。大岡越前守さまかい。となりゃあ、店の間のあがり端で腰かけてってわけにもいかねえな。茶ぐらい、ふる舞わなきゃあ。金五郎さん、それから古風十一さんもあがってくれ。奥で話を聞くぜ」

金五郎が飯田町の、広助、五平、道三郎の消息を当たったところ、三人はすでに飯田町に住んでいなかった。

江戸市中で住居を引っ越すときは、どの町のどの店へ越すのか家主に断らなければならないが、三人は断った先には越しておらず、消息はわからなくなっていた。

とは言え、それは珍しいことではなかった。

元禄のころより、四十万、あるいは五十万とも言われた江戸に居住していた町民のうち、まともな人別帳や宗門改めのある者は少なかった。

むしろ、仮人別すらない町民のほうがはるかに多数で、裏店の住人がどこへ引っ越そうが、いつ消えようが、実情はさほど詮索されなかった。

そこで、十一は金五郎の案内で、駿河台から小川町の辻番の番人を勤めていた三人が請宿にしていた、主人の達四郎を訪ねたのだった。

十一と金五郎は、店の間奥の小路側に連子窓《れんじまど》のある四畳半に通された。

達四郎は店の者に茶を出すように言いつけた。

金五郎が、広助、五平、道三郎の三人の消息が知れなくなっていた事情を伝えると、達四郎は二重顎のたるんだ肉をつまみながら言った。

「指物職人の与佐のお裁きが出て、残された女房と娘が女房の里の田無村に戻っていった。広助も五平も道三郎も、三人そろって引っ越したのは、あの年の秋の終りごろだったかな。引っ越したというより、飯田町から姿を消したのさ。家主には引っ越し先を伝えていたようだが、どうやらでたらめらしいのがあとでわかった。思うに、あいつらはあいつらなりに、顔がよく知られている飯田町には住みづらかったのかもしれねえ。あいつらが、高間騒動のどさくさの最中に起こった八右衛門殺しが与佐の仕業だと、町奉行所に訴え出たのは間違っちゃいねえ。与佐の手をかけているところを見たんだから、いくら町内の顔見知りだろうと、親しい間柄だろうと、隠しちゃおけねえ。お上からご褒美をいただいてもおかしくはねえ」

「高間の打ち毀しから、ひと月ほどがたって、町奉行所に訴え出たんですってね」

金五郎が達四郎に念を押した。

「殺したところを見たなら、なんでひと月も黙ってた、すぐにお上に訴え出なかったんだと訊いたら、与佐は同じ町内の顔馴染《かおなじ》みだから、顔馴染みをお上に指すのは気が引けた、迷ったあげくだと、あいつらは言ってた。そう言うんだから、そうなんだろう。だとしても、別に白い目で見られるわけじゃねえし責められるわけでもねえが、あの三人が与佐をお上に指したんだな、顔馴染みをお縄にしたんだな、与佐は三人に指されて打首になったんだなと、町内の住人にそういう目で見られるのは、あんまり心地よくなかったんじゃねえか。それに、あいつらはいつも三人つるんで、酒亭で酔っぱらって客に言いがかりをつけたり、呑屋の亭主につまんねえことで文句を言ったり、近所でちょっとしたもめ事でも、血相を変えて怒鳴りこんだりして、元々、町内の評判はあんまりよくなかったのさ」

「与佐とは、呑み仲間だったんですかい」

と、金五郎はなおも言った。

「どうだかね。あとでそう聞いたが、おれはよくは知らねえ。ただ、与佐は気が弱いというか優しいというか、与佐が広助に、だらしがねえ、礼儀を知らねえと、叱られたり怒鳴られたりしていたのを、酒亭で見かけたという話は時どき耳にした。てめえのことは棚にあげて言う広助も広助だが、与佐も与佐だ、あれでよく我慢しているなってさ。叱りつけられて怒鳴られて、それでも一緒に酒を呑みにいくなら、呑み仲間だったかもしれねえな」

達四郎は連子窓へ束の間目をなげ、ふん、と鼻で笑った。

「いなくなる前日に、三人そろって家へきて、今日で辻番の番人は辞めるといきなり言い出しやがった。いきなり言われちゃ困るぜと文句をつけたが、給金の精算をと言い張って聞かなかった。翌日、飯田町の店をさっさと引き払っていったそうだ。あいつら、辻番の番人なんかつまらねえという素ぶりを、つくろいもせず見せつけやがったし、仕事ぶりもいい加減だった。だから、大して困りはしなかったがね」

「達四郎さん、おうかがいします」

と、十一が言った。

達四郎は二重顎のたるんだ肉を、餅のように引っ張った。そして、また黄ばんだ歯を見せ、目元が小皺で一杯の大きな目を十一へぎょろりと向けた。

「広助、五平、道三郎の三人は、小川町のどちらかの武家屋敷で開かれている賭場に出入りしていたと聞きました。与佐も三人に誘われて、その賭場にいったことがあったようです」

「いったことがあるどころか、三人と賭場仲間だったとも、聞いたぜ」

「与佐の女房だったおたづは、与佐が三人と賭場仲間というのは違うと思うと、言っておりました。博奕は与佐の性に合わず、博奕はつまらない、もうやめたと、おたづは与佐から聞いたのです。おたづによれば、与佐は仕事でも遊びでも、目に見えて手で触ってだんだん形に作りあげていくのが性に合っていて、本物そっくりの細かな絵を描き、とても上手かったとか」

「ほう、女房のおたづの話を、田無村までいって聞いてきなさったのかい」

「はい。三日ほど前に」

「そいつはご苦労なこったが、女房の話じゃわからねえぜ。亭主は、博奕をやっていても、女房にはやってねえと言い張るもんさ。有金《ありがね》を巻きあげられて何もかもすっからかんになってから、ようやく済まねえと白状するんだ。切羽つまって、女房を岡場所に売る亭主だっているからね」

ははは、と達四郎は顔を皺だらけにして笑った。

「三人が出入りしていた武家屋敷の賭場をご存じなら、教えていただきたいのです。小川町のどちらかの武家屋敷と、聞きましたが」

「そりゃあ、知ってるさ。うちは辻番の請宿だ。ここら辺のどちらのお屋敷で賭場が開かれているか、それぐらいも知らねえ遅耳じゃあ、請宿はやってられねえ。あいつら三人も、そこで遊んでいたのは知ってたさ。番人の仕事をほっぽらかして博奕をやっていやがったから、引《ひ》き摺《ず》ってでも連れてこいと、人をいかせたこともあった。とにかく、性根が妙に曲がったやつらだった」

「その賭場で聞けば、広助、五平、道三郎の消息が、わかるかもしれません」

「どうかね。五年も前のことだぜ。あいつらのことなんか、もう覚えちゃあいねえんじゃねえか。それと、博奕は御禁制だ。町方が目を光らせているから、町家じゃあ大っぴらにはできねえ。武家屋敷の中間部屋とか、寺の庫裏《くり》とかで開帳となるのは、武家屋敷や寺社は町方が手を出せねえし、武家屋敷の主人も寺の坊主も、けっこうな寺銭ほしさに見て見ぬふりをしているだけだ。お上も訴えがねえ限り、厳しく詮索したりはしねえしな。古風さんがそこの賭場へいくのは勝手だが、おれが教えた所為でお屋敷に迷惑がかかっちゃあ、後始末が厄介だ。そこのところは十分にわきまえてくれよ。金五郎さん、頼むぜ」

「それはもう」

金五郎が、こくり、と頷いて見せた。

しかし、達四郎は煩わしそうに言いながら、不意に口ぶりを変えた。

「ところで、古風さん、こう見えておれは大岡越前守贔屓《びいき》でね。意外だろう？　けどそうなんだ。紀州からわざわざ下ってきなすった公方さまが、江戸生まれ江戸育ちの名門大岡家の大岡忠相さまを南町のお奉行さまにとりたてなすったときは、さすが天下の公方さま、ちゃんとわかっていなさるねと、嬉しかったもんさ。大岡さまが町奉行さまから寺社奉行さまにご出世なされても、おれの大岡越前守贔屓は変わらねえ。贔屓の大岡さまが、五年も前のどうでもいい話を、今さらお気にかけて蒸しかえすおつもりなら、どうにもならねえだろうが、おれも少々手を貸すぜ。昔は遣り手《やりて》の読売屋の金五郎さんでも、初めての賭場へいきなりじゃあ相手にされねえ。けど、そこの代貸《だいがし》は、以前からの顔見知りでね。お互い持ちつ持たれつの間柄なのさ。おれよりだいぶ若えが、裏稼業の事情に詳しい男だ。おれの添文があれば、表には知られていねえ話も聞けるはずだ。今、添文を書くからちょいと待ってな」

達四郎は、よろけ縞をゆらして座を立ち、しばらくして戻ってくると、折封にくるんだ添文を二人の前においた。そして、

「そこの、中坂をあがって御留守居丁の通りを……」

と、達四郎は二重顎の下のたるんだ肉をつまみながら言った。

六

その屋敷は、中坂の土留《つちどめ》の段々坂をのぼり、御留守居丁の往来を西へしばらくいった最初の辻に、漆喰《しっくい》がささくれだった古びた土塀を廻らしていた。

土塀沿いに裏へ廻って妻戸の戸を軽く叩いて中間の名を告げると、見張りの若い者が戸を開けてくれると教えられていた。

中間部屋は昼間から戸口や窓の雨戸を固く閉じて、暗がりを低い天井や部屋の隅へ追い払うかのように、数台の行灯の火が怪しくゆれていた。

代貸は、三十代半ばと思われる、頬骨が高く、険しい目つきの男だった。達四郎の添文に素早く目を通すと、添文を畳んで折封に戻し、

「そうですか。達四郎の親方とは、ここのところご無沙汰をしておりやした。わかりやした。どのような、お訊ねで」

と、金五郎から十一へひと重の目を移した。

大部屋では、昨夜から十二、三人の張子《はりこ》が盆筵を挟んで丁半博奕がまだ続いている

らしく、湿った熱気がたちこめていた。駒札がからからと鳴り、中盆の声や張子の客のため息が気だるげに聞こえていた。

　その大部屋の薄暗い一角に、十一と金五郎は代貸と向かい合っていた。

「へい、あのお客さんは覚えておりやす。広助さんと五平さん、道三郎さんのいつも三人一緒でしたから、目につきやした。達四郎親方の請人で、辻番の番人をなさっているのは知っておりやした。辻番の番人にしては金廻りがよかったようで、大きな勝負をなさることもありやしたね。ただ、大勝ちをしたという覚えはありやせん。三人の中では、広助さんが兄貴分、ていうか二人に指図する偉そうな物言いをなさっていたのを、覚えておりやす。そうそう、広助さんは、おれの生まれは武士だと、自慢しておりやした。偉そうなのは武士の生まれというのもあったんですかね。もっとも、賭場で客の素性なんぞ詮索しやせんので、本途か嘘か確かめちゃいやせんよ」

　代貸は腕組みの恰好で、片方の掌《てのひら》を骨張った顎にあてて続けた。

「うちの賭場に五年前の秋ごろから、ぷっつりと姿を見せなくなって、飯田町を引っ越し、辻番の番人もやめたと聞きやしたんで、河岸を変えたんでしょう。広助さんと五平さんの消息は知りやせんが、道三郎さんは市ケ谷《いちがや》御門外の八幡町《はちまんちょう》にいるらしいと、お客さんが話していたのを、以前、聞いたことがありやす。お客さんが八幡門前の茶屋で道三郎さんを見かけて、ずいぶん羽振りがよさそうだったんで、門前のどっかの茶屋の亭主に納まっているんじゃねえかとも、言っておりやした。ただ、半年ほど前のことですから、今も道三郎さんが八幡町にいるかどうか、そいつは確かじゃありやせんがね」

市ヶ谷御門外の八幡町は、ここからそう遠くはない。門前の茶屋なら葭簀《よしず》張りの水茶屋だろうが、女も何人かおいて酒も呑ませ、女に客をとらせたりもする。

「こちらの賭場で、三人と同じ年ごろで飯田町の与佐という指物職人が、三人の賭場仲間にいたのではありませんか」

十一は三人と打ちとけた知り合いか、仲間のような間柄の者のことを訊ねた。

「与佐って、もしかして、五年前の米問屋の高間が打ち毀しに遭った折り、その騒ぎにまぎれて高間の手代の八右衛門さんを滅多刺しにして、これになった。あのときの、指物職人の与佐のことでやすか」

代貸が手刀で打首の真似をし、十一は頷いた。

「やっぱり、お訊ねになりてえのはそっちのほうでやすか。確かに、与佐は三人と一緒に賭場にきたことはありやす。たぶん、あいつだろうなと思われる、大人しそうな目だたねえ野郎だったと、覚えておりやす。ですが、与佐が三人とは賭場仲間だったとは言えませんね。どっちかっつうと、あの三人の賭場仲間を言うなら、与佐に殺された八右衛門さんのほうですかね。八右衛門さんも時どき遊びにきて、三人と一緒になったときは、親しそうな様子で言葉を交わしておりやした。神楽坂のどこそこの酒亭が遅くまで呑ませるからいこうぜと、博奕をやめて四人が連れだっていかれたこともありやしたし。与佐よりは、八右衛門さんのほうが、広助さんや五平さんや道三郎さんと、よっぽど親しかったと見受けやした」

そこで、代貸は記憶をたどるような間をおいた。

「高間騒動のどさくさに、八右衛門さんが殺されたのがわかってから、三人のしょげぶりは相当なもんでしたね。殊に、広助さんがひどくつらそうでやした。そんなに力を落としなさんなと、あっしも声をかけて慰めたくらいで。そうそう、その八右衛門さんの件では、ある日、南町の定廻りの前波甚之助という町方に、そこの御留守居丁の往来で、いきなり呼びとめられたことがありましてね。町方が武家屋敷の賭場を探っていやがるのかと、初めは吃驚しやしたが、武家屋敷の賭場は町方の掛じゃねえから心配すんなと言われ、じつは、八右衛門さんが殺された一件の訊きこみだったんです。八右衛門さんの普段の遊びぶりや、賭場仲間はいねえかとか、いろいろ訊かれ、そのとき、広助さんと五平さんと道三郎さんが八右衛門さんと親しかったと話したんです。それから四、五日ほどがたって、飯田町の指物職人の与佐が八右衛門殺しの廉でお縄になった噂が賭場にも聞こえてきたんで、あの気の弱そうな与佐が大それたことをやらかしやがった、人は見かけによらねえもんだと、賭場でもひとしきり話の種になりやした。与佐がお縄になった翌日、三人が賭場にきて、にやにや笑いを浮かべ、八右衛門の仇《あだ》を晴らしてやったぜって言うんで、どういうことでと訊ねやすと、そのうちにわかるさと、なんだか思わせぶりな様子でやした。そのあとで、三人が南町の前波甚之助に与佐を指した噂が聞こえて、ああ、あの前波甚之助が手柄をたてたわけか、と思ったのを、覚えておりやす」

代貸は、十一と金五郎が何も訊かずとも続けた。

宮地芝居や楊弓《ようきゅう》などの小屋が建ち並び、多くの参拝客で賑わう市ヶ谷八幡宮《はちまんぐう》の鳥居前に、板庇へ葭簀をたて廻し、出格子を備えた二階家の水茶屋が鳥居の東に数戸、西に数戸と軒をつらねて門前町を形成していた。

水茶屋の客は、竈を据えた土間の縁台に腰かけて茶を喫し、酒を呑むこともできた。

茶汲女《ちゃくみおんな》がけばけばしく化粧をし着飾って店先に立ち、参詣客の客引きをした。酒の酌をし、客が望めば昼夜泊り二朱ほどで相手をした。

色里から離れているので、八幡町の水茶屋はどの店も繁盛していた。

四半刻後、十一と金五郎は市ヶ谷御門の橋を渡って堀川端の通りに出た。

通りの向こうに八幡宮の大鳥居と茶屋の瀟洒《しょうしゃ》な二階家がつらなり、冬の陽射しが鳥居や茶屋の板屋根に白々と降りそそいでいた。

天道は西の空へといつしか移っていても、まだ十分に高く、閏十一月にしてはのどかな日和だった。

堀川端の自身番で、道三郎の営む水茶屋を訊ね、大鳥居の西側に並ぶ中の一軒とわかった。

二階の出格子の障子戸ごしに、酒宴の賑わいが聞こえていた。

店先に出て客引きをしている茶汲女が、十一と金五郎に気づき、脂粉の香りをまき散らして笑いかけてきた。

「お入んなせ」

茶汲女は、さえずるような声で言った。

「ごめんよ、姐《ねえ》さん。こちらのご主人は、道三郎さんだね」

金五郎が参詣客らしくない堅い口ぶりで言うと、

「は？　はい」

と、女はきょとんとした。

女に取次を頼み、店頭に出てきた道三郎は、三十代半ばの年ごろに思われる、痩せて顎の尖った男だった。

大きな目を落ち着かなそうにしきりに周りへ泳がせつつ、十一と金五郎に不審感を露《あら》わにして言った。

「おまえさんたち、妙なとり合わせだね。あんたが金五郎さんで、こっちの若いお侍さんが古風十一さんかい。見かけたことはねえが、一体誰の使いできなすった」

「ご不審は、ごもっともでございやす。あっしは、今はもう辞めておりやすが、以前は読売屋でございやした。前の仕事柄、町家のみならず、お屋敷やお寺神社に詳しいもんで、知り合いに頼まれやして、こちらの古風さまのお調べの案内役を務めさせていただいておりやす」

「調べだと？　古風さんは誰の指図で、何を調べているんだい」

「はい。わたくしはただ今、寺社奉行大岡越前守さまのお指図により、道三郎さんに少々かかり合いのある事柄の調べを進めております。その事柄について道三郎さんにお訊ねするため、おうかがいいたしました」

「おいおい、大岡越前守の指図によりだって？　大岡越前守といったら、前の町奉行じゃねえか。大岡越前守とおれに、かかり合いなんかあるはずがねえだろう。金五郎さん、からかうのもいい加減にしろ。こんな若いのを巻きこんで、いい歳してみっともねえぜ。ははん、さてはてめえら親子だな。親父と倅で妙な恰好に拵え、大岡越前守の名前を騙《かた》ってひと芝居打って、なんか売りつける気だろう。性質《たち》が悪いぜ。そうはいかねえ。帰れ帰れ」

「道三郎さん、決して芝居じゃありません。あっしに古風さまのお調べの案内役を頼まれた方は、大岡越前守さまのお側役《そばやく》の岡野雄次郎左衛門さまでございます。今日は引きあげ、芝居じゃねえとわかっていただくために大岡家のどなたかと、改めて道三郎さんをお訪ねすることになりますと、寺社奉行職の大岡さまのご家中の方々は、みなさん、寺社奉行のお役人さまでもございますので、こちらの色里めいた茶屋町をご覧になって、何か思うところがあったりしなければよろしいんですがね」

元文のこの時代、寺社の門前はまだ寺社奉行支配だった。

「ちぇ、金五郎、てめえ今度は脅してきたかい」

「とんでもございません。芝居じゃありませんと、言いたいだけなんで。ですから道三郎さん、ちょっとの間、お願いいたします」

「まったく、冗談じゃねえよ。そんな面倒、ご免こうむるぜ。ところであんたら、おれのことを誰に聞いた」

「牛込御留守居丁の賭場で聞きやした。そこのお客さんが、半年ほど前、この門前町で道三郎さんをお見かけしたと、代貸がお客さんから聞いたそうで」

金五郎が言った。

「ああ、あの代貸か。御留守居丁の武藤《むとう》家の賭場だな。あそこで遊んでいたのは、五年も前のことだぜ。おれを見覚えているやつがいたのかい」

「そりゃあもう。道三郎さんは賭場ではよく知られた顔だったと、代貸が仰っておりました。お仲間の広助さんと五平さんが、いつもご一緒だったそうですね。広助さんと五平さんは、今はどちらにお住まいで。道三郎さんが御留守居丁の賭場に姿を見せなくなったのと同じとき、広助さんと五平さんもこなくなったんで、三人一緒に飯田町から引っ越して、河岸を変えたんだろうとも聞きましたが」

「ちぇ、よく喋る代貸だな。そうさ。おれと広助と五平、三人一緒に飯田町の裏店に住んでた。呑み仲間、賭場仲間、仕事仲間だった」

「で、広助さんと五平さんとは、今もご一緒に呑んだり博奕をやったり、おつき合いをなさっていらっしゃるんで……」

「広助も五平も、どこで何をしているか、知らねえ。もう若くはねえ。少しは先のことを考えなきゃあならねえ。今はもう離れ離れさ」

「道三郎さんは、広助さんと五平さんとご一緒に、飯田町の請宿の達四郎さんを請人にして、辻番の番人をなさっておられましたね」

十一が言った。

「ああ、おれたちは辻番の番人だった。それが？」

「五年前の享保十八年に飯田町から引っ越しなさる前、同じ飯田町の住人で、与佐という指物職人ともお親しかった。広助さんと五平さんもともどもに、与佐さんと呑み仲間だったとうかがっています。道三郎さんと、広助さん五平さんが、与佐さんとどのようなかかり合いだったのか、それをお訊ねしたいのです」

「与佐？　ああ……」

道三郎は水茶屋の亭主の顔から不意に表情を変え、奇妙な真顔になった。

十一へ首をひねり、黒い穴のような目を向けた。なぜか、そわそわと落ち着かぬ様子で周りを見廻し、

「今は商売中ですから、ここじゃあお客の邪魔になりやす。こっちへ」

と、言葉つきも変えて十一と金五郎を堀川端へ誘った。

土手下に雑草の枯れた川原が水辺へくだり、午後の日が堀川の流れを色濃い紺青に染めていた。対岸の高い土手の上の、土手三番丁の木々に囲まれてつらなる武家屋敷の瓦葺屋根にも、日が降りそそいでいた。

水辺の草むらの陰で、数羽の水鳥が鳴いていた。

陽射しが降って、寒くはなかった。

だが、道三郎は背中を寒そうに丸め、腕組みをして川面《かわも》を見つめていた。

十一と金五郎は、道三郎の両側に並びかけた。

堀川のゆるい流れの先に市ヶ谷御門橋が架かり、市ヶ谷御門の向こうは土手四番丁の土手道である。

「大岡さまが、五年も前の手代殺しの下手人の一件を、お調べになるんでやすか」

道三郎は不審を隠さず、十一に質した。

「大岡さまは今、町奉行ではありません。わたくしは大岡さまのお指図を請け、もう一度、五年前の事情を確かめているだけです。御用で調べ直しているのではないのです。何とぞ、お気になさらずに」

「ふうん、大岡さまもお暇なんだね。もうとっくにすぎて、今さらどうにもならねえ一件をほじくり出して、それでどうする気なんだい。ならなぜ、五年前に調べなかったんだいって、思いやすがね。身分の高いお武家さまのなさることは、あっしら下々にはよくわからねえ」

道三郎は、しぶしぶという口ぶりで話し続けた。

八幡宮門前の水茶屋の茶汲女の高い呼び声が、「お入んなせ」と客を引き、水茶屋の二階で戯れる酔い痴《よし》れた男らのがらがら声や笑い声、女の嬌声《きょうせい》がもつれ合って、堀川端の三人に聞こえていた。

「……それで、高間の手代さんが、与佐の剣幕に恐れて逃げ出していくのを、与佐もよっぽど気が昂《たか》ぶっていたんでしょうね、打《ぶ》っ殺《ころ》してやる、と叫びながら追いかけやした。与佐は普段は大人しいが、かっとなったらわれを忘れて無茶をしかねねえ気性は知っておりやしたんで、こりゃ拙《まず》いぜ、与佐をとめなきゃあと、あっしらも与佐のあとを追ったんです」

「与佐が、打っ殺してやると叫んだのが、聞こえたのですか。周囲は打ち毀しの真っ最中で、大騒ぎだったのでは。それでも与佐の声が聞こえたのですか」

「そりゃあもう、わあわあと喚声が飛び交ってはおりやしたが、確かに、与佐がそう叫んだのは聞こえやした。だから、あっしらも追いかけたんです。でなきゃあ、あっしらだって高間の米をいただきにいったんですから、追いかけやしませんよ」

十一は頷いた。

「すると、三棟並んだ一番奥の米蔵の裏手から悲鳴があがったんで、あっしら、急いで米蔵の裏手へ廻りやした。そしたら、草がぼうぼうに生えた板塀との隙間に与佐と手代さんが見えやした。与佐はあっしらのほうに背中を向けて、手代さんへ馬乗りの恰好で、喚きながら包丁かなんかの得物をふりあげ、滅多刺しにしていて、手代さんは血まみれになって、もうぐったりしているのが、離れていてもわかりやした」

「さぞかし、驚かれたでしょうね」

「なんてこったと、呆《あき》れやした。どうしようって、うろたえやした。そのとき、これは見なかったことにしよう、与佐は仲間だ、誰にも言わないでおこうと、広助さんが言ったんです。咄嗟に、あっしもそのときは、そうだなと思いやした。たぶん、五平もそうだったと思いやす。広助さんが、引きあげようと言って、あっしらは、高間の米をいただくのも忘れて、打ち毀しの大騒ぎの中を隠れるようにして引きあげたんです。けどね、飯田町の店に戻って頭を冷やしたら、これでいいのかなと、急に気になり始めやした。だってそうでしょう。米問屋の高間伝兵衛は、米を買占めて値を吊りあげ、大儲けしているんです。打ち毀しに遭っても仕方がねえ。けど、手代さんは高間伝兵衛の奉公人にすぎやせん。高間伝兵衛に腹をたてて、代わりに手代さんを刺すのは筋違いじゃねえか。第一、気の毒じゃねえかと、胸が痛くなるほど申しわけない気持ちになりやしてね」

「ひと月ほどがたって、与佐が手代の八右衛門さんを刺したと、訴え出られたのでしたね。なぜ、ひと月も隠しておられたのですか」

「そりゃね。あんなやつでも、与佐はあっしらの仲間だったんです。同じ町内の呑み仲間だし、ご存じでしょうが、賭場仲間なんですよ。仲間を指すってえのは、それが正しいことだとわかっていても、気が引けるんですよ。若い古風さんには、あっしら下々の、仲間同士のそういうのは、おわかりにならねえでしょうが」

道三郎は、さりげなく嫌みな言い廻しを十一に寄こした。

「道三郎さん、殺された手代の八右衛門さんとも、顔見知りでしたね。賭場のお仲間だったと、代貸に聞きましたが」

「えっ。ああ、そ、そうです。賭場の、かか、顔見知りです」

ただの顔見知り、というだけではなく、賭場で顔を合わせると、四人で親しく言葉を交わされていたのですね」

「へえ、まあ、そういうことも、ありやした。あっしらは八右衛門さんとも、親しくつき合っておりやした」

「酒亭などにも一緒にいく、呑み仲間だったのでは」

「ええ。仲間ですから、そりゃあ呑みにだっていきやす。おかしいですか」

「なのに、仲間の八右衛門さんが与佐さんに刺されたのを見たときは、助けにいかなかったんですか。馬乗りになった与佐さんを後ろから羽交締めにして引き離し、八右衛門さんの手当てをするとか、人を呼ぶとか、なさらなかったのですか」

ええ？　と道三郎は明らかに戸惑いを見せた。

「いや、まあ、あのときはどうだったかな。とめるとか手当てとかより、打ち毀しで大騒ぎだったたし、吃驚して気が動転してたし……」

「けれど、見なかったことにしようと広助さんが言われて、道三郎さんも五平さんもすぐにそれがいいと思われた。それで高間から引きあげた。仲間の八右衛門さんの身の上は、案じなかったのですか」

「ですからそれは、あの、どうだったかな。そ、そうだ。八右衛門さんは血まみれでぐったりして、もうお陀仏《だぶつ》になっていたのは明らかだったんです。手の施しようがなかったからですよ」

「血まみれでぐったりしていても、すぐそばで容態を見ていたら、八右衛門さんはまだ息があったかもしれませんね。もしかしたら、助けられたかもしれませんね」

途端、道三郎は苛だって声を荒らげた。

「うるせえんだ、若蔵が。偉そうに知ったふうな口を聞きやがって。もう五年も前のことなんか、覚えちゃいねえんだ。みんなうろたえて、ついそうなっちまったんだ。てめえ、知りもしねえくせによ」

水辺の水鳥が、道三郎の声に驚いて慌ただしく羽ばたいて飛びたった。

「失礼なことを申しました。つい、気になったものですから」

「なんでい。こっちはてめえらのどうでもいい調べに、つき合ってやってるんだ。妙な言いがかりをつけやがって」

「済まねえ、道三郎さん。その通りです。その場にいたら、誰だってうろたえて、あとで、しまったと思うようなことをやってしまうもんですよね」

金五郎が道三郎をなだめた。

「まったく。じゃあおれは戻るぜ。仕事があるんだ」

「道三郎さん、最後にもうひとつだけ、お訊ねします」

金五郎は、いきかけた道三郎を止めた。

「八右衛門さんの一件の掛は、南町の前波甚之助さまでございましたね」

「ああ、そうさ。南町の定廻りの、前波甚之助さまだった」

「三人のお仲間で、八右衛門さんが与佐に刺されている現場を見たと、訴え出られたのは、掛の前波さまだったんでございますか」

「そうだったかもな。前波さまは、八右衛門さんの知り合いを全部、訊きこみに廻っていて、あっしらのところにもきたんだ。あっしらは、与佐が八右衛門さんを刺した下手人と知っているのに、このまま隠していていいのかと迷っていたから、確か、最初は前波さまに相談したんだ。前波さまは、馬鹿だなおめえら、下手人を見たと訴え出なきゃあ、おめえらも罪に問われることになるぜと仰って、それであっしらの腹が決まったのさ。仕方がなかったんだ」

「ごもっともで。結構でございます。ありがとうございました」

道三郎は眉間にしわを寄せ、物憂そうに尖った顎を撫でた。

七

八幡宮門前の茶屋のほうへ戻っていく道三郎の後ろ姿を見送りつつ、十一は金五郎に話しかけた。

「金五郎さん、意外に思ったのは、わたしが未熟だからでしょうか」

金五郎は、道三郎から十一の端正な横顔へ向いた。

「十一さま、何を意外に思われたんで」

「辻番の番人だった道三郎が、水茶屋の亭主に、よく納まることができたなと思ったのです。元手はどうしたのだろうと、道三郎と話していて、ふと思いました」

二人は、市ヶ谷御門橋のほうへ歩みを進めた。

歩みを運びながら、十一は言った。

「寺社の門前の水茶屋が、ただ茶を喫するお休み処《どころ》だけの場所でないことは、わたしにもわかります。花町の大勢の女を抱える大きな廓《くるわ》でなくとも、何人かの女を抱えてあれだけの水茶屋を営むには、それなりの元手がかかるはずです。辻番の番人の給金でできるとは思えない。道三郎にそれができたのは、意外な気がするのです。元手はどのような手段で手に入れたのか」

「あっしも、それは思いました。こういう場合、例えば、表向きは道三郎を亭主にたてて、実情は道三郎を雇っている本途の亭主がいるとか、あるいは、水茶屋の先代の亭主の娘婿に納まり、今は道三郎が継いだとかが考えられます。ですが、道三郎がそれほどの男とは思えません。探ってみましょう。道三郎が水茶屋の亭主に納まった事情と広助や五平の消息に、何かかかり合いがあるのかもしれません」

二人は、市ヶ谷御門橋の袂にきた。

「同じことかもしれませんが、わたしは南町の前波甚之助さんに会い、五年前の与佐をお縄にした経緯を、訊いてみるつもりです。岡野さまに今日の報告をいたしますので、これから外桜田へうかがいます。岡野さまにお願いすれば、前波さんの話が聞けると思います。子細は、わたしのほうから金五郎さんをお訪ねしてお知らせします。ではそのときに」

十一は身をかえし、市ヶ谷御門橋へ向かった。

すると、金五郎が十一を呼び止めた。

「お待ちください、十一さま。前波甚之助さまは、もう町奉行所にはおりません」

十一はふりかえり、金五郎のほうへ数歩戻った。

「前波さんが、町奉行所にいない……それは、すでに町方を番代わりして、隠居をなさっているという意味ですか」

「そうではありません。前波さまは、町奉行所にも江戸にもおりません」

「えっ、江戸にも？」

と、十一は首をかしげた。

金五郎は、物思わしげに眉をひそめた。

「迂闊《うかつ》でした。これはただの偶然か、それとも、何かの因縁がからんでいるのか。あの事件のとき、あっしは五十八のすでにいい歳で、読売屋の勘繰りが鈍って、妙だなとか、もしかしてとか、これっぽっちも疑わなかった。そう言えば、読売屋もそろそろ仕舞いどきかなと考え始めたのも、あの年でしたっけ。ですが今、なんだか妙な気がしてなりません。胸騒ぎがいたします」

「金五郎さん、前波さんはどうしたのですか」

「前波さまは、与佐が八右衛門殺しの廉で打首になった三月ほどのち、町方の勤めを捨てて江戸を欠け落ちし、以来、行方知れずなんです」

「行方知れず……なぜ」

「十一さま、岡野さまのご報告は、今日でなくともよろしいんじゃありませんか。うちでちょいと早めの夕餉を食っていってください。前波さまが、欠け落ちをするきっかけになった事件があったんです。いやあれは、事件というより、不祥事と言ったほうがよさそうな妙な一件でした。その話を、夕飯を食いながらお聞かせします。それから、明日もまた今朝と同じ刻限に、うちへ朝飯を食いにきてください。朝飯を食ったら出かけるところがありますんで」

「は、はい。どちらへ」

「それも、夕飯を食いながらお話しします。さあ、十一さま、いきましょう」

と、金五郎は堀端の市谷田町《いちがやたまち》の往来に、衰えの見えぬ歩みを運んだ。

その日の宵、道三郎と五平は提灯を提げ、堀川端の往来から佐内坂、中根坂をへて加賀町の往来へと折れた。このあたりは大小の武家屋敷が低い土塀や板塀をつらね、往来の北側は藪が覆う明地になっていた。

界隈は殆どが武家地ゆえ、さほど物騒ではないが、日が暮れて往来に人通りは途絶え、夜空に月の架かった宵の暗がりと重たい沈黙に閉ざされていた。

その加賀町の往来を、ぽつんと寂しい明かりを灯す辻番の前をすぎ、薬王寺前町手前に古びた土塀を廻らした表火之番衆《おもてひのばんしゅう》・仲間広之進《なかまひろのしん》の、これも古びた長屋門脇の潜戸《くぐりど》を、二人は勝手を知ったふうにくぐった。

前庭の先に板戸を閉じた表戸が、月明かりにぼんやりと見えた。

二人は表戸の前まできて、むっつりと頷き合った。

道三郎が板戸を敲《たた》いて、近所をはばかり声を抑えながらも呼びかけた。

「今晩は。夜分畏れ入りやす。今晩は。八幡町の道三郎でございやす」

続いて、五平が声を張りあげた。

「塩町の五平でやす」

「仲間広之進さま、いらっしゃいやすか。ちょいとお伝えしなけりゃならねえことがございやす。五平ともどもうかがいやした。仲間広之進さま、ちょいとお願いいたしやす。急ぎの用でございやす」

「仲間広之進さま……」

しかし、戸内の返事はなかった。

「留守かい」

「そんなわけねえだろう。広助はいなくとも、女房か老いぼれの下男がいるはずだぜ。隠居夫婦だって、まだくたばっちゃいねえ」

二人は表戸の前で、ひそひそと交わした。

そのとき、赤ん坊がか細く泣き始めた。

「ほら、やっぱりいるぜ。相済みやせん。夜分畏れ入りやすが、仲間広之進さまはいら……」

「やめろ、下郎」

言いかけた道三郎を、背後の声が厳しくたしなめた。

ふりかえると、いつの間にか、仲間広之進が前庭の暗がりに立っていた。広之進は着流しに二刀を帯び、眉間に皺を寄せて二人を睨んでいた。

「広助さん、よかった。ちょいと、話があるんだ」

「うちにくるな。用があればわたしがいくと、言っただろう。迷惑だし、怪しまれるのだ。わからないのか」

戸内の赤ん坊の、か細い泣き声が止まなかった。

「す、済まねえ。けどね、至急の重大事なんだよ。五平と相談して、これはあっしらには手に負えねえから、広助さんに指図してもらうしかねえ、ぐずぐずしていられねえ、すぐいこうということになってさ」

「ちっ、声を落とせ。近所に聞こえる。わたしは仲間広之進だ。言葉遣いをわきまえろ。ここでは仲間さまと言え」

「へ、へい。仲間さま。お伝えしなきゃあならねえ、事態でございやす。今日、妙なやつらが二人、いきなり訪ねてきやがったんで」

「至急の重大事だと？」

「さようでございやす。ご、五年前の例の一件を調べているとかで、しつこく訊きやがって」

「黙れ。言葉遣いに気をつけろというのに」

広助が声を凄ませ、二人の提灯が動揺してゆれた。

「五年前の例の一件とは、高間騒動のあのときのことか」

「飯田町の与佐の……」

広助の草履が、不機嫌そうに地面を擦《こす》った。

「こっちへ」

広助は身をくらますように、二人の提灯の明かりの中から消えた。

広助のあとを追い、前庭から西側の庭へ廻った。縁側に閉てた雨戸の一枚が引いてあり、そこから広助に続いて縁側にあがって六畳間に入った。

そこは一灯の行灯が灯っているばかりの、火鉢もなく冷え冷えとした殺風景な部屋だった。三人の重みに、古畳が苦しそうにうめいた。茶など出ず、三人は寒さに身を縮め、行灯のそばに車座になり、顔を突き合わせて話し始めた。

薄暗い部屋に虫の羽音のような男たちの声が流れ、赤ん坊の泣き声が止んだ。

「大岡越前守の指図を受けただと。町奉行だった大岡の指図とは、どういうことだ。大岡はもう町奉行ではない。寺社奉行だぞ。それが今なぜ、五年も前の高間騒動のことを調べているのだ」

「高間騒動じゃねえ。八右衛門殺しの与佐の一件だ。指物職人のあのどじの与佐だ。忘れちゃいめえ」

「当たり前だ。だから、なぜ今、掛じゃない大岡が何を探ろうとしている」

「わからねえよ。あっしも五平もわからねえから、居ても立ってもいられず、広助さんに相談しにきたんだ」

「そいつら、御用じゃねえと言ってたんだな」

「言ってた。それは間違いねえ。なんでも、大岡さまが気にかけてるとか、そんな言い方だった」

「なぜ、知りもしねえやつらなのに、とっとと追いかえさなかったんだ」

「だからおれも、やつらを追いかえして、かえって妙に勘繰られちゃあ拙いんじゃねえかと思ったんだ。だから、はい、そういうことがございましたね、と平然と話してやったんだ。相手は寺社奉行だぜ。八幡町は寺社奉行の支配下だ。やつらを追いかえしても、今度は寺社奉行の役人と一緒にきやがったら、もっと厄介なことになりかねねえ。そうなったら拙いじゃねえか。そうだろう」

「拙いよ。おれもそう思うぜ、広助さん」

と五平も同調した。

三人は辻番の番人だったころの、飯田町の裏店の馴《な》れ馴《な》れしい仲間同士に戻っていた。広助の言葉つきも、仲間相手の言葉つきに変わっていた。行灯のわきで胡坐をかいて言葉を吐くたびに映る白い息の乱れが、三人の苛だちを露わにしていた。

「御用じゃねえと言ったんなら、何を調べようが探ろうが、気にかけることはねえんじゃねえか。下手《へた》に動いて、かえって波風をたてる場合もあるからな」

「じゃあ、広助さん、放っておくのかい。放っておいていいと、思うのかい。大丈夫なのかい」

「古風十一は、どんなやつだ」

「ひょろっと背の高え若蔵だ。大きな目でこっちを凝っと見つめて、にこりともしやがらねえ、愛想のねえ野郎だった。侍には違いねえが、二本差しじゃなかった。小さ刀を一本帯びて、深編笠に裁っ着け袴の草鞋履きだったんで、ちょっと見には江戸見物にきた田舎侍かと思ったぐらいさ」

「調べというより、ただの使いの若党じゃねえのかい」

と、五平が口を挟んだ。

「若党じゃねえ。いろいろ聞いてきやがったし。才槌頭の月代をてらてら光らせ、済ましていやがった。気味が悪くてよ」

「前は読売屋だった金五郎は、どんな野郎だ」

「そうそう、その金五郎が油断のならねえ、いかにも腕利きの手先って様子の野郎だ。鬢に白髪が混じって、若くはねえが、顔つきがいやに険しくて、老いぼれというのじゃなかった。なんでも、大岡の側衆の誰かに頼まれて、若蔵の手先を務めていやがる、そんな感じだった」

「読売屋の金五郎か。どんな野郎だ。名前を聞いたような気がするな」

「たまに読売は読むが、読売屋なんか気にしたことはねえぜ」

「それで、広助さん……」

と、道三郎が広助に顔を近づけた。

「金五郎にね、前波甚之助とあっしらのかかり合いを訊かれたぜ。ちょっと、どきっとした」

「かかり合いって、なんの」

「なんのじゃねえよ。前波に与佐を指した一件に決まっているじゃねえか」

五平は寒さに身を縮めて、押し黙っていた。

「前波はもう江戸にいねえ。あいつのことを訊かれても、どうってことはねえ」

「けどさ、広助さん。金五郎の前は読売屋だった。読売屋なら当然、五年前の前波の欠け落ちは知っているはずだ。奉行所は面目を潰してえらい騒ぎだった。それを知っていながら、なんで今さら、前波のことをわざわざ訊くんだ。腑《ふ》に落ちねえ。ひょっとしてだぜ、やつら、前波とあっしらのかかり合いを探っていやがるんじゃねえか。ふとそんな気がしてさ」

「あり得ねえ。五年も前に何もかも落着したんだ。何を探ってもどうにもなるもんじゃねえ。気にすることはねえさ」

「前波は、腹の底の読めねえくせの強え町方だった。まさか、里心がついて江戸にふらっと戻ってくるなんてこたあ、ねえだろうな」

「五平、前波は本庄《ほんじょう》のおめえの知り合いの世話になって、今も本庄にいるのは、間違いねえだろうな」

「ま、間違いねえとも。そいつはあっしに義理があって前波を預かってるんだ。前波が本庄から姿をくらましたら、知らせてくるはずさ。一年半ほど前だが、本庄の沼和田村の男が出稼ぎにきて、偶然うちの店に呑みにきてよ。そいつが前波らしき男の噂話をしてた。前波は甚三《じんぞう》と名乗って、おれの知り合いの賭場で、用心棒稼業をしているそうだ。だ、だから大丈夫さ」

「やつら、前波が本庄にいると知ったら、どうするかな。当然、大岡に訴えるだろうな。そしたら代官所にお上のお指図が廻って、前波は御用になるかもな。そいつは拙いんじゃねえか」

「前波が、邪魔だってえのかい」

「そうじゃねえ。前波が御用になったら拙いなと、思うだけさ」

「拙かったらどうする。何を考えてるんだ、道三郎。どうなんだ、五平」

「いや、おれは別に何も……」

五平が言い、道三郎は何も言いかえさなかった。

三人は行灯一灯の怪しげな薄明かりにくるまれ、まるで邪《よこしま》な夜の底に沈殿するかのように身動きひとつしなくなった。

第三章　腐れ役人

一

河岸通りを和泉橋《いずみ》までいき、神田川を渡って馬喰町を目指した。

両国広小路に近い馬喰町二丁目の宝屋は、書籍問屋と地本問屋の二棟が往来に店を構え、地本問屋の裏にもう一棟を構えた店が読売屋であった。

地本問屋と隣家の表店の間に路地へ入る両開きの木戸があって、板屋根の庇の陰に裏店の住人の名前と職業を記した札がかかっていた。

そこに、宝文之助《たからぶんのすけ》、読売、の板札も並んでいる。

「宝屋は、書籍問屋も地本問屋も読売屋も宝三兄弟が営んでおりましてね。あっしが勤めておりました読売屋のご主人は、三男の宝文之助さんです。宝一族はこの界隈の地主さんで、路地の奥の裏店も書籍問屋のご主人の宝連太郎《れんたろう》さんの地面です。連太郎さんが宝一族のご長男です」

路地をいきながら、金五郎が十一に言った。

読売の宝屋は、地本問屋の裏に建てた頑丈そうな総二階の土蔵造りだった。路地の途中を地本問屋の裏手へ廻ったところが、読売屋の戸前になっていた。

路地の前方にまた木戸があり、木戸の奥に裏店が見えていた。

「おっと、金五郎さんじゃないか。久しぶりだね」

広い店の間の奥に、間仕切の腰付障子を引き開けた部屋があって、そこの帳場格子についている小太りの男が、前土間に入った金五郎と十一を目敏《めざと》く見つけ、先に声を寄こした。

「壮次郎《そうじろう》さん、ご無沙汰しております」

金五郎が前土間から、辞儀をして言った。

十一も金五郎に倣《なら》い、壮次郎へ丁寧な辞儀をした。

店の間は文机《ふづくえ》がずらりと並んでいて、筆と硯《すずり》に、書籍や双紙、何かの書き差しの文書のようなものや紙束などが、それぞれの机の上や周囲に、雑然と積んであった。

店の間の奥に、壮次郎の部屋と隣り合わせた部屋があって、そこは堆《うずたか》く重ねた紙束や夥しい書物の棚も数台あって、どうやら、読売作りの資料本や刷り紙などの物置部屋に使われているようだった。

机に向かっている者は数人しかおらず、広い店の間はがらんとしていた。

読売屋の始まる刻限は、どこも遅い。

壮次郎は腹の丸い小太りに着けた杢目文《もくめもん》の小袖をゆらし、白足袋を小刻みに進めて店の間のあがり端まできた。

五十前後の年配に見えた。顎の下の首廻りが丸くなって、笑顔を作ると、そこに深い皺が寄った。

「やあ、本途に久しぶりだ。金五郎さんが牛込へ引っこんで、あっという間に一年以上がたっちまった。早いねえ」

壮次郎はあがり端に立ったまま、金五郎から十一へ、そうだろう、というふうに笑顔で見おろした。

「一年と四月目に入っております。家で何もせずにぶらぶらしているうちに、ときが抜け目なくすぎていく、そんな感じです。呆気《あっけ》ないもんですね」

「なあに、金五郎さんは少しも変わっちゃいないよ。顔つきも身体つきも、早耳の読売屋金五郎のままだ。おれなんかこの通り、この一年で太っちゃってさ」

壮次郎は顎の下の肉のたるみを撫でながら、愉快そうに笑った。

「仕方がありませんよ。壮次郎さんは、あっちの噂こっちの評判を聞きつけては、江戸市中を嗅ぎ廻る読売屋じゃあなく、宝屋の所帯を支える頭に出世なさった。頭は読売屋を率いて、ご主人の文之助さんの信頼に応えるのが仕事なんですから」

「いやはや、毎日金勘定ばかりで、文之助さんに渋顔で睨まれているよ」

「それはお気の毒さまでございます。やはり、売れ筋は今も心中物ですかね」

「お上の目は厳しいが、心中物はやはり堅いね。誰でも、人の過ちわが仕合せだからさ。あはは」

「そうですね。壮次郎さんが頭に出世なさって……」

「金五郎さん、そんなに畏《かしこ》まるなよ。金五郎さんに鍛えられていた壮次郎と、昔のように呼んでくれよ。水臭いぜ」

「あのときと今は、もう違いますので」

「金五郎さんらしいね。ところで、なんぞ用があって牛込くんだりから出てきたんだろう。こちらの若いお侍さんはどなたで」

「はい。こちらは古風十一さまでございます」

と、金五郎は傍らの十一をたてるように言った。

「十一さまは、千駄木組御鷹匠頭の古風昇太左衛門さまのお身内で、駒込の御鷹匠屋敷にお住まいです」

「御鷹匠屋敷？　するってえと、こちらの若いお侍さんは鷹匠なのかい」

「古風十一と申します。鷹匠ではありません。親の世話になっております部屋住みの身です。せめて餌差ぐらいはやれと親に言われ、千駄木の野や森を廻り、日々を送っております」

十一は、あがり端の壮次郎へ改めて辞儀をした。

「餌差ってえのは」

「わかりやすく申せば、鳥刺です。鳥刺は、野山の小鳥をもち竿で捕え、それを売る生業です。餌差は御鷹部屋の御鷹の餌にするため、小鳥を捕えます。鷹匠の配下の者です。わたくしはその餌差の下役のようなものです」

「鷹匠ではなく、餌差のその下役をなさっていらっしゃるんですか。鷹匠のほうが、見映えがするように思えますがね」

「はい、わたしもそう思います」

十一は少し照れ臭そうな仕種《しぐさ》で、才槌頭のてらてらした月代を撫でた。

金五郎と壮次郎が、十一の仕種を笑った。

「壮次郎さん、十一さまはただ今、大岡越前守さまのお指図を請け、ある調べ事をなさっておられます。今日はその件で、うかがいました」

「ほう、大岡越前守さまの？」

壮次郎の声に、店の間にいる数人が文机に落としていた顔を三人のほうへ向けた。

「大岡さまは、去年から寺社奉行に就かれているはずだね。寺社奉行のお役目とうちの売り出した読売に、何か因縁があるのかい」

「今のことじゃないんです。足掛五年前の享保十八年のことなんで。壮次郎さん、覚えていますか。南町の前波甚之助という定廻りが、妙な不祥事を起こして南町のお奉行さまだった大岡さまの怒りに触れ、処罰がくだされることになった。ところが、処罰がくだされる直前、前波甚之助が江戸を欠け落ちした。あの一件です」

「覚えているとも。あの一件には、みな呆れたというか、大岡さまは面目を失ったというか。結構、騒がれたからね。読売も売れたよ」

「あのときの読売を書いたのは、壮次郎さんでしたね」

「そう。お陰でご主人の文之助さんに金一封をいただいたからさ」

「あの一件の顚末っていうか、前波甚之助がどういう町方だったか、壮次郎さんに教えていただきたいんです」

「前波甚之助を？　そうかい。いいよ。わかることは教えてやるよ。と言ったって、大概は読売に書いたけどね。まあ、あがりな」

壮次郎は丸い腹をゆすって、見た目以上に敏捷《びんしょう》に動いた。

飯田町の与佐が手代の八右衛門殺しの廉により、小伝馬町の牢屋敷で処刑されてから三月あまりがたった残暑の厳しい秋の初めだった。

南町奉行所の定廻り・前波甚之助と、北町奉行所の本所方同心の加賀正九郎と西川公也の三人が、江戸市中の顰蹙《ひんしゅく》を買う妙な事件を起こした。

前波甚之助は、顔馴染みの加賀正九郎と西川公也を誘い、南伝馬町《みなみてんまちょう》の名主の新右衛《しんえ》門《もん》と畳町の名主の吉兵衛《きちべえ》に、新吉原《しんよしわら》へ連れていくようにとせがんだ。

新右衛門と吉兵衛は、町方に遊び金をせがまれては、「ご勘弁を」と断るわけにはいかず、新吉原へ連れだっていき、かなりの遊興をさせられた。

味を占めた前波らは、新右衛門と吉兵衛に、今度はいつに、と約束させた。

約束の当日、新右衛門が身体の具合が悪いと吉原いきを断ると、前波は、遊女屋の遊興代と自分たちの小遣いまで、新右衛門に強請《ゆす》りまがいに出させた。

吉兵衛は二度、前波らとともに新吉原へしぶしぶ出かけたものの、三度目はこちらも病気と称し、新右衛門とともに吉原いきを断った。

前波は執拗《しつよう》に二人へ声をかけ、それぞれに遊興代と小遣いをせびりとり、余った金は三人で分け合った。

新右衛門と吉兵衛は、町内で起こった表沙汰にしたくないもめ事で、定廻りの前波にもみ消しを頼んだことが何度かあった。しかし、前波ら三人から強請りまがいにねだられ、「こんなことが何度も続いては堪《たま》らない、次にまた前波らがきたら奉行所に訴えるしかない」と相談した。

案の定、数日がたってまた前波ら三人が現れた。

新右衛門と吉兵衛は前波らのねだるままに遊興代や小遣いをわたし、三人が新吉原へ出かけたあと、二人して南町奉行所に「畏れながら」と訴え出た。

訴えの報告を受けた南町奉行・大岡越前守は、怒って言った。

「なんたることだ。情けない。三人をすぐに引ったてよ」

町方が新吉原の遊女屋へ踏みこみ、三人を召し捕った。

真夜中の南町奉行所吟味所の白州に、前波甚之助、加賀正九郎、西川公也が据えられ、大岡越前守は怒りを抑え、自ら内々に取り調べた。

前波甚之助はふて腐れていたが、加賀正九郎と西川公也は怯《おび》えていて、訴えの通りであることを認めた。

北町の町方である加賀正九郎と西川公也は、北町奉行の稲生下野守に処罰をゆだね、前波甚之助には処罰が決まるまで、謹慎を命じた。

翌日、北町奉行の稲生下野守と談合した。

稲生下野守は、町家ではこの一件が早くも知れわたり騒ぎたてておりますゆえ、事を荒だてぬよう、彼の者らに名主らにせびった金をすべて返金させ、屹度《きっと》叱り、でよろしいのではありませんか、と収拾を図ろうとした。

大岡越前守は、いくらなんでも身内に甘いのではとためらったものの、大岡自身、前波らに牢屋敷に入獄を命ずるまでは及ぶまいと、組屋敷の謹慎にしていた。

まあ、その処置でよいか……

と、大岡越前守は目安方の岡野雄次郎左衛門に話していた。

それが手ぬるかった、と悔やんでもあとの祭であった。

前波甚之助が、越前守が処罰をくだす前日、謹慎していた八丁堀の組屋敷より、忽然と姿を消した。組屋敷を捨て、女房を捨て、一代抱《かかえ》とは言え、代々番代わりして数代続いた前波家を捨て、江戸から欠け落ちをしたのである。

大岡越前守は、その知らせを受けたとき、呆れてしばらく物が言えなかった。

その一件から、足掛五年のときがすぎている。

十一と金五郎は、壮次郎の案内で宝屋の二階の部屋に通された。

二階は瓦版と呼ばれる読売を作る、版木の彫師や刷師らの作業場になっていて、職人らが黙々と作業にかかっていた。

その作業場の一角に、宝屋が長年売り出してきた半紙一枚刷りから四枚刷り八枚刷りなどの読売の見本が、年ごとに束ねて保存してある。

部屋の格子窓から、馬喰町の屋根が波のようにつらなる彼方に、郡代屋敷の物見の櫓が見えた。

宝屋雇いの下男が茶托の湯呑を運んできて、茶を一服していると、壮次郎が半紙二枚刷りの古い読売を出してきた。

「これだこれだ」

と、壮次郎が十一と金五郎の前に読売を開いた。

読売の一枚目には、《かへすぐ〳〵の失態大岡越前遠慮伺《うかがい》》の題目に、にやにやと間抜け顔の大岡越前守に、小荷物をくくりつけた刀を肩にかつぎ尻端折《しりはしょ》りで逃げ出す前波甚之助と、それを追いかける町方と御用聞をあしらった絵が滑稽に描かれていた。

二枚目には、子細を書きおろした細かな文字が並んでいた。その結びに、

《大岡はかさかき女郎、もう勤めはならぬ》

と、面白おかしく締めくくられていた。

「読売は事実をありのままにではなく、嘘をいっそう大袈裟《おおげさ》に、相手がお上でもからかうのです。嘘も洒落《しゃれ》。洒落と承知で笑い飛ばし、嘘を楽しむ物なのです。でたらめを書きやがってと腹をたてるような洒落のわからない野暮は、読売は相手にしません。ただし、嘘もお上を怒らせないように、からかうのはほどほどにですがね」

壮次郎は、読売に目を通している十一に話しかけた。

十一が読売を凝っと読んでいる横で、金五郎が言った。

「壮次郎さん、享保十八年は正月から高間騒動があって、いろいろと騒がしくて読売

種には事欠きませんでした。あっしはほかの読売種を追っていたんで、壮次郎さんが作ったこの読売を読んで笑えたんですが、今こうして改めて読みかえすと、少々引っかかるものがありますね」

「そうかい。何が引っかかるんだい」

「前波甚之助は、なぜ欠け落ちをしたんですかね。むろん、町民を取り締まる町方が町民に集るなど、以《も》ってのほかのふる舞いですし、過料に屹度叱りはぬるいお裁きとは思いますが、相手は貧しい民ではなく名主ですから、さほど重い咎めにはならないと、前波甚之助に知らせていた傍輩がいたと思うんですよ」

「ああ、そうだね。間違いなく、誰かが前波にこうなると、知らせていたと思うよ。北町の加賀正九郎と西川公也は、謹慎中に自分たちの処罰がどうなるか知っていたと言っていたそうだから。実際、あの二人は五年がたった今でも、前と同じ本所方だ」

「前波甚之助は欠け落ちをして、自ら罪を重くするというか、わが身を自ら抜き差しならない境遇に追いこんだことになりますね。なんで、そこまでしなきゃあならなかったんですかね。あの一件は、江戸市中では相当顰蹙を買いましたし、大岡さまも笑いものになった。前波甚之助は定廻りでしたから、みっともない真似をして情けない町方だと、町民らに見られるのが堪えられなかったんですかね」

「まさかだよ、金五郎さん。そんなやわなら、名主にしつこくせびって女郎屋遊びに興ずる図々《ずうずう》しい真似はしないだろう」

「だとしたら、前波甚之助に欠け落ちをさせた事情が、あったんですかね」

「あのときは、そこまでは考えなかったな」

すると、十一が読売から顔をあげ、壮次郎に言った。

「壮次郎さん、前波甚之助のお内儀は、今はどうなさっているのですか」

「ああ、女房ね。十一さま、それはですね」

壮次郎は金五郎に倣い、敬称で呼びかけた。

「女房は五年前の亭主の欠け落ちのあと、前波の組の支配与力や同心らが残された女房に同情して、いろいろ手を廻して同心株が売れるように図らいましてね。前波の傍輩の部屋住みだった者が、前波の同心株を買って今は南町に出仕して女房も娶《めと》り、前波の女房はその町方の同居人として暮らしております。あの女房も可哀想な女です。頼りにしていた亭主に捨てられ、子供はいないし、里は青山の百人町の貧乏御家人の家で、里に頼るのもむずかしい事情があるとかで、そうなったようです。大岡さまもそれについては何も仰らず、お許しになられたんではありませんか」

「女房は亭主に、何か聞かされていなかったのでしょうか。亭主の欠け落ちにかかり合いがなくてもいいのですが」

「欠け落ちにかかり合いがない何かって？」

「例えば、亭主には町方の勤めに限らず、前から気にかけている何かの事情があったとか、仕事以外にどういう人物とつき合っていたかとか、そのようなことを、女房は言っておりませんでしたか」

「あのとき、女房の話を訊きにはいったんですがね。女房は亭主の欠け落ちでただ動転してうろたえるばかりで、何も訊き出せませんでした。あっしも、前波の欠け落ちは読売種になっても、そっからあとの顚末は読売種になりそうになかったんで、探っちゃあいないんですよ。するってえと、前波の欠け落ちしたわけには、もしかしたら表沙汰になっていない何かの因縁がからんでいるとか……」

「わかりません。ただ、わたしも前波甚之助の欠け落ちが腑に落ちないのです。五年前、前波甚之助に何があったのか、気になります」

「そういうことでしたら、前波と一緒に名主に遊女屋の代金をねだった加賀正九郎と西川公也にあたれば、前波の案外な話が聞けるかもしれませんよ。加賀と西川は、前波ほどではないものの、くせの強い町方でした。たぶん、五年前のことは話したがらないでしょうが、鼻薬を嗅がせてやればいいんです。勿体《もったい》をつけるふりをして、大抵のことはすらすらと喋りますよ。あの二人は、鼻薬次第です」

「金五郎さん、鼻薬は大丈夫です。岡野さまから、これを使う機会が必ずあるだろうからとわたされています。なるほど。こういうときのためなのですね」

十一は懐中にもぞもぞと手を入れ、とり出そうとした。

「十一さま。ここで鼻薬を出す必要はありませんよ」

金五郎が十一を制し、壮次郎は笑った。

「壮次郎さん、加賀正九郎と西川公也が本所方なら、本所と深川界隈の見廻りの機会が、きっと多いんでしょうね」

金五郎が言った。

「北町の本所方御用屋敷は小泉町です。大抵、昼前に御用屋敷を出て、本所から深川の橋やら往来やら町家の普請の具合やらの見廻りだ。あとは各町の名主を訪ねて、名主の代替わりとか町運営の報告を受けるのが役目だから、あと半刻《はんとき》もすれば、小泉町の御用屋敷を出て、本所から深川へと向かうと思いますよ」

「二人が、小休《こやす》みや昼飯にいきつけの店はありませんか」

金五郎が言った。

「五年前とは、今は違っているかもしれないよ。もし違っていなければ、本所元町の田島増吉《たじまますきち》のそば屋で、たっぷりときをかけて、そばをよく食ってた。田島増吉のそば屋がいきつけと聞いて、ちょうどそばを食い終ったころ合いを見計らって、二度ほど話を訊きにいったことがあった。二度とも八ツ前だ。やつら、暇そうに世間話をだらだらと続けていて、おれがいくと、いかがわしい読売がまたきやがったみたいに顔をしかめてね。ところが、鼻薬を嗅がせたら、顔はしかめっ面でも、途端に愛想よくなるから、現金なものさ」

「本所元町の田島増吉のそば屋ですね。十一さま、少し早いころ合いですが、いってみますか」

「ただし、十一さま」

壮次郎が言い添えた。

「加賀と西川は、くせは強い割に中身のない町方です。どれほどのことが聞けるか、あてにはなりませんよ。で、加賀と西川があてにならなかったら、六間堀のお半という女御用聞もおりますがね」

「女御用聞？」

「そうです。女の岡っ引ですよ。金五郎さんは覚えているだろう。深川北六間堀町の岡場所の防ぎ役で、六間堀町と八名川町を縄張りにしていた貸元の茂吉郎をさ。茂吉郎が十年前、卒中で亡くなったあとを、娘のお半が北六間堀町と八名川町の賭場の貸元と岡場所の防ぎ役を継いだ。お半は十九歳だった」

「そうか。壮次郎さん、思い出しましたよ。お半は茂吉郎のあとを継いでから、町方の岡っ引を始め、ついた町方は前波甚之助でしたね」

「前波はお半の度胸と、気の廻る頭のよさを買って、岡っ引にずっと使っていた。だからお半は、前波の抱えた他人にはわからない事情をそばで見ていて、前波が江戸から妙な欠け落ちをしたわけを、案外、知っているのかもしれないぜ。お半の住まいは六間堀の八名川町だ。本所元町からそう遠くはない」

「十一さま、お半という岡っ引にもあたってみましょう」

「わかりました。金五郎さんはお半をご存じなんですか」

「見かけたことは、何度かあります。ですが、知り合いというほどではありません。ひと筋縄ではいかない女ですよ」

「歳は若いが、したたかでね。あの女には、鼻薬は効きません。訊かれたことに応えたらそっちは何を聞かせてくれるんだい、と言いかえされそうだ」

金五郎と壮次郎が、笑いながら頷き合った。

二

加賀正九郎と西川公也は、盛りの蒸籠《せいろ》を二枚ずつ平らげ、西川はもう一枚いけそうなところを、加賀がおれは腹八分目にしておくと言うので、つい、ならおれも腹八分目だと、食い足りないものの二枚で止めた。

西川は、醤油《しょうゆ》と味りんを半々にしてそれを半分になるまでじっくり煮つめ、舌がひりひりするほど辛くしたつけ汁に、そば湯をたっぷりそそいだつゆで我慢した。

二人は、本所元町の回向院のある土手側に構えた田島増吉のそば屋の、いく台もの縁台を並べた広い前土間奥の、小部屋にあがっていた。

午の刻を半刻余すぎて、前土間の縁台を埋めていた客はまばらになっていた。

表の戸を閉てた両引きの腰高障子に、午後の白い日と軒に吊るした暖簾《のれん》の影がくっきりと映っている。

加賀は胡坐に、片膝だちの膝頭へ片腕を楽に乗せ、一方の腕は畳について前土間のほうへ斜にした上体を支えていた。

ずるる……

と、西川のつゆをすする音が聞こえ、加賀は西川へ向き顔を顰《しか》めて笑った。

「もっと食いてえなら、食えばいいじゃねえか。まだ日は高い。晩飯まではだいぶ間があるぜ」

「いい。近ごろ、下腹がたるんでぶよぶよしてきた。節制をせねば」

西川はつゆで光る唇を舐《な》めた。

「へへ、続くかな」

痩せて背の高い加賀は、小太りで背の低い西川へ薄笑いを投げた。そしてまた、頬《ほ》っぺたののっぺりと長い顔を前土間のほうへ戻した。

「あそこの二人、年配のほうは、見かけたことがある。誰だっけな」

加賀は斜にした上体を少し前のめりにし、しい、と歯を鳴らした。

「ああ？　誰だ」

「表戸のそばの、唐茶色の半纏のおやじと裁っ着け袴に草鞋がけの若蔵だ。深編笠をわきにおいてる……」

「あれか。おやじを知ってるのか」

西川が無遠慮に見やって言った。町方の黒羽織を着た二人は、他人をじろじろと見廻すことにためらいがなかった。

「どっかで見かけたおやじだ。若蔵は知らねえ。おれたちがくる前からあそこにいやがった。妙に長っ尻だぜ。しかも、さっきからちょいちょいと、こっちの様子をうかがっていやがる。怪しいな」

「親子かな」

「違うよ。どう見ても侍と町民だ。若蔵はいい男だが、あの風体じゃあ田舎侍だ。町家のおやじが、ぽっと出の田舎侍を江戸見物に案内しているとか。いや、それも違うか。おやじのあの面は、腹に一杯仕舞っていやがる油断のならねえ面だ」

「だからどうだって言うんだい。どうせ、人はみんな腹に溜った糞《くそ》を垂らして死んじまうんだ。気にすんな」

西川はまた、ずる、とつゆをすすった。

「ふん、腹一杯食ったあとで、よく糞の話ができるな」

「腹一杯じゃねえ。八分目だ。七分目かな」

「やや、やつら、こっちへきやがる。なんでい」

加賀は立てた片膝を胡坐に戻し、西川も二人を見て首をかしげた。

金五郎が小座敷《こざしき》のあがり端の前にきて、顔つきをやわらげ、加賀と西川へ辞儀をした。十一は金五郎の後ろから、同じく丁寧に頭を垂れた。

「北御番所の加賀正九郎さま、西川公也さま、お久しぶりでございます」

「誰だ。見た顔だな」

加賀は、胡坐の恰好のまま金五郎を見あげ、十一をひと睨みした。

「あっしは馬喰町の宝屋におりました読売屋の金五郎でございます。加賀さま西川さまに、以前、ご挨拶させていただきました」

「そうか。思い出した。なんだ。読売屋の金五郎か。つまらねえ。誰だっけと考えて損したぜ」

「宝屋の金五郎か。そんな読売屋がいたな」

「へい。つまらねえ読売屋でございます。ご挨拶したのは、確か、南御番所の前波甚之助さまとご一緒の折りでございました。もう五年も前の、享保の十八年でございました。あっしは高間騒動の読売種を追っておりまして、前波さまに話を訊きにいった折り、偶然、加賀さまと西川さまもご一緒で」

「そうだっけ」

加賀が素っ気ない様子で言った。前波と加賀と西川の三人が、名主に女郎屋遊びの代金を、強請りまがいにねだった一件の前である。

「それでおめえ、いかがわしい読売屋稼業を、まだやってんのかい」

「今は読売屋はよして、これと言って稼業はございません」

「ほう。読売屋はよして、もう隠居かい。そうだな。いい歳をしていつまでいかがわしい読売屋をやってんだと、人様に笑われるしな。そろそろまっとうな生き方をしていいころだぜ」

「はい。さようですとも。で、ございましてね。加賀さまと西川さまに、ちょいとお訊ねいたしたいことがございます」

「やっぱりそうか。怪しい二人連れだと、思ったんだ」

「相済みません。昔の読売屋の知り合いに、加賀さまと西川さまはこちらじゃねえかと聞きましてね。旦那方が見えられてから、昼食を終えられるころをお待ちいたしておりました。と申しましても、旦那方の御用にかかり合いのある事をお訊ねするのではございません」

加賀は訝しげに十一を見つめ、ぞんざいに質した。

「そっちの若いのは、誰だい」

「こちらは、古風十一さまでございます。あっしがお出入りしているあるお武家さまに、お仕えでございます」

「どこのお武家だい」

「その前に、まずはこれを」

と、金五郎は白紙の包みを袖から出し、加賀と西川の膝の前にさりげなくおいた。

「おい、よせよ。御用じゃなくとも、おれたちは立場上、話せることと話せねえことがあるんだ。気安くすんな」

加賀が眉をひそめ、指先で形ばかりに白紙の包みをはじいた。

「どうか、決してご心配にはおよびません。ほんの少々、とっくにすぎて落着した一件について、確かめたいだけでございます。何とぞ」

金五郎は長い腕を伸ばし、加賀の膝の前へ包みをいっそう進めた。

「確かめたいだと？」

加賀は金五郎を見あげ迷っていたが、やおら、紙包みをつまんで袖にいれた。

「では、お邪魔いたします。姐さん、こちらに熱燗《あつかん》を二本だ。それから、つまみに蒲《かま》鉾《ぼこ》を頼むよ。そうだ、天ぷらはまだできるかい」

はあい、と調理場のほうで給仕の女がこたえた。

「天ぷら」

西川が呟いたが、加賀は不機嫌そうだった。

しかし、不機嫌そうな顔つきのまま、加賀は熱燗を手酌でためらわずに呑み、西川は鱚《きす》の切身《きりみ》の天ぷらを美味そうに食いながら、やはり手酌で呑んだ。

まだ仕事が残っていることなど、二人は一向に気にかけていないふうだった。

「まったく、どこのお武家か知らねえが、暇だね。だが、別にかまわねえよ。五年も前に決着したことだし、おれたちは殊勝にお奉行さまのお叱りを受けて、あれは終ったんだ。正々堂々と、暇なお武家に教えてやって、何も差しつかえねえさ。差しつかえがあるのは、欠け落ちなんぞした前波だけさ」

加賀が言い、

「あれはもう終った。終ってねえのは、前波だけだ」

と、西川が繰りかえした。

「古風さんのお仕えのお武家が、どこのどなたさまか存じあげねえし、存じあげたくもねえ。そんな古い話を今さらほじくり出して波風をたてる気の、物好きで暇なお武家に、ちょいと喋ったために、あとで妙な巻きぞえを食って、上《うえ》からまたまた、けしからん、とお叱りをいただいた日にゃあ、泣くに泣けねえし、笑うに笑えねえだろう」

加賀は不機嫌面を十一に寄こし、十一の反応を探るような間をおいた。

「前波は、灰汁の強いくせのあるやつだ。心を許せる仲間がいねえのさ。南町じゃ相手にされねえから、前波のほうから、北町のおれたちに馴れ馴れしく声をかけてきた。お互い、八丁堀育ちのがきのころからの顔見知りだ。無下にもできず、たまにつき合ってやっただけさ。話の面白えやつでもなかった。いつも、むっつりしやがって、こいつ何が楽しいんだって思ってたぜ」

「ああ、ちょっと鬱陶しかったな」

西川がまた、相槌《あいづち》を打つように口を挟んだ。

「五年前の一件も、細かいことはもう覚えちゃいねえ。けど、こいつだけは確かだ。前波がおれに任せろと言うから、おれたちは名主のほうも、前波にいろいろ世話になって好意で遊ばせてくれるんだろうと思っていたんだ。そうだよな、西川」

「そうだ。その通り」

「けど、二度目のときはもう駄目だ、やめようぜと、おれたちはとめた。だがな、前波は言い出したら、こっちがどんなにとめても聞かねえ頑固なやつさ。結局、三度も名主らにせびった挙句にあの様だ。しかも前波は、おれたちを巻きこんだ張本人なのに、ひとりで勝手に欠け落ちなんぞしやがった。仕方がねえから、おれと西川が前波の分まで詫《わ》びを入れたってわけさ」

「まったく、あの野郎の所為《せい》さ。おい、女、酒だ」

西川は前土間の給仕に、けろりとして言いつけた。

「前波さんは、なぜ欠け落ちをなさったのでしょうか。何もかもを捨てて欠け落ちをするどんなわけが、前波さんにはあったのでしょうか。加賀さんと西川さんは、そのわけをご存じではありませんか」

十一が訊ねると、加賀は不機嫌面をゆるめてせせら笑った。

「古風さん、知るわけねえだろう。知ってたら一度はとめてた。とめても同じだったろうがな。前波はそういうやつさ。目先のこと、てめえのことしか考えねえ。物事のあと先を考える知恵が足りねえのさ。女房とも上手くいってねえようだったし、がきもいねえし。つまらねえから、自棄《やけ》を起こしたんじゃねえか。いやだと思ったら、我慢ができねえがきみてえな野郎さ。前波みてえな出来損《できそこ》ないは、どうせどっかで野垂れ死にするのが落ちさ」

「そうとも。前波は野垂れ死にだ」

西川が喚いた。加賀はせせら笑いながら、盃《さかずき》を舐めた。

と、金五郎がさりげなく訊いた。

「前波さまは、あの年の正月に起こった高間騒動のさ中、高間の手代の八右衛門が殺された一件の掛でございました。八右衛門を殺した下手人は、あの日、高間に押しかけた町民のひとりの、飯田町の与佐という指物職人で、与佐は前波さまのお縄になり、あの年の春の末に打首のお裁きを受けました」

「確か、そうだったっけな。聞いた覚えがあるぜ」

「与佐が前波さまのお縄になったのは、八右衛門を与佐が刺したところを見たと、前波さまに訴えた者らがいたからなんでございます。与佐と同じ飯田町の住人で、小川町界隈の辻番の番人をやっていた、広助と五平と道三郎の三人でございます。この三人も高間に押しかけた町民の中にいて、偶然、与佐が八右衛門を刺したところを見たと、前波さまに訴えた。宝屋の読売にそうございました」

「それがどうした」

「手代の八右衛門殺しは、妙な一件でしてね。広助と五平と道三郎の三人は、刺された八右衛門とは賭場仲間、呑み仲間だったんでございます。しかも、三人は与佐とも同じ町内の顔見知りの呑み仲間で、前波さまに与佐が八右衛門を刺したところを見たと訴えたのは、一件があったひと月あとでございました」

「どっちも仲間だから、訴え出るかよすか、迷ったんだな」

「はい。そのようでございますね。加賀さまと西川さまは、八右衛門殺しの一件については、前波さまからどのようにお聞きになられたんで」

「どのようにだと。今おめえが言ったようなことだ。ほかに何があるってんだ」

「与佐が打首になったのは、春の末でございます。三月余がすぎた秋、前波さまは例の集りの一件で欠け落ちをなされました」

「集りだと」

加賀が不機嫌面に戻った。

「相済いません。集りではなくみなさま方との例の件で、前波さまがよりによって欠け落ちまでなさったのは、八右衛門殺しの一件の顚末と前波さまの欠け落ちに、何ぞかかり合いがあったからではございませんか。前波さまが話されたこと以外でも、そう言えば様子が変わった、妙だと思われた、などお気づきになられた覚えは、ございませんでしょうか」

「五年も前のことだ。細かいことは覚えちゃいねえ。西川、おめえはどうだ」

「知らん」

西川は素っ気なかった。

「そうだ、前波が相場の話をしたことがあったな。たぶん、両替相場だ。ちらっと、おれに金を預ければ儲けさせてやるぜと言ったことがあった。けど、初中終《しょっちゅう》ぴいぴい言ってやがったから、真に受けなかったぜ。もしかして、相場で大損して借金を抱えてたかもな。案外、借金取から逃げるために欠け落ちしたとかな」

加賀は不機嫌面のまま、甲高い笑い声をまき散らした。

三

十一と金五郎は、竪川の土手道で加賀と西川を見送った。それから、一ツ目橋を渡って深川へとった。

日はだいぶ西に傾いていたが、まだ夕方の刻限ではなかった。

深川の八名川町の東隣が、六間堀端の深川北六間堀町である。

お半の二階家の、黒板塀に見こしの粋な松はすぐにわかった。

黒板塀に引き違いの格子の木戸があり、木戸からこれも格子の両引きの表戸へ、踏石が敷かれていた。

踏石の左右に手入れのいき届いた灌木が植えられ、庭の姿のよい松や瓦葺屋根の瀟洒な二階家の風情は、近ごろ流行《はや》りの料理茶屋のような趣《おもむき》だった。

だが、表戸をくぐると広い前土間があって、寄付きの腰付障子が冷たく閉じられ、前土間の一方の壁には、《茂》の文字を標《しる》した提灯が、ずらりとかけられていた。

前土間に入って声をかけると、着流しの小柄な男が折れ曲がりの土間の奥から草履を鳴らして出てきた。

ここでも金五郎が、宝屋の読売で、お半が定廻りの前波甚之助の御用聞を務めていた折りに何度か面識があり、と取次を頼んだが、男は十一と金五郎を訝しみ、お半は出かけており、「日をお改め願いやす」の一点張りだった。

それでもどうにか、お半は森下町の菩提寺《ぼだいじ》の長桂寺に用があって出かけており、戻りは夕方になりそうなことは訊き出せた。

「これでは埒《らち》が明きません。お半の顔は知っていますから、北六間堀町の土手端にいれば、用が済んで戻ってくるのはわかります。六間堀へいって、お半を待ちますか」

「そうしましょう」

と、二人は八名川町から北六間堀町の土手道に出た。

土手道の対岸は南六間堀町の往来で、いき交う人通りはさほど多くはなかった。

六間堀の北側に北之橋が架かり、南側には中之橋が架かっている。

その橋をくぐって、材木を積んだ川船が、竪川のほうから小名木川のほうへくだっていった。

南六間堀町の北の森下町は、材木渡世の者が多く住む町でもある。

十一と金五郎が土手道に出て、四半刻ほどがたったころだった。

「あ、十一さま、きました。あれです」

金五郎がさりげなく顔を向けた北之橋の袂に、髪は島田に結い、黒紺の小袖に淡い青竹色の裾模様が渋く映えた背の高い女が見えた。

小水葱色《こなぎいろ》の小袖を着けた小柄なこれも島田の女と、その後ろに小柄の女よりまだ背は低いものの、ごつい上半身を短いがに股で支えた男と、月代がのびて貧相な相貌の中背の痩せた男が従っていた。

四人は、ゆるゆるとした足どりで北之橋に差しかかっていた。

お半が足掛十年前が十九なら、今は二十八歳の年増である。確かに、あの大柄な身体には、女御用聞の、あるいは女貸元や女防ぎ役の貫禄《かんろく》が備わっていた。だが、十一は女二人の後ろに従うがに股のほうの男を見て、

「あっ、あの男」

と、声をもらした。

「十一さま、どうしました」

「あのがに股の男を、知っています」

「ほう、そうなんですか。どういうお知り合いで」

「知り合いではありません。妙な男なのです。先だって、大岡さまの……」

と、話しながら土手道を北之橋へ向かう十一と金五郎の横を、着物の裾をたくしあげたり尻端折りにした一団が、けたたましく草履を鳴らして追い越していった。

また、対岸の南六間堀町のほうでも、不穏な様子の男らの一団が、ばらばらと北之

橋の袂をふさいだのが見えた。

十一と金五郎を追い越していった六、七人が北之橋の西側、東側には十人前後が、お半たちを挟み撃ちにする恰好で行手を阻んだ。

小水葱色の小袖の女が悲鳴を甲走らせ、お半の陰に隠れた。

土手道の通りかかりが、突然、物騒な喧嘩《けんか》が始まりそうな気配に、慌てて北之橋の周辺から逃げ出していった。

お半が西側の男らへ大柄な身体を反らせて向き、後ろのがま吉にきりきりとした口調で言った。

「がま吉、そっちは任せたよ」

「任せろ、姐さん」

がま吉が東側をふさいだ男らを睨みつけ、太い声を響かせた。

「お稲、あっしのそばから離れるんじゃないよ」

怯えているお稲に言った。

「は、はい」

お稲は震える声で、懸命にかえした。

「お半、てめえ調子に乗りやがって、勘弁ならねえぜ。仕方がねえから、彼方此方《あちこち》つまみ食いしやがる行儀の悪い雌猫に、渡世の作法を教えてやることにした。足腰立たねえようになるまで、じっくりもんでひいひい言わせてやるぜ」

西側の六、七人の中にいた恰幅《かっぷく》のいい男が一歩進み、ずる、と草履を鳴らした。

「あはは。勘八《かんぱち》、おまえは下品な男だね。おまえの性根は、おまえのたるんだ腹みたいにぶよぶよなんだよ。度胸もないし頭も悪い三下が、勝手に親分面してみっともないったらありゃしない。うちのお父っつあんに拾ってもらう前みたいに、霊巌寺《れいがんじ》の寺男に戻りな。そのほうがおまえに似合ってるよ」

「ふん、つけあがるのもいい加減にしやがれ。おめえがどんなに目障りか、本所深川の親分衆が眉をひそめてるぜ。あまっこだからと、これまでは大目に見てやったが、いつまでも甘い顔をしていると思ったら大間違えだ。生まれてきたことを後悔するまで、手加減なしだ」

「おまえの不細工な面が、甘い顔だって。そんなもの、汚くて気味が悪いんだよ。見たくもないから、風呂敷で顔を隠してきな」

「くそ、雌猫が。やっちまえ」

勘八が怒声を響かせた。

北之橋の東西の袂から、わあっ、と男らが押し寄せた。

六間堀の両岸の土手道には、北之橋で始まった乱闘を遠巻きにした見物人が、悲鳴や喚声をあげた。

男らは素手だけではなく、中にはこん棒や竹棒を手にした者もいた。一方から六、七人、橋の上のお半らをとり囲み、殴る蹴るの乱打を浴びせかけた。一方から十人前後が、たちまち四人を圧倒する勢いだった。

お半は最初に打ちかかってきた男のこん棒を、大きな掌でぱちんと鮮やかに払い、男の獅子鼻《ししばな》に拳を叩きこんだ。獅子鼻が潰れ、男はこん棒を落とし、手足を投げ出して吹き飛び、あとに続く数人を巻きこんだ。

瞬時の間もなく、右から来た男の拳とお半のかえす拳が相打ちになり、相手は仰のけに転倒したが、お半も仰《の》け反《ぞ》り、左からつかみかかったひとりに羽交締めにされた。

続く男が竹棒で、羽交締めにされたお半の島田を叩き据え、お半の島田がざんばらに乱れ散った。

お半の唇は切れて血がにじみ、真っ白な額には、つう、とひと筋の血が伝った。

だが、すかさずお半は赤い蹴出しの下の白い腿《もも》までを白日に晒して、竹棒の男の腹をひと蹴りした。

男は腹を抱えてうめき、橋板に尻餅をついてごろんと転がった。

そのとき、お稲が怯えながらも最初の男が落としたこん棒を拾い、金切声を発してお半を羽交締めにした男の頭を、こん棒で打ち据えた。

羽交締めの男が叫んで力の抜けた隙に、お半は羽交締めの恰好のまま男をふり廻し、自分も横転しながら投げ捨てた。

「姐さん」

と、お稲がお半の上体を助け起こしかけたが、その前後から男らが束になってお半とお稲に襲いかかり、お半の手向かいはこれまでに思われた。

がま吉と猪助も、南六間堀町側からの男らの二、三人まではは相手にできたが、すぐに四方から殴る蹴るの打撃を雨のように浴びて、猪助はとっくに仰のけにのび、がま吉も橋板に座像のように固まって、なすすべもなく痛めつけられていた。

お稲は悲鳴を甲走らせながら、お半を庇ってやみくもにこん棒をふり廻していた。

お半とお稲を囲んだ男らが、「このあまっこが」「潰せ、潰せ」と、口々に罵って蹴りつけ始めた。

「化け物の顔にしてやるぜ」

ひとりがお半の顔を踏みつぶしにかかったその刹那、北之橋の手摺《てすり》の上を、つつ、と走る黒い獣のような影が、お半の目の隅をよぎった。

その黒い影はお半とお稲を囲んだ男らの中へ飛びこみ、お半の顔を潰すために持ちあげた男の足を、空へ払いあげたのだった。

足を払いあげられた男は、とんぼがえりを打って、だん、と橋板に叩きつけられた。

すかさず、一瞬の火花のような打撃が左右へ放たれ、ひとりは両膝からくずれてうずくまり、橋の手摺まで吹き飛ばされたひとりは、その勢いで手摺を越えて、わあっ、と六間堀へ転落した。

影は黒い渦を巻くように舞いつつ、咄嗟に反応できない男らを縦横に蹴り廻し、鮮やかに投げ飛ばし、悲鳴と喚声、絶叫が次々にあがり、ある者はぐにゃりと潰れ、ある者は橋板をごろごろと転がり身もだえ、またひとりが、手摺の上で回転し、六間堀の川面にざぶんと水飛沫をたてた。

「この野郎、くたばれ」

ひとりの男が、懐に呑んでいた匕首を引き抜いた。

すると、影は長い両足を折り畳み、次の瞬間、高々と舞いあがった。

舞いあがった影は、空中で腰の小さ刀を抜き放ち、啞然として見あげた匕首の男の月代を踏んで、さらに四肢を広げてもうひと飛びした。

お半もお稲も男らも、また脳天を踏まれて尻餅をついた男も、紺青の綿入れに鉄色の裁っ着け袴、腕に手甲、黒足袋草鞋掛に、片手の小さ刀を西日にきらめかせた才槌頭の侍が、鳥のように青空を飛翔する姿に見惚《みほ》れた。

そして、橋の袂で見守っていた勘八へ、侍は片手上段からの一閃を浴びせると同時に地へ降り立った。

「ひゃあああ」

勘八は小銀杏の髷を飛ばされて、ひと声発して土手道を転がり、乱闘を遠巻きにしていた見物人らの間に、どっと喚声があがった。

「勘八さん、早くお逃げなさい。次は髷では済みませんよ」

金五郎が土手道に転がった勘八をのぞきこみ、諭《さと》した。

「す、済まねえ」

勘八は必死にあがいて肥満した身を起こし、喚きながら土手道を逃げ去っていった。

手下らも、北之橋に倒れたり六間堀に落ちた仲間を捨て、ばらばらと散った。

そこへ、知らせを受けたお半一家の者らが、六間堀端にようやく駆けつけた。

四

半刻後、八名川町のお半の店に、十一と金五郎はいた。

通された部屋は十畳ほどの広さがあり、腰付障子を閉てた濡縁《ぬれえん》ごしに、黒板塀の上へ松が形のよい枝を広げ、金木犀《きんもくせい》の灌木、石灯籠をおいた庭と面していた。

がま吉は、殴る蹴るの打撃を散々浴びたにもかかわらず、でこぼこのごつい顔に膏《こう》薬《やく》を貼ってはいるものの、大して応えているふうもなく、いたって元気に一家の若い者を指図して、仕出料理の店に料理の注文を出し、十一と金五郎の豪勢な膳と、上等の下り酒の支度を調えた。

外にはまだ夕方の明るみが残っていたが、四灯の行灯に火を入れ、膳を調えた部屋は真昼のように明るかった。

やがて、額の疵に膏薬を貼ったお半は、ざんばらの島田を結いなおし、拳を受けた顎と切れた唇は白粉と紅で隠して、細縞の小袖と苔色《こけいろ》の中幅帯を締めた装いに変え、これも華やいだ小袖姿に整えた稲とともに、十一と金五郎の前に現れた。

「危ないところを、お助けいただき……」

お半とお稲は畳に手をつき、改めて礼を述べた。

お半が十一に、お稲が金五郎に酌をし、がま吉と猪助はお半の言いつけにすぐに応じられるよう、部屋の隅に控えていた。

酒が始まると、お半はまず、数日前の駒込村の一件を十一に詫びた。

「あの夜はうちのがま吉が、古風さんに無礼なふる舞いをいたし、申しわけございやせんでした」

お稲と部屋の隅のがま吉と猪助が、平身低頭してお半に倣った。

　お半は、なぜあのようなことをしたのかそればかりはお許しをと、わけを明かさなかったが、決して十一に意趣があってのことではない、と釈明した。

　十一は無邪気な頰笑みをお半に向け、さらりとした口調で言った。

「こちらこそ。夜ふけでしたから、わたしもがま吉さんを怪しんで、つい手荒なふる舞いにおよびました。がま吉さん、許してください」

　十一に声をかけられ、がま吉はごつい月代をごつい指で、極まりが悪そうにぼそぼそとかいた。

「大岡さまとお側役の岡野さまに、云々《しかじか》とお伝えいたしたところ、大岡さまも岡野さまもご存じでした。外桜田の通りの角にある辻番の番人が、大岡さまが寺社奉行に転出されて以来、お屋敷に出入りなさる方々を見張っているそうです。大岡さまが面倒を起こしておらぬかと、誰かがやらせておるのだろう、誰がやらせているのか見当はついている、気にすることはない、放っておけと、笑っておられました。あの夜、がま吉さんといたもうひとりは、お半さんだったのですね。お半さんが、その誰かの指図を請けた密偵役だったのですね」

　お半に言葉はなく、徳利を両掌で持った恰好で、ねっとりと紅を刷《は》いた厚めの唇をゆるめて、両肩をすぼめた。

「ですから、お半さん、それはいいのです」

と、十一は口調を改めた。

「お半さんにお訊ねします。五年前の享保十八年の秋、南町の定廻りだった前波甚之助という町方が、江戸から欠け落ちしました。その前波甚之助さんが欠け落ちするまで、前波甚之助の御用聞についていたのは、お半さんでしたね」

お半は、おや？　という顔つきを向けた。

「ええ、そうですよ。享保十八年の秋まで、あっしは前波の旦那の御用聞を務めておりやした。それがどうかしやしたか」

「では、五年前のあの秋、前波甚之助さんが欠け落ちしたわけを、お半さんはご存じではありませんか。ご存じなら、それをお訊ねしたいのです」

「わけったって、あれは前波の旦那が名主にねだって……」

お半が言うのを、十一は、前波甚之助の欠け落ちには、表には見えていない本途のわけがあるのでは、とお半を質した。

「表には見えていない本途のわけが？」

お半は首をかしげると、金五郎が言った。

「お半さん、前波さんは同じ享保十八年の正月に起こった高間騒動のさ中、騒動にまぎれて高間の手代の八右衛門が殺された一件の掛でしたね。下手人は飯田町の指物職人の与佐と差口があって、与佐をお縄にしたのは前波さんでした。飯田町の与佐の店に踏みこんで、女房と子供の前で与佐をお縄にしてしょっ引いたとき、御用聞のお半さんも、当然、そこにいらっしゃったんでしょうね」

「そりゃあ、あっしは前波の旦那の岡っ引でしたからね」

「与佐が八右衛門を殺した現場を見た、八右衛門殺しの下手人は与佐ですと差口したのは、広助、五平、道三郎の三人でした。三人は辻番の番人で、小川町の武家屋敷の中間部屋の賭場で遊ぶ仲間でしたが、それにもうひとり、殺された八右衛門も三人と賭場仲間だったことは、前波さんもお半さんもご存じでしたよね」

お半はこたえず、少しすねたように赤い唇を尖らせ、十一の盃に徳利を傾けた。

「広助、五平、道三郎の三人が与佐を八右衛門殺しの下手人と指したのは、一件が起こってひと月ほどがたってからでした。三人は与佐とも親しい間柄だったそうで、親しい仲間を指すのを迷った、というのがひと月もあとになった理由だったと聞きました。あっしは読売屋で、あの八右衛門殺しの件では、読売種になるものはねえかなと、嗅ぎ廻っていたんです。掛は前波さんでしたから、前波さんの周りを嗅ぎ廻り、うるせえ、と追っ払われたこともあります。あの折り、御用聞のお半さんを何度かお見かけいたしましたね」

お半はやはり黙って、物憂げに頷いただけだった。

「差口があるまでのひと月、前波さんは八右衛門殺しの探索で、なんぞ、手がかりになりそうなことは、見つけていなかったんですかね。例えば、広助、五平、道三郎の三人が殺された八右衛門の賭場仲間だったと、御留守居丁の賭場の訊きこみでつかんで、訊きこみにいかれたんでしょう。そのときは、どんな話が訊けたんですか。三人は、前波さんに仲間の八右衛門殺しのことを、どのように話していたんですか。三人が、八右衛門殺しの下手人が与佐と、前波さんに指したのは、それから四、五日ばかりがたってからだったそうですね」

「そうでしたっけ」

お半がようやく、ねっとりと言った。

金五郎は続けた。

「与佐が八右衛門殺しの罪で打首になったのは、春の末です。それから三月がたった秋の初め、前波さんが名主に新吉原の遊び代をせがんだ一件が発覚した。前波さんは、お奉行さまから処罰を受けるのを恐れて欠け落ちをして姿をくらました、ということになっています。五年前、あっしは前波さんの突然の欠け落ちは、大して気にかからなかった。それぐらいでっていうのは変ですが、なぜだ、妙だな、と思ったばかりでしてね。けれど、今、改めて八右衛門殺しの一件を探っていましたらね、あの秋の前波さんの欠け落ちを、なぜだ、妙だな、と思ったことが頭をよぎったんです。そうしたら、腑に落ちなくなったんです。十一さまが仰ったように、前波さまの欠け落ちには、表に見えていない事情がなんぞあったんじゃないかと、そう思えてきて、気になってならないんですよ」

「金五郎さんも、八右衛門殺しの一件と、前波の旦那が欠け落ちをした一件には、表には見えていない何かのかかり合いがあると、お考えで」

「これといって、明らかな理由はないんですがね」

「理由もないのに、なぜなんです？」

それは、十一がこたえた。

「お半さん、なぜなら、わたしも金五郎さんも、八右衛門殺しの下手人は飯田町の与佐ではなかったと、思っているからです。五年前、与佐に打首のお裁きをくだされた大岡さまご自身が、間違ったのではないかと、思っていらっしゃるからです。もしかして前波さんも、与佐が下手人でないと思っていた、いや、知っていたのではありませんか」

お半は十一を凝っと見つめ、やおら、お稲に笑みを向けた。

「お稲、少し仕事の話をするから、おまえは若い者らと一緒に楽しんでおいで。がま吉、金五郎さんのお酌はおまえが代わっておやり。猪助、新しいお酒とあっしのこれもね」

お半は猪助に呑む仕種をして見せた。それから、

「前波の旦那の話になりますとね、呑まずにいられませんから」

と、艶やかな赤い唇を、に、とゆるめた。

「今日はかえって験がいい日だ、おまえたちも好きなだけお楽しみ」

と、お半は子分らにも許していた。

台所のほうで子分らの酒宴の賑わいが聞こえていた。そこへ、若いお稲のはしゃぎ声も加わり、台所のほうの賑わいはいっそう華やいだ。

「八右衛門殺しの探索を始めて半月かそこらがたって、だんだんわかってきたことがあって、確実に下手人に近づいている感じはありやした。前波の旦那も、ちょいとこみ入った事情がからんでいそうだが、こういうのは案外早く方がつくぜと仰って、目星はついていたんでしょうね。高間の手代の八右衛門は、伊勢町堀を船で運ばれてきた米俵が高間の土手蔵に運びこまれるさい、中身を検査する差米《さしまい》をやっていたんです。米俵一俵に差を二本入れて米を抜き出し、入荷した米が間違いないか、検《あらた》めるんですよ。その差米が仲仕の賃米になるんですけれど、高間ぐらいになると、土手蔵に入荷する米俵は、何十俵何百俵どころじゃありやせん。何千俵、何万俵なんです。差米はひとりじゃとても手が廻らなくて、入荷のたびに、何人もの手代が手分けしてやるんですから、差米で抜き出した分だけでも物凄い量の米になるんです。町家の米屋に卸す米の量なんかじゃあ、比べ物になりやせんし、抜き出した米を入れる壺からちょっとこぼれた米を掃き集めただけでも、米屋が開けますから。あはは」

お半は盃をあおり、顔色を少しも変えず、なかなかの呑みっぷりを見せ始めた。

「ですから、ひとりひとりの手代が、差米をまっとうにやっているかどうか、監督する暇なんてありゃあしません。適当なんです。手代がその気になれば、差を二本じゃなく三本入れたってわかりゃしません。仲仕の賃米分のほかに、どこかへこっそり差米を廻して売り払うと、裏金がざっくざっくとうなり出すんです。米問屋が卸そうと差米をこっそり廻そうと、米に変わりがあるじゃなし、ていうのは前波の旦那が言ってたことなんです」

お半は、十一と金五郎に見つめられているのが面白いらしく、盃を運ぶのにわざとらしいしなを作って見せつけたりした。

「手代仲間は言うにおよばず、知り合いとか仕事のつき合いとか遊び仲間とか、八右衛門の身辺を探っていきますとね、なんだか妙なんです。大店の手代の顔の裏に、かすかにきな臭い臭いが、あっしにも嗅げやした。こいつはただの喧嘩だの恨みつらみの末の殺しじゃねえ、根は深くて腐っていやがるに違いねえ、とこれも前波の旦那が仰ってたことなんですけどね」

「だとすれば、飯田町の貧しい指物職人の与佐がお縄になったのでは、前波さんの推量は的はずれです。与佐は高間の打ち毀しのさ中、手代の八右衛門と言い争いになって、激しい怒りにかられ、逃げる八右衛門を追って滅多刺しにした。その罪で裁かれたのです」

十一が少し急《せ》いて言った。

「それじゃあ、変ですよね。古風さん、金五郎さん、あっしだって思っていたんですよ。旦那にも言ったんです。変じゃありやせんかって。そしたら旦那は、殺しを見たと差口があったんだ。仕方ねえだろうと、にべもなかった」

「お半さん、八右衛門の賭場仲間の広助と五平と道三郎に訊きこみして、そのとき何が聞けたんですか。三人は前波さんに何を話したんですか」

それは金五郎が言った。

「あの高間騒動のあった日は、自分たちは飯田町の店にいたから、何があったかは知らない、知り合いの八右衛門が殺されたとあとで知り、驚いていると、それだけでしたね。けど、前波の旦那は、八右衛門殺しのことより、八右衛門と三人がどういうつき合いなのか、茶屋にもいくのか、賭場以外の遊び場にもいくのかとか、それから、八右衛門は米問屋の手代ですから、入荷した米をこっそり廻してもらったりすることはねえのかとか、そっちのほうを根掘り葉掘りとだいぶしつこかったんです。三人はおどおどして、とんでもねえと言ってました。でもね、古風さん……」

と、お半は婀娜っぽく横坐りになった。

片手に盃をあげ片手を畳につき、金五郎から十一に向いて言った。

「三人に訊きこみをした次の日から、前波の旦那が、このままじゃあ埒が明かねえからと、あっしに言ったんです。おめえはどこそこ、おれはこっちと、分かれて調べを進めるぜって。そんな調べは初めてでしたから、面喰《めんくら》いやした。だけど、旦那の指図ですから従うしかありやせん。まあ、気が楽と言えば楽だったし、これでいいのかいって思いながらね。そしたら、四、五日がたって、旦那にいきなり下手人が割れたぜって言われやした。差口があった、下手人は飯田町の指物職人の与佐だと、旦那が言うんですよ。ええっ、て吃驚しやした。与佐って誰さって、驚きやした。じゃあ、ただの喧嘩だの恨みつらみの末の殺しじゃなくて、根は深くて腐っているのを今まで調べていたのは何だったんだいって、思いやした。古風さん、どうぞ」

お半は畳に手をついた横坐りの恰好で、十一に徳利を差した。

「姐さん、大丈夫でやすか」

がま吉が気遣って、お半にささやいた。

「大丈夫。おまえは金五郎さんのお酌をしてな」

と、がま吉を小突いて続けた。

「与佐がお縄になるまでのあの数日の間、じつは、前波の旦那がどこで誰に会い、何を探っていたのか、あっしは知らないんです。あっしが八丁堀の旦那のお屋敷にうかがって、言われた通り探った報告をしても、旦那は、そうかご苦労だったと、どうでもよさそうに言うだけで、それ以外は何も言わなかったから。言ったのは、四、五日がたって、下手人が割れた、広助と五平と道三郎が、じつはあの日は自分らも高間に押しかけていて、打ち毀しのどさくさにまぎれて、与佐が八右衛門を刺したところを見たと訴えやがったと、それだけでね。それから飯田町へいき、与佐をお縄にしました。女房はうろたえるし、下っ引にこのがま吉もいましたから、子供が恐がって泣き叫びましてね。堪りませんでしたよ」

がま吉は、殆どくびれのない首を竦《すく》めた。

「それから、前波の旦那にこれといって、変わった様子はありやせんでした。腕のいい町方だけれど、ちょっと面倒そうに、前と変わらずいつも通り見廻りを続けていましたね。もう五年も前のことですから、あんまり覚えちゃいませんが。そうそう、前波の旦那が、北町の加賀さんと西川さんの三人で、南伝馬町の名主の新右衛門と畳町の名主の吉兵衛に、新吉原へ連れていけだの遊び代を出せだのとねだって、それがばれて謹慎を申しつけられたと聞いたときは、そんなしみったれた旦那だったのかい、いやだね、でもあの旦那なら、かまうもんか、こっちが面白けりゃあいいんだと、へらへら笑いながら、遊び代を頼むぜと言いかねないなって、思いやした。何をやってんだい、と腹はたったけど、謹慎が解けたら、旦那の岡っ引を務める気でいたんですよ。そしたら、突然、欠け落ちだなんて、あっしは呆れてあんぐりと開いた口がふさがらず、顎がはずれそうで」

と、お半は十一に大きな口を開けて、赤い唇の間の白い歯や舌をべろべろと出して見せ、また、あははは、とけたたましく笑った。

「姐さん、およしなさいよ。古風さんが吃驚なさっているじゃありやせんか」

がま吉がお半を止めた。

金五郎は、おやおや、と呆れている様子だったが、やおら言った。

「前波さんが両替相場をやっていたと、聞けたんです。お半さんは、前波さんが両替相場に手を出していたと、他人から聞いたり、前波さん自身が、相場で儲けたとか損をしたとか、金を預ければ儲けさせてやるとか、仰っていませんでしたか。相場で大損して借金を抱え、借金の取り立てから逃れるために欠け落ちした。それが欠け落ちをしたわけだったとか……」

ふうん、とお半は吐息がもれるような声を出した。

「前波の旦那が、相場をやってたかどうかなんて、あっしは聞いたことがありやせん。旦那はそんな話は、まったくしやせんでしたね。あっしなんかに話してもしょうがねえと、旦那は思っていたんじゃありやせんか」

「お半さん、もうひとつうかがいます」

十一は言った。

「あいよ」

お半は自分で面白がって、すっかりいい気持ちになっていた。

「お半さんは、欠け落ちした前波さんが今、どこでどのように暮らしているのか、ご存じではないのですか。他人から聞いた噂でも、もしかしたら、と思いあたることでもいいのですが」

「あっしなんかが、知ってるわけないじゃないですか。前波の旦那は、今ごろどこでどうしているのやら、生きているのやら死んじまったのやら。ああ、暑い」

お半は言うと、掌を火照った頬にひらひらさせながら立っていき、濡縁側の腰付障子を半分ほど開けた。

濡縁ごしに、すでに暮れた庭の石灯籠の明かりが見えた。

冬の宵の冷たい夜気が、部屋に流れこんできた。

台所のほうで、若い者らとお稲の賑やかな、楽しげな声が続いていた。

五

それからさらに一刻後、お半の店はふけゆく夜の静けさに包まれていた。

お半は濡縁に出て横坐りになり、庭の石灯籠のおぼろな灯火《とうか》を、ぼんやりと眺めていた。庭を囲う板塀の上に、星をちりばめた夜空が広がって、板塀より高い松の樹影が、星空にぽっかりと浮かんでいるかのように見えた。

お半は、徳利と盃を横坐りの傍らにおき、冷たくなった酒を、ゆっくりと舐めるようにあおっていた。腰付障子を開け放った部屋の行灯の明かりが、お半のそんな気だるそうな後ろ姿を照らしていた。

夜ふけとともに、閏十一月の寒気が深々と身に染みた。

綿入れの半纏を着けたがま吉は、寒そうに身を縮めて部屋に端座し、濡縁のお半の様子を見守っていた。

台所の若い者やお稲の賑やかな声も、屋台のそばでも食いに出かけたのか、どやどやと足音がしてから、賑わいが途ぎれたあとの空虚だけが残された。

「姐さん、部屋に入ったらどうです。それじゃあ、風邪をひきやすぜ」

がま吉が、濡縁のお半の後ろ姿に声をかけた。

暗い庭へ向いたお半は動かず、ただ物憂げに言った。

「今日はいろいろあって、気が昂ぶって暑いぐらいさ。これぐらいがちょうどいい」

「まったくで。ほんのちょっとしたいき違いで、今ごろはお陀仏になっていたかもしれやせんしね」

ぐふぐふ、とがま吉は喉を咳こむように震わせて笑った。

「おまえ、どう思う」

お半の後ろ姿が言った。

「どう思うって、何がでやす？」

「ああいう若蔵に、真っすぐこられると、勘がくるっちまう。いつものあっしじゃなくなっちまうよ。厄介だね、ああいうのは」

「若蔵？　ああ、古風十一でやすか。妙な具合に、なっちまいましたね。やつら、あっしらが大岡の屋敷を見張っていたのを見透かして、放っておけなんて、余裕でいやがったんですね。ちきしょう。こそこそやっていたのが、間抜けでした」

「仕方がないさ。本途に間抜けだったんだから」

がま吉が、ぐう、とうなった。

「で、姐さん、大岡邸の見張りはどうするんでやすか」

「どうするもこうするも、今まで通り、見張りは続けるさ。大岡が見張られているのを余裕で放っておくなら、こっちも余裕で見張ってやればいいじゃないか。かえって気楽でいいよ」

「海保のご主人と稲生さまには、古風十一の若蔵と金五郎のおやじが、大岡の指図で斯く斯く云々の訊きこみにきたと、報告しやすんで」

「するさ。どんなささいなことでももれなく知らせろと指図を請けたんだ。もれなく報告してやるさ。あいつらだって、あっしらが報告するのは承知しているよ。誰に報告するかを知らないだけで……」

お半が横坐りの身体を艶めかしく起こし、がま吉へふり向いた。

「豪商の海保とお奉行さまの稲生の後ろ盾は、縮尻《しくじ》るわけにはいかないだろう。豪商の財力とお上の御威光が、世の中を牛耳っているんだから。あっしら裏稼業のやくざも、ほんのちょっと、お裾分けに与《あずか》るってわけさ」

「もっともで。海保のご主人と稲生さまのお気に入られるよう、尻尾をふって媚びへつらいやしてね。それにしても、気だての妙に真っすぐな、素直なやつってえのは、あっしの性に合わねえ。それに、金五郎のおやじが、読売屋の成れの果てのくせに若蔵の隣にでんと控えていやがって、それもどうもやりにくくっていけやせん」

がま吉が、愚痴っぽく呟いた。

「それにしても、若蔵には驚きやした。強いのはわかっておりやしたが、あそこまでやるとはね。獣みてえにすばしっこくて、鳥みてえに飛びやがった。そうか、鷹匠屋敷で生まれた伜が、がきのころから鷹みてえに育ちやがったんだろうな」

お半はまた庭へ向きなおった。そして、

「若蔵に、借りができたね」

と、暗い夜の向こうに言った。


同じ日の宵、加賀町の表火之番衆・仲間広之進は、八幡町の道三郎、四谷塩町の五平とともに、元鮫ヶ橋表町《もとさめはしおもてまち》の浪人・上島主水《かみしまもんど》の店を訪ねていた。

この上島主水は五十前後の、麴町の地本問屋で板行《はんこう》している絵双紙の物書きだが、その傍ら、長年の物書き稼業で得た知己を通し、主に暮らしの苦しい下級武士の家にそれなりの持参金をつけた養子縁組の口を利き、中立になって謝礼を得ていた。

飯田町の広助が、加賀町の表火之番衆の仲間家に、かなりの額の持参金つきで婿養子に入ることができたのは、上島主水の中立があったからである。

辻番の番人だった広助が、俸禄七十俵の下級武士とは言え、二本差しの身分になったのは、足掛五年前の享保十八年の冬であった。

同じく塩町の酒亭を営む五平も、また八幡町で水茶屋の主人に納まった道三郎も、上島主水が、こういう店なら、亭主が売ってもいいと言っているけれどね、とこれも上島主水が口利きをし、双方の間に立ってとり持った。

しかし、この上島主水には、物書きやそれらの口利き業以外に、もうひとつ、表側からは決して見えない稼業があった。

上島のその稼業が表側から決して見えないのは、暗闇の底で蠢く凄まじい怨念や悪意や憎悪や暴虐、邪悪な謀《はかりごと》に憑《と》りつかれ妄執する者らの、止まることを知らない強欲を満たす請負業だからである。

そして、それこそが、物書きや広い顔を活《い》かした口利き業の裏に隠れた、危険ではあっても大きな儲けをもたらす、上島主水の本来の稼業であった。

その宵、仲間広之進の広助と五平と道三郎の三人は、上島主水の店の、一灯の行灯が灯る薄暗く火の気もなくうそ寒い四畳半に通され、単刀直入に用件を伝えた。

「ある男に、消えてもらいたいのです」

広助が言った左右で、五平と道三郎はただ首を竦めている。

上島は、面長の青白い相貌を冷やかに向け、煙管を吹かしていた。

煙管を煙草盆《たばこ》の灰吹きにあて、吸殻を落とした。そして、

「ほう。ある男に、消えてもらいたい。仰った趣旨がわかりかねますが」

と、一度はしらばくれた。そしてまた、煙管に刻みをつめ、煙草盆を持ちあげ、火をつけた。

薄明かりが、上島の顔面の皺に沿って暗い影を落としていた。

「前に、さりげなく仰られましたな。そういう頼みを窃《ひそか》に請ける方々を知っている。つまり、人知れぬ頼みを請け、人知れずその頼みを果たす方々だと」

「さて、そのような胡乱《うろん》なことを申しましたかな」

上島は、行灯の薄明かりの中へ煙を吹いた。

「われら三人にとって、その男がいては、はなはだ、不都合至極なのです。その男がいては、もしかして、いや間違いなく、われら三人の命が脅かされるのです」

「命が脅かされるとは、その男が、何かの因縁で仲間広之進さんと五平さんと道三郎さんを恨みに思い、命を奪いにくるのですか」

「そうではない。そうではないのです。いささかこみ入った事情があるのです」

広助が言い、五平と道三郎も竦めた首を左右にふった。

上島は灰吹きを、かん、と鳴らし、吸殻を落とした。

「仲間広之進さん、あんたは今、五年前まで辻番の番人をやっていた広助ではありません。表火之番衆を勤める俸禄七十俵の御家人ですぞ。前途に何も望みのなかった辻番の番人風情が、二本差しの武士に出世なされた。妻もおり、子もできた身ですぞ。それを重々承知したうえで、その男をと、本心で言われるのですな」

「む、むろんです。それを、しょしょ、承知しているからこそ、わが本心なのです。あの、そ、それは……わが仲間家を、わが妻子を守るため、それがしは、ぶぶ、武士として、仲間家を守らなければならぬゆえ……」

口ごもりながらも、広助はようやく言った。

「なるほど。五年前は辻番だった広助が、今では立派な武士に、公儀直参御家人・仲間広之進になったのですな」

上島は、広助の左右の五平と道三郎に言った。

「五平さんも道三郎さんも、酒亭の亭主、水茶屋の主人として、堅実な営みをなさっている。あんた方も、五年前までの柄の悪い辻番ではない。今では町家の暮らしになじんで、つつがなく暮らしている一人前の町民だ。そんなあんた方が、人知れず、それを頼みにきた。本途に、よろしいんですか」

「仕方がねえんです、上島さん。いや、元締め、あっしら三人で決めたことなんで」

五平が、すがるように言った。

「さようですか。そこまで仰るなら、そういう物騒な頼みを請けられるかどうかわかりませんが、あたってみましょうかね。で、その男は……」

「名は甚三。中山道の本庄宿はずれの、沼和田村の川太郎《かわたろう》という貸元の賭場で、用心棒をやっているはずです」

「本庄宿はずれの沼和田村の、川太郎という貸元の賭場で用心棒をやっている、名は甚三、それだけですか」

「元は侍の端くれです」

「江戸のですか」

「はい」

「侍だったときの名は？」

「前波甚之助……」

「はて、前波甚之助。歳は？」

「四十代の半ばほどかと」

「前波は江戸で、何をしていたのですか」

しばしのためらいの間をおき、広助は言った。

「町方です。南町の同心です」

「南町の同心？」

ああ、と上島が部屋の暗がりへ目を泳がせた。

「前波甚之助か。思い出しました。そう、あれは五年前の秋でしたな。前波甚之助という町方が、町名主に女郎屋の遊び代を同心仲間を誘って集り、それが発覚して町奉行の大岡越前に謹慎を命じられ……」

広助は沈黙し、五平も道三郎もこたえなかった。

「すると、あんた方は、前波甚之助にかかり合いのある仲間か、あるいは何かだったんですね。そうかそうか、あんた方はそういう人たちだったんですか」

上島は薄笑いを浮かべてしきりに頷き、三人は顔を伏せた。

店は静まりかえっていた。この店に上島はひとり暮らしである。同じ元鮫ヶ橋の北町に妾《めかけ》を囲っていて、何日かおきに妾の店に通う暮らしである。

犬の長吠えが、夜の町の彼方で聞こえた。

「ご心配なく。あんた方と前波のかかり合いを、詮索はいたしません。ですが、値は張りますよ。広之進さん、仲間家に婿養子に入ったときの持参金よりは、だいぶ高くつくでしょうね」

「われらで、なんとかしますとも」

広助は声を絞り出した。

六

数日がたった。

その朝、十一はもち竿をかついで鷹匠屋敷から駒込村の畑道をいき、千駄木御林へと分け入った。

御林は元は東叡山《とうえいざん》の薪林で、千駄木山とも呼ばれている。

大岡さまより指図を請けた調べを続けつつも、父親の昇太左衛門の郎党としての、餌差の仕事もやらなければならなかった。

金五郎に助けられて、前波甚之助とかかり合いのあった者らに訊きこみを続けたが、それから先、新たに知れたことは何もなかった。

前波甚之助が組屋敷に残した妻には、会うことすら拒まれたし、両替相場に手を出していた確証も、まだつかめていなかった。

さらに、高間騒動の折り、伊勢町の往来にぶちまけられた米を、与佐が血で汚れた半纏にくるんでいたのを見たと、吟味所の二度目の白州で証言した二人の川浚いの人足を捜したが、五年もたった今では、行方はまったく知れなくなっていた。

「明日は外桜田のお屋敷にうかがい、大岡さまにこれまでの調べの報告をいたしましょう。大岡さまの新たなお指図があるかもしれません」

「はい。このままでは埒が明きません。そのようにいたしましょう」

昨日、金五郎と言い交わして駒込村に戻った。

十一がいく千駄木御林の細道を、黄や茶や赤の落葉が蔽っていた。

白い息を吐き、落葉を静かに踏み締めて歩みを進めながら、葉を落とした落葉木や常磐木《ときわぎ》を通して、艶やかないく筋もの縞模様を編んだような朝日が斜光し、細道の枯葉を青白く耀かせる光の戯れにうっとりとした。

頭上には青空と真っ白な雲が見え、鳥たちの鳴き声が絶えず聞こえ、鳥影が飛び交い、それが生き生きとした息吹となって、十一の身体の中を絶えず通りすぎていくかのような清涼な錯覚に襲われた。

十一は、いく日か前、青梅街道筋の田無宿へ出かける早朝、御鷹部屋に収容が許されていた隼の斑《まだら》を、東の地平にわずかな赤みの射し始めた空へ、勝手気ままに暮らせと、解き放ってやった。

不意に、斑のことが思い出された。

斑よ、どの山に、森に、あるいは海辺にいるのかと。

林の中の細流に丸木橋が架かっている。

丸木橋を渡っていると、細流沿いのうつぎの小枝でしい、しめがさえずっていた。

十一は細流の堤を、うつぎのそばへ静かに近づいていった。

しめは十一に気づかず、明るい日を浴びてのどかなさえずりをふりまいている。

ちょっちょっ、ちょっちょっちょっ……

うつぎより少し離れた堤で歩みを止め、周囲の冷気に呼吸を合わせ、自分の身体を立木のように無にする。そして、もち竿をするすると伸ばしていく。

枝のしめがもち竿に気づいて飛びたつときの、まだ動きの遅いほんのわずかな瞬間に、十一はもち竿を素早く差し出した。もち竿に飛びたつのを阻まれ、しめは驚いて鳴き騒ぎ、激しく羽ばたいた。

しかし、十一の動きに乱れもためらいもない。

十一はしめをもち竿からはずしてやり、腰にさげた袋に入れた。しめは暗く狭い袋の中で、途方にくれたかのように大人しくなった。

それからまた、十一は鳥たちの声に導かれて、林の細道に歩みを進めた。

しばらくいき、つたの枝に今度はめじろを見つけた。

十一は呼吸を周囲に合わせつつ、おのれを忘れてめじろへ静かに近づいていった。

歩みを止め、するするともち竿を伸ばした。

めじろはまだ気づいていなかった。

あと少し、もち竿をそっと近づけた。

そのとき、ざざ、ぱきっ、と後方で枯木の折れる音がした。

めじろが驚き、慌てて飛び去っていくのを、十一は目で追った。

「おまえの勝ちだ」

縮尻ったことが愉快そうに、飛び去っためじろに言った。

ふりかえると、少し離れた楓《かえで》の木のそばに、明るい橙《だいだいいろ》色の小袖を紺地に矢絣文《やがすりもん》の半幅帯で締めたお半と、半纏姿のがま吉が一歩を踏み出した恰好で、極まりが悪そうに十一を見つめていた。

がに股のがま吉のごつい頭が、お半の顔よりまだ下にある。

お半はそのがま吉の月代を、ぺたん、と平手で鳴らし、十一に辞儀を寄こした。がま吉は、月代をごつい指でさすった。

「やあ、お半さん、がま吉さん、先日は馳走になりました」

十一は二人へ明るく声をかけた。

「相済いやせえん。音をたてないように古風さんの腕前を拝見しておりやしたのに、がま吉のとんちきが、凝っとしてりゃあいいものを、つい身を乗り出して枯木を踏んじゃって」

お半とがま吉は、枯葉を無雑作に騒がせながら近づいてきた。

「いいのです。よくあることです」

「古風さんの腕前を拝見したかったのに、残念だわ」

十一はもち竿を肩にかつぎ、唇にすっと紅を引いただけの、お半の白い顔に笑みを向けた。

「ここで、何をしていらっしゃるのですか」

「いえね、あれから……」

お半はやや上目遣いに、十一へ向けていた目を鳥のさえずりの絶えない周囲の林へ遊ばせた。

「前波の旦那のことをいろいろ考えていたら、古風さんと金五郎さんにお話ししたほかにも、少し思い出したことがありやしてね。でも、思い出したって言うほど、違う話でもないんです。そうか、古風さんと金五郎さんのお訊ねのあれは、こうだったっけというぐらいの違いなんですけどね。ただ、ちょっと気になっちゃって、どうしようかなって、もやもやしたもんですから」

「どうしようかなとは、あれから思い出されたことを、お半さんは教えにきてくださったのですか」

「教えになんて、そんな大袈裟なことじゃないんです。でもね、古風さんはあっしらの命の恩人なんだし、このがま吉はその前にもお世話になったんだし」

お半は周囲に遊ばせていた黒目がちな大きな目を、十一に戻した。

「気になってもやもやしているのは、あんまり気味がよくないから、それじゃあ、気晴らしのそぞろ歩きのついでに、駒込までいってみようかと思いたちやした。鷹匠屋敷で古風さんはこちらとうかがい、そぞろ歩きの心地よさに誘われてきやしたけれど、古風さんに会えてよかった」

がま吉が、さようで、と言うように竦めた首を頷かせた。

「お半さん、お話を聞かせていただけるなら、屋敷へ戻りますか」

「いいえ。長くはかかりやせんので、古風さんがよけりゃあここで。六間堀のごみごみした町家とは大違いで、清々《すがすが》しくて本途にいい気持ちだし」

お半は大きく息を吸い、それから十一に背を向け歩き出した。

十一は、お半の歩みに合わせてゆっくりと続き、がま吉が十一の後ろに従った。

お半の足下で、枯葉がかさかささと鳴った。木々の間で鳥がさえずり、いく筋もの陽射しがお半の島田に降っていた。

「前波の旦那から、言われたことを思い出しやした」

お半は言った。

「あれは旦那が、新吉原の遊び代を名主にせがんだのがばれて、お奉行さまに謹慎を申しつけられる前でやした。旦那があっしに、あるときなぜか言ったんです。おれはいい加減な町方だから大岡さまに嫌われている、もう定廻りは解かれるかもなって。旦那のどこがいい加減なんでやすかって訊いたら、どこもかしこもさと、薄笑いを浮かべて、投げやりな、町方の勤めなんかどうでもいいと、そんな様子で。おれじゃなくて、さっさとほかの町方の御用聞についたほうが、おめえの身のためだぜと。でもどこか、つらそうな様子で……」

お半は、日の光と鳥のさえずりにあふれた木々の間を眺め廻した。

「前波の旦那が欠け落ちをしたのは、両替相場に手を出して、相場で大損して借金を抱え、借金の取り立てから逃れるためだったんじゃあないかって、金五郎さんが言ってやしたね」

「お半さんは、聞いたことがないと言われました」

十一は、紺地に矢絣文の帯をだらり結びにしたお半の後ろ姿に言った。

「旦那から聞いたことがないのは、本途なんですよ。あっしなんかに話してもしょうがないと、思っていたんですよ。けどね、旦那がかなりの借金を抱えていたらしいことは気づいていやした。気づいていやしたが、気づいてないふりをして、旦那にはなんにも聞かなかった。旦那も言わなかったし。前波の旦那は、おれはいい加減な町方だからなんて言いながら、案外に見栄《みえ》っ張《ぱ》りで気位が高くてね。あっしには借金を抱えているのを素ぶりにも見せなかったのが、ちょっと痛いぐらいでしたよ」

お半は、一本のさいかちの高木の下に歩みを止めた。十一へふりかえり、さいかちの太い幹に白い掌をあて、

「大きな木だこと。これはなんて木でやすか」

と、ひたひたと叩いた。

「さいかちです」

お半は葉をすっかり散らしたさいかちと、青い空と雲を見あげた。

「それから、もうひとつ、これは思い出したっていうより、言わないでおこうと決めていたんですけれど、古風さんには教えてあげようって、思いなおしやした。前波の旦那が生きているのやら死んじまったのやら、生きているならどこでどうしているのやら、あっしが知るわけないって言いやしたね。噂も聞かないし、思いあたることも

ないって」

十一は頷いた。

「本途はね、前波の旦那かもしれない噂を一度、聞いた覚えがありやす。一年半ほど前でやした。旅の薬売りがうちにきて、本庄宿に川太郎という親分がいて、その一家の賭場の用心棒に使われていた、本名は知らないけれど、甚三と親分に呼ばれていた浪人者の噂話を聞かせてくれたんですよ。薬売りがその甚三に、これから江戸へいって商売をすると話したら、甚三が江戸の町家にずい分詳しくて、あの町にはこういうお店が、この町にはこういうお店がといろいろ教えてくれて、しかも、どうやら甚三の生まれと育ちが八丁堀らしいとわかってきたそうなんです。それで、江戸の八丁堀の侍ならすぐに町方のことが思い浮かび、甚三さんは元は町方だったのかいと冗談で訊いたら、甚三が吃驚して真顔になって、すぐに、まさか、町方に追い廻されて、江戸から逃げ出しただけですよと、笑ってつくろったんですって」

十一は沈黙し、お半を凝っと見つめていた。

「前波の旦那の歳は、今年四十六。去年なら四十五です。薬売りが言った甚三の風貌やら年恰好《としかっこう》は、間違いなく前波の旦那だと思いやした。それであっしはね、本庄宿なら江戸からそう遠くないし、本途に前波の旦那かどうか探ってみようか、せめて手紙を送ろうかと思案しやしたんでやす。でもね、結局、本途に前波の旦那であってもなくても、あっしにはかかり合いのないことだからと自分に言い聞かせて、余計な詮索はやめにしやした。だって、そうじゃありやせんか。前波の旦那は旦那、あっしはあっし。本途のことがわかったって、どうにもならないんですから」

「中山道の本庄宿の、甚三、ですね」

お半は頷き、十一へねっとりとした笑みを寄こした。

「古風さん、もしかして、前波の旦那に会いにいくつもりでやすか。旅の薬売りから聞いた噂ですから、あてにはできませんよ」

「わたしは大岡さまのお指図を請けました。自分の務めを果たすのみです」

十一はけれんなく言った。すると、

「純情だこと」

と、お半は紅を刷いた唇の間から、白い歯を見せた。

「なら、純情な古風さんに、思い出したことをついでにもうひとつ。証拠もなくあっしが感じただけだから、これもあてにはなりやせんが、前波の旦那は、飯田町の与佐が八右衛門殺しの下手人じゃないことを、たぶん、知っていたと思いやす。与佐が打首のお裁きを受けたあとでやした。前波の旦那に、これで一件落着でやすね、お手柄でやすねって言ったんです。そしたら、旦那はもの凄く恐い顔を見せやしてね。お半、一件落着ってえのはな、誰が罪を犯したかじゃねえ、誰が罪を償うかなんだ、手柄なんてふざけんじゃねえぜって、まるで自分を罵るみたいに言ったんでやす。あのときあっしは、なぜか、やっぱりそうなんだって、旦那はやっちゃったんだって、思いやした。あのとき、ちらっと頭によぎっただけで、何がやっぱりそうなのか、旦那は何をやっちゃったのか、今でもわからないんですけどさ」

あはは……

突然、お半が甲高い声で笑い出した。

束の間、十一とお半の周りの鳥の声が途絶えて、林がしんと静まりかえった。

がま吉はぎょっとして、周囲を見廻した。

第四章　神流川《かんな》

一

まだ暗い西の果てに、淡く透き通った満月がぽっかりと浮かんでいた。

遠い信濃《しなの》の山影の上空を、満月は静かに、果敢《はか》なげに、ゆっくりとくだっていた。

幸い風はなかった。ただ、吐息をも凍らせる寒気が、神流川の墨を流したように黒い川面を蔽っていた。

そこは、中山道の武蔵の国の勅使河原《てしがわら》村と上野《こうずけ》の国の新町《しんまち》宿の境を流れる、神流川の渡しである。

渡し場は、新町宿の船寄せと神流川の中州の船寄せに綱が渡してあり、船客は渡し綱を手繰《たぐ》って川を渡る。中州と勅使河原村の岸辺には手摺もない板橋が架かっていて、勅使河原村と中州の往来は橋を渡ってできた。

男は黒木綿の胴着に子持縞の半纏の綿入れを着け、黒の角帯をぎゅっと締め、下は黒の股引《ももひき》と黒足袋に草鞋を履き、頭には三度笠《さんどがさ》をかぶっていた。

角帯には黒鞘の長刀を、ざっくりと差していた。

先夜より、男は新町宿の馴染《なじ》みの飯盛《めしもり》と戯れた。夜明け前の凍《い》てつく寒気の中、

「またこいや」

と、飯盛に見送られて旅籠《はたご》を出て、寝静まった宿場から川原へ下った。

船寄せの渡し船に乗るとき、宿場のほうへふりかえると、馴染みの飯盛がまだうす暗い往来に出てきて、寒さに震えながら男を見送っていた。

男は女に手をかざしてから渡し船に乗り、もう一度女へ見かえり、渡し船の綱を手繰りつつ、いいからもう店に入れ、と言うように手をふった。

男は、わずかばかりの未練を抑えて、女から目をかえした。

西の空に浮かぶ月明かりが、男の吐息を白く映した。

渡し船は静かな川面に波をたて、船の根棚《ねだな》を波がとき折りささやくように叩き、両岸に渡した綱の滑車が、からから、と鳴っていた。

気だるさや空しさ、がまたこみあげてきた。

なんのために、と途方にくれ、それでいて自分にうんざりすることにも慣れて、ふん、と面倒そうに鼻を鳴らしただけだったが、男は笑った。

やがて、渡し船は神流川の中州の船寄せに着いた。

中州にあがり、船寄せのそばの木組に筵を蔽っただけの小屋で、懐の小提灯をとり出して火を灯した。小提灯の火と月明かりを頼りに、蘆荻《ろてき》の間の踏み潰した枯草と石ころだらけの細道を板橋へ向かった。

板橋の先の勅使河原村は、まだ闇に閉ざされていた。

木々や彼方の人家の黒い影が、かすかに青みを帯びかけた暗い空の下に見え、空にはたったひとつの、まことに小さな星の耀きがきらめいていた。

板橋の途中で、男はふりかえった。

川向こうの新町宿の、はるか遠くの暗黒を背に、上毛《じょうもう》三山の妙義山と榛名山《はるなさん》、赤城山の黒い影が、西から北へと眺められた。

「春がきたら、そろそろ旅に出るか」

男はまだ黒い山影を見やっているうち、ふと、寂しい旅情に誘われた。

しかし、旅に出たとてゆくあてはなく、留《とど》まって身のおきどころのない自分に嫌気がさし、馬鹿が、と自分を罵った。

神流川を渡り、月明かりの影を落としつつ中山道を急ぎ足で戻っていった。

中山道は、神流川から勅使河原村、神保原村をへて本庄宿へいたる。

その中山道を勅使河原村から本庄へとった途中に、かつて川窪《かわくぼ》氏が金窪《かなくぼ》陣屋支配地に創建した曹洞宗の陽雲寺がある。陽雲寺は、およそ四十年前の元禄の世に、川窪氏を継いだ武田氏が移封となったため勢いを失い、今は静かな里寺である。

男はその陽雲寺の寺男であった。

およそ一年と三月前から寺内の小屋に居住し、広い寺内の一画の畑地を耕作し、寺の雑役を務めていた。

朝から畑仕事があるので、男は道を急いだ。

神流川から数町中山道をいった金窪の手前に、本庄塚の次の一里塚がある。

人家から離れたその一里塚に植えた榎《えのき》の高い樹影が、道の先にぼうっと見えるあたりまできたとき、榎の樹影の太い幹の周りに、数体の人影を認めた。

人影は提灯を持たず、夜明け前の暗がりにまぎれていたものの、満月の月明かりが、うっすらと、菅笠をかぶった三体の人影を照らした。

朝だちの早い旅人が通る刻限までには、まだ間があった。

街道に人影は、榎の下の三体と男のほかはなかった。

しかも、三体には腰に帯びた両刀の影が見分けられた。

侍のようだが、明かりも持たず榎の周りでたむろし、一体何をしているのだ。旅の道連れを待っているだけなのか。それならばいいが。

男は訝しみ、急ぎ足をゆるめた。

しかし、ここまできて遠廻《とおまわ》りをするのは面倒だった。よいわ、と再び小提灯の明かりをゆらし、急ぎ足になった。

と、一里塚の四半町ほど手前まできたときだった。

三人の侍風体は榎の下から街道へ歩み出て、さりげなく道に散った。散りながらも男のほうへ向きなおり、道の真ん中にひとり、左側と右側にひとりずつが、男の行手を阻む恰好で、ゆっくりと男のほうへ向かってきた。

男は立ち止まった。

小提灯を前方に差し向けた侍風体の黒ずんだ衣装に、手甲をつけ、脚絆《きゃはん》で細袴をきつく絞り、黒足袋草鞋掛の旅姿を見分けた。

どうやら、おれに用があるらしい。菅笠に隠れて顔は見えなかった。ただ、月明かりが三人の骨張った顎や無精髭を、くすんだ灰色に映していた。

無頼の浪人者の物盗りか、と男は思った。

小提灯を差し向けたまま、左手で腰の一本差しをつかみ、三人の出方を待った。

五間ほどまできて、真ん中のひとりが歩みを止め、あとの二人は男の左右をとる意図を見せて歩んでくる。

正面のひとりが、夜明け前の静寂を乱した。

「前波甚之助。元南町奉行所同心・前波甚之助だな。陽雲寺の寺男の甚三と、今は名乗っているそうだが」

低くかすれた声が、二度、前波甚之助の名を繰りかえした。

咄嗟に、そうか、こいつら江戸の男か、と甚之助は気づいた。

気づいた途端、甚之助の腹が据わった。

左から右へと、左右の二人へ小提灯を廻した。二人の草鞋が地面を擦り、じりじりと鳴った。

「おめえら、誰だ」

甚之助が質した。

「前波甚之助に用があるのだ」

正面の男が、また言った。

「おめえらは知らねえぜ。知らねえおめえらが、おれになんの用だ」

「おまえが知らなくとも差しつかえない。用はこっちが勝手に済ます」

「江戸からきたのか。用があるなら、名乗れ。どこのどいつだ」

甚之助は言ったが、相手の返答はもうなかった。

ちゃっ、と正面が瞬時に柄をとって抜き放った白刃が、西の空の月光に映えた。

甚之助は左足を引いて両膝をやわらかく折り、小提灯を捨てた。一本差しの柄に手をかけ、抜刀の態勢を作った。

「てめえら、何しやがる」

しかし、正面の男は大上段にとって歩み出し、見る見る五間の間はつまった。甚之助に肉薄した途端、

「たあっ」

と、大上段から白刃を躍らせ、袈裟懸《けさがけ》に浴びせかけた。

ぶうん、と白刃がうなった。

甚之助は両足を畳んで、地面に這《は》いつくばりそうなほど低く身をかがめ、一転、躍りあがりつつ一本差しをすっぱ抜きに抜き放った。

正面の袈裟懸を躱《かわ》して脾腹《ひばら》を打ち払い、背後へくぐり抜け、即座にふり向き様《ざま》、脾腹を裂かれた男が一歩前へのめりかけたその首筋へ打ち落とした。

ざっくりと、撫《な》で斬《ぎ》りにした。

男は絶叫を響かせ、月光が血飛沫を紺青色に照らした。

「冗談じゃねえぜ」

甚之助は喚きながら、相手が血飛沫を噴いてくずれ落ちるよりも早く、左からの袈裟懸を半歩右へ転じて同じく袈裟懸を見舞い、相打ちになった。

ばんっ、と甚之助の三度笠は切り割られた。

だが、切先は甚之助の顔面すれすれに空を斬った。

一方、甚之助の斬撃は、相手の左肩から胸、腹まで斬り落としていた。

甚之助の斬撃を浴びた男が、悲鳴をあげて四肢を投げ出し、仰のけに吹き飛んだ。

そのとき、右からの一撃が襲いかかってくるのはわかっていた。

だが、間に合わなかった。躱しきれず左肩を打たれ、甚之助は片膝を落とした。

「てめえっ」

甚之助は片膝づきに横転しながら、追い打ちに踏み出した相手の足を、横薙《よこな》ぎにした。切先が追い打ちの膝頭を二つ割りに斬り裂いた。

「はああ……」

と、追い打ちは態勢を乱し、膝頭をかばってごろんと転倒した。

血のあふれる膝頭を押さえ、甚之助から逃れるようにごろごろと転がり逃げていく。

甚之助は白い息を吐きながら、片手一本の刀にすがって立ちあがった。

逃れる男へ近づいていくと、月光を受けた甚之助の影が道端の男にかかり、男は甚之助を見あげた。

道に捨てた小提灯が燃えあがって、炎が菅笠の下の男の顔に射した。

菅笠の下の顔は、無精髭を生やした、間の抜けた貧相な表情だった。ついさっきまでの不気味な気配は失せ、見捨てられ薄汚れた野良犬のように、怯えた目で甚之助を見あげていた。

男は、間の抜けた貧相な表情を苦痛に歪めた。道に坐りこみ、傍らにだらりと落とした刀を震える手で持ちあげた。

甚之助へ向けた切先が、ゆらゆらとゆれて定まらなかった。

甚之助はそれを易々と払い、刀はからからと音をたてて道に転がった。

「この野郎」

甚之助は、押さえた指の間から黒い血があふれる男の膝頭を蹴りつけた。

「ああ、痛い痛い。ちくしょう」

と、男が泣き声をもらした。

「痛えか。この疵じゃあ、早く手当てをしねえと、おめえもお陀仏だぜ」

男は顔を伏せ、ぎゅっと目をつぶった。

「おめえら、何者だ。なんでおれの命を狙った」

顔を伏せた男の菅笠が、左右へ哀れげにふれた。

「どこのもんだ。わけを言え。誰に頼まれた。言わねえか」

甚之助は怒声を浴びせ、男の太股《ふともも》へ刀を突きたてた。

男はきりきりと悲鳴を甲走らせた。

「言わねえか」

突きたてた刀を、さらに突き入れた。

「ああ、止めろ。もも、元締めの上島、主水が、う、請けた。やめて、やめてくれ、た、頼む」

「元締めの上島主水だと。その野郎は、おれを始末しろと、金で請けたんだな。誰から請けた」

男は、腿《もも》に突きたてられた刀身をにぎり、喘《あえ》ぎつつ言った。

「仲間広之進だ。そ、それから、五平と道三郎だ。知っているだろう……」

甚之助はほんの一瞬、啞然とした。

だがすぐに、あいつらか、と気づいた。

そうかい、そうだったのかい、と呑みこんだ。なぜだ、と思いつつ、意外ではなかった。あいつらならこういうことをしかねねえ、と思った。

ふと、江戸で何があった、と江戸の町家の風景が言いようのない懐かしさとともに脳裡をよぎった。

「そそ、それだけ……」

男が苦痛に身もだえ、声を絞り出した。

甚之助は男の太股から刀を引き抜いた。膝頭からも太腿からもあふれる血で、袴に黒い染みが見る見る広がった。

「情けだ。楽にしてやるぜ」

と、片手袈裟懸を無雑作に浴びせた。

男は止めを刺され、人形遣いのいない木偶《でく》のようにぐったりと身を投げ出した。

束の間、甚之助は街道に佇み、三つの亡骸を呆然と眺めた。

まだ西の山の端に沈まぬ満月が、前波甚之助に青白い光を降りそそいでいた。

二

数日がたった。

その昼下がり、甚之助は陽雲寺山門から本堂までの参道に散った落葉を、竹箒《たけぼうき》で掃き集めていた。

本堂までの参道をざわざわと鳴らし、土色の枯葉をだんだん山盛りにしていく。

左肩に先夜の痛みが残っているため、左腕は竹箒に軽く添え、右腕だけで竹箒を使った。何日か前に冷たい木枯らしが上州のほうから吹きつけたが、あれから、冬にしてはのどかな日和が続いていた。

葱畑の収穫を済ませておいてよかった。

夏の暑いさ中に土を細かく砕いて種をまき、肥しをやった大根もそろそろだが、まだもう少し先でもよい。痛みがやわらげば、すぐに収穫にかからねば。

甚之助は箒を使いながら考えていた。

先夜の一里塚の一件では、村中が大騒ぎになった。

内宿陣屋の手代がきて、素性の知れない旅の侍らしい三つの斬殺体と一里塚の周辺を探索した。

斬られた侍らの懐には手がつけられておらず、夜盗の類でないようだったので、仲間割れの喧嘩か、なんぞ恨みを買って誰かに命を狙われたのだろう、という手代らの見たてだった。

村民の中には、夜明け前のまだ暗いころ、街道のほうで人の言い合う声や争うような物音を聞いたという者も何人かいた。

ただし、何を言い合っていたのかわからなかったし、争い事にしては呆気なく収まったため、大したことはあるめえ、と気にかけなかった。寺男の甚之助も、陽雲寺の住職に、何か気づいたかと訊かれ、

「あっしは、ぐっすり眠っておりましたので、気がつきませんでした」

とこたえ、訊かれたのはそれだけだった。

どこの誰かもわからぬ旅の侍のことなど、村人は誰もさほど気にかけなかった。

三体の亡骸は、その日のうちに陽雲寺に無縁仏として埋葬された。

内宿陣屋の手代らは、本庄宿あるいは熊谷宿《くまがや》の旅籠で、三人の素性の訊きこみにあたっていた。中山道の神流川を渡った新町宿は、上州の岩鼻陣屋の管轄になり、武州の内宿陣屋の手代らは手が出せなかった。

甚之助は、茅葺屋根の大きな本堂の前で、ざわざわと石畳に竹箒を鳴らした。手代らの調べに進展があったのかなかったのか、今はまだ何も聞こえてこない。先夜の一件ははや忘れかけられていた。

ふん、そんなもんだ……

と思う一方、先夜以来、江戸への懐古が甚之助の脳裡をしきりによぎった。どれほど懐かしんでも詮ないことなのに、あれは、あそこは、と江戸暮らしをしていたときは気にもかけなかったどうでもよい瑣末《さまつ》な覚えが甦った。そのたびに、先夜、肩に受けた疵の痛みのような痛みが伴った。そのとき、

「甚三さん」

と、背後から呼びかけられた。

ふりかえると、いつの間にか、饅頭笠《まんじゆうがさ》をかぶり質素な墨染めの衣に手甲脚絆と素足に草鞋掛の良源《りようげん》が、饅頭笠の縁を少し持ちあげ、穏やかな様子で立っていた。

良源は、まだ二十代半ばをすぎたばかりの陽雲寺の修行僧だった。托鉢《たくはつ》の修行に出かけ、戻ってきたところのようだった。

「良源さん、気づきませんでした。お戻りなされませ」

甚之助は竹箒を止めた恰好のまま、良源に頭を垂れた。

「ずいぶん、落葉が集まりましたね」

「はい。この落葉の山をひと冬寝かせて土に戻し、畑の肥しにいたします。落葉の肥しは、来年の実りには欠かせません」

「枯れ果てた落葉が土になり、新しい実りを育むのですね。ありがたいことです」

良源は頬笑み、饅頭笠をゆっくりと頷かせた。

それから、ふと思いついたように言った。

「甚三さん、肩の具合はいかがですか」

不意に肩のことを問われ、甚之助は当惑した。

「か、肩の具合と申されますと？」

「いえ、数日前より、少し具合が悪そうにお見受けいたしましたので」

饅頭笠の下の良源の顔は、甚之助を本心で気遣っていた。

「お気遣い、ありがとうございます。大したことでは、ございません。この秋ごろから、左腕をあげたり動かしたりしますと、左肩に痛みがございまして、初めはそのうちに治るだろうと気にしておりませんでした。ですが、数日前より痛みが前より強くなって参ったんでございます。今どきの朝晩の寒さの所為もありましょうが、何よりも歳の所為でございます。若いころのようには参りません」

「さようでしたか。それでは、寺内の落葉を掃き集めるのは大変でございましょう。わたくしがやりますので、甚三さんはお休みになられては。寺内を掃き清めるのも、修行でございますから」

「とんでもございません。寺内の落葉を掃き集めるのは、寺男の仕事でございます。お気遣いはご無用に願います」

甚之助は左肩の痛みを堪えて、竹箒を本殿の前の石畳にまた鳴らし始めた。

だが良源は、そこに佇んで僧房に戻らなかった。やがて、

「甚三さん、少しよろしいでしょうか」

と言った。

甚之助は顔をあげ、良源を見た。

「なんでございますか」

「今日、本庄宿へ托鉢にいっておりました。たまたま、本庄宿の宿役人さんとお話しする機会があり、甚三さんのお噂をお聞きしました。そのことについて、甚三さんにお話ししたいのですが」

良源は饅頭笠に手を添え、少し考えるように首をかしげた。

そうか。良源が声をかけてきたのは、普段の何気ない挨拶ではなかった。

良源の何がなし改まった様子は、すでに甚之助に何かを問いかけていた。

「良源さん、よろしければあっしの小屋に。狭いところですが……」

甚之助は、当惑を隠して言った。


陽雲寺の寺男に雇われて、一年と三月ほどになる。

若い修行僧の良源と言葉を交わすようになったのは、寺男に雇われてひと月ほどがたった去年の晩秋だった。

四十代半ばの素性も定かではない奴雑人《やつぞうにん》風情の甚之助に、良源のほうから話しかけてきた。

そのときも、そろそろ枯葉が散り始めた本堂の前の石畳を竹箒で掃いていると、いつの間にか後ろにいた良源に、「甚三さん」と呼びかけられたのだった。

良源は無垢《むく》な頬笑みを、甚之助に寄こした。

「庭を掃きながら、物思いに耽《ふけ》っておられましたね。お邪魔をしないように、声をかけないでおこうかなと思ったのですが、甚三さんは一体何をお考えなのだろうかと気になったものですから、つい声をおかけいたしました」

甚之助は戸惑い、良源の無垢な頬笑みに動揺した。

「あ、あっしのような者が物思いなどと、お恥ずかしい。あっしの物思いなんぞ、冬に備えて焚《た》き木《ぎ》の薪割《まきわ》りをしなきゃあとか、夕餉の菜は何にするかとか、毎日大して代わり映えもしないのに、それぐらいでございますよ。あとは、毎日毎日がつつがなくすぎていきますように、陽雲寺さんの務めを縮尻らないようにと、ただ祈っておりますす。そうしながら、そのうちにお迎えがきて、この落葉のように枯れて散っていくときを、待っているだけでございます」

甚之助は落葉を掃き集めた。

「そうですか。悟っておられるのですね。偉いな。わたくしなど、いくら修行を積んでも、煩悩に悩まされております」

「良源さんのように頭のよい方は、厳しい修行を積んで御仏にお仕えになり、物事を深くお考えになられます。それゆえ、お悩みも深いのです。あっしらのような凡夫とは違います。あっしらとは一緒にはなりません」

「御仏のお慈悲の下、みな同じ命です。違いなどありません。そのように言われますと、わたくしこそ恥ずかしい」

小柄で痩身の良源はそう言って、ひと重の目の涼しげな相貌をかすかに赤らめた。

それ以来、甚之助と良源はしばしば言葉を交わす間柄になった。

良源は甚之助の素性や過去を、決して問わなかった。

生まれも育ちも、歳すら問わなかった。

甚之助と良源は、心おきない友というのではなく、出家に道を尋ねる弟子でも、また救いと平安を願う信徒でもなく、この寺での暮らしのことや畑の実りのこと、この土地のこと、人々のこと、罪と罰のこと、そして、現世の生のこと、来世の死のことしか話さなかった。

すなわち二人は、心が深く触れ合うだけの、ただの話し相手にすぎなかった。

寺男の小屋は、作業ができる程度の広さのある内庭と、少し歪んで開け閉めに手間のかかる引き違いの腰付障子を閉てた四畳半と押入を備えた質素な住《す》まいだった。

内庭の一角には竈と流し場、椀《わん》や鉢、笊《ざる》、酒の徳利、味噌《みそ》壺などを並べた古い棚、それに水瓶《みずがめ》があった。

水は、寺の庫裏に入った土間の井戸で汲《く》んだ。

焚き木用の枯木や藁《わら》束や筵が積んであり、蓑《みの》と菅笠、鎌、鍬《くわ》や鋤《すき》など畑仕事の道具を壁に吊るし、たてかけてあった。

その内庭の生木の格子を組んだ明かりとりから、晴れた日は朝日が射した。

四畳半の奥にも引き違いの腰付障子が閉ててあって、腰付障子を引くと、寺内の甚之助が耕す畑が広がり、そのはるか彼方に妙義山などの上州や信濃の山並と、晴れた日は山並に沈む夕日が眺められた。

甚之助は良源と四畳半に対座し、良源に椀の白湯をふる舞った。

畑側の閉てた腰付障子にまだ高い西日が白く映え、隙間だらけの粗末な住まいでも暖かいぐらいだった。

良源は湯気ののぼる白湯をひと口含み、横に饅頭笠をおいた膝の上で、白湯の椀を両掌に包んだ。

それから、話し始めた。

昨日の夕刻、江戸からきた旅の二人連れが、本庄宿の旅籠に宿をとった。

二人連れのひとりは、長身に痩軀の若い侍風体で、ひとりは同じく大柄ながら、年配の町民風体であった。若い侍風体は深編笠、町民風体は菅笠をつけ、同じ黒紺の引廻しの膝下まである長合羽を羽織っていた。

若い侍の主人と奉公人の中間小者というのではなく、どうやらそれぞれ役目を負って、江戸から本庄へきた二人連れらしかった。

今朝、二人は宿場の問屋に現れ、この宿場はずれの沼和田村の甚三という者のことを問屋の者に訊ねた。

応対した宿役人に、二人は古風十一と金五郎と名乗った。

自分たちは、御公儀寺社奉行、ならびに関東地方御用掛の大岡越前守さまより遣わされ、沼和田村の甚三に会う用があって江戸よりきたと言った。

「ほう、大岡越前守さまの御用でございますか」

高名な大岡越前守の名が出て、宿役人は驚いた。二人の風体は御用の役人らしくは見えず、宿役人は少々訝ったものの、ぞんざいな応対もならず、

「はい。沼和田村の甚三の名は、以前聞いた覚えがございます。確かあの甚三という者は、沼和田村の川太郎という貸元の賭場の用心棒にて……」

と言ったあと、はて、と首をかしげた。

甚三の名前に聞き覚えはあったが、どんな男か思い出せなかった。

「甚三は仮の名にて、その前は前波甚之助という江戸の侍です。前波甚之助の名を聞かれたことはありませんか」

古風十一が、宿役人のうろ覚えを補った。

「ほう。甚三のその前は、前波甚之助という江戸の侍でございましたか。一向に存じませんでした」

宿役人はだんだん甚三の風貌を思い出し、沼和田村は宿場の四辻を北へとって、と村までの道のりを教えたあと、思い出したように続けた。

「ではございますが、甚三と申すお侍は、もうだいぶ以前に川太郎の店を引き払ったのではございませんかな。一年かそこら前に、川太郎の手下の者が宿場でそんな話をしていたのを聞いた覚えがございます。もっとも、お侍だろうとなかろうと、賭場の用心棒ごときを気に留めておりませんでしたので、定かではございません。沼和田村

の川太郎にお訊ねになれば、お侍の行方は知れるかもしれませんが」

そう言いかけた宿役人が、ふと、甚三の名で思い出し、

「そう言えば」

と、言い足した。

本庄宿から中山道を新町宿へとり、途中の一里塚の数町手前に陽雲寺という曹洞宗の寺がある。確か、そこの寺男の名も甚三と聞いた。

やはり一年余前のことだったので、賭場の用心棒が寺男に雇われたかと思ったが、まさかそんな柄の悪い者が寺男などに雇われるはずもあるまいと、すぐに思いなおし、それ以来、陽雲寺の甚三のことは忘れていた。

宿役人は二人に、沼和田村の川太郎を尋ねて甚三の行方が知れなければ、念のために陽雲寺を訪ねて確かめられてはいかがで、と教えた。

そののち、陽雲寺の修行僧の良源が托鉢修行に本庄宿へきた。

宿役人は陽雲寺の檀家《だんか》ではなかったが、修行僧の良源は見知っていた。

宿場の問屋場の前を通りかかった良源を呼び止め、甚三という元は江戸の侍を尋ねて大岡越前守の御用の者がきた、その者たちは斯く斯く云々、と伝えた。

すると、良源はひと重瞼の童子のような目をわずかに細め、色白の涼しげな顔を宿役人に向けて言った。

「あの方は、沼和田村の甚三さんではございません。江戸の方でも元はお侍さまでもなく、生まれはお百姓です。寺の畑をおひとりで耕しておられます」

「ああ、でしょうな」

と宿役人は合点《がてん》がいった様子だった。

腰付障子に映える白い西日の中を、鳥影がよぎった。

甚之助は、良源が少しぬるくなった椀の白湯をまたひと口含む仕種を、凝っと見守った。甚之助と良源の間に、言葉にならぬ情感が流れていた。

なぜ、と思いつつ、訊かずとも、これが御仏の心というものか、と思った。

ふと、先夜の三人の男らが、脳裡をかすめた。

「良源さんは、宿役人になぜそのように言われたのですか。あっしが前波甚之助と、すぐにお気づきになられたでしょうに」

甚之助は言った。

「そうおこたえしたほうが、少しでも甚三さんのためになるのではと、咄嗟に判断いたしました。それだけです。大岡越前守さまのお指図を受けたそのお二方は、おそらく今日か、遅くとも明日には訪ねてこられると思われます」

良源は、少し悲しげな憐れみの笑みを見せた。

「先夜、勅使河原村の一里塚で三人の侍が斬られました。三人を斬ったのは、あっしでございます」

さりげない口ぶりで言った。

「あの夜明け前の薄暗がりに、甚三さんが寺に戻ってこられたのは存じております。時どき、川向こうの新町宿の旅籠にいかれ、朝方、戻ってこられますね。先夜も、その戻りだったのでございましょう。お腰に一刀を帯びておられ、かぶった三度笠がひどく破れていたのがわかりました。まだうす暗くてはっきりとはわかりませんでしたが、お着物が汚れておりました。あれは血だったのではございませんか」

「それを黙っておられたのも、あっしのためにとご判断なさったんでございますか」

「甚三さんのお決めになることだと、思っております」

「あっしは、手前勝手な欲のために人殺しに手を貸し、また自分のこの手で人を斬った極悪人です。それを良源さんに知られたからには、生かしちゃおかないかもしれないのですよ」

「では、わたくしの息の根をとめて、お逃げになればよろしいのです」

良源は笑みを消さなかった。甚之助は西日が白々と映える腰付障子へ目をそらせ、眩《まぶ》しそうに眉をひそめた。

しばしの沈黙が流れ、やおら、甚之助は言った。

「江戸を欠け落ちする前は、南町奉行所の定廻りの同心でございました。前波家は一代抱えながら代々の同心一家でございましてね。見習から始め、親父の番代わりで本勤に就き、四十二の年まで勤めたんでございます。欠け落ちをしたのは、足掛五年前の享保十八年でしたので、もう四十六歳の老いぼれでございます。女房はおりましたが子がなく、そろそろ養子をと考えておりました。しかし、自分でも呆れるほど、どうしようもないことやつまらないことがいろいろ続きましてね。ええい、どうとでもなりやがれと自棄《やけ》になり、何もかもひっくりかえし台無しにして、江戸から逃げ出し、その挙句が、この様なんでございます」

甚之助は腰付障子へ向けた目を、不意にゆるめた。

「親父が八丁堀の組屋敷の庭を耕して、大根やら葱やら、それから長芋とか、瓜《うり》なんかも作っておりました。親父は町方の勤めより畑仕事のほうに熱心な、そういう男でございました。肥しを汲みにきた百姓に畑仕事のこつを教わって、それが本途に楽しそうでしてね。肥しが臭いと近所から苦情がきまして、お袋もいやがっておりました。がきのころから親父を手伝い、畑仕事を覚えたんでございます。それが今、役にたって生き延びております」

甚之助は、良源との間の黄ばんだ畳へ目を落とした。

「先夜、あっしが斬った三人は、江戸にいたとき悪事の手を組んだ一味が、あっしを始末させるために差し向けた者らなんでございます。あっしに生きていられては、要《い》らざることを喋るんじゃないかと、恐れたんでございましょうかね。もしかして、宿役人の言った本庄宿の二人連れが大岡さまに遣わされたのと、先夜の三人が差し向けられたのには、何ぞかかり合いがあるのかもしれません。あっしが欠け落ちするきっかけになった一件がございました。つまらない、というよりみっともない一件でございましてね。あのとき、大岡さまは南町のお奉行さまでございました。大岡さまの怒りを買って、処罰を受けるのが恐ろしくって、江戸を逃げ出したんでございます。恥の上塗りを仕出かしたんでございます」

「そうなのですか」

「ですが、大岡さまはもう南町のお奉行さまではございません。なのに、大岡さまに遣わされた二人連れが、あっしにわざわざ会いにくるというのは……」

「そのお二人がお見えになれば、おわかりになります」

良源がまた言った。

八右衛門殺しの一件が、脳裡をかすめた。やはりあれか。けれど、なぜ大岡なのだと、合点がいかなかった。

去るときが間違いなくきたことだけは、わかった。

三

良源は、西の連山に日が沈む前、僧房へ戻っていった。

甚之助は小屋の戸口で、良源の姿が堂宇の陰に消えるまで見送ると、小屋の西側の畑へいった。

夕日を浴びて大根畑の畝の間をいきながら、明日早朝より収穫することを決めた。収穫を終え、それから旅支度を調え、日暮れてから陽雲寺を発《た》ち、明日の夜は新町宿の旅籠に宿をとる。

馴染みの飯盛と名残りを惜しんでひと夜をすごし、明後日《あさって》の朝、旅だつとしよう。

しかし、馬鹿が、とまたいつものように自分を罵った。

ゆくあてのない自分に、嫌気がさした。嫌気がさしても、ゆくしか道はないが。

小屋に戻って、行灯に明かりを灯した。焚き木を折って竈にくべ、小さな残り火を大きくした。竈の火が、宵が近くなった冷えこみをやわらげた。

みそ汁を拵え、たっぷりと葱を刻んで入れることにした。

飯は朝炊いた麦飯が残っていた。

それから、流し場の下の壺に、去年漬けたたくあん漬けもまだ残っていたし、棚の一升徳利には酒もある。

この小屋の最後の夜は、残りのたくあんを肴に酒を呑み、残った酒は瓢簞《ひょうたん》に入れて道中用にしよう。そうだ、干芋もあるな。あれも酒の肴になるし、少し残して瓢簞の酒と一緒に持っていこう。

まずは湯をわかして……

と、湯鍋に水を汲むため水瓶をのぞくと、水が少なくなっていた。

甚之助は棚の桶《おけ》をとって、庫裏の井戸へ水汲みにいった。

日は西の空に沈み、間もなく、六ツの梵鐘が鳴らされる刻限だった。

庫裏へいって水を汲み、入日のあとの薄暗い広い寺内を小屋まで戻る途中、妙だ、と不意に疑念が湧いた。

大岡より遣わされた二人が沼和田村の甚三、すなわち、五年前江戸を欠け落ちした前波甚之助に会う用とはどういうことだ。

前波甚之助が沼和田村の川太郎の下に潜んでいるとつきとめたなら、大岡ではなく、陣屋の手代が江戸の勘定所の指図を受け、とっくに動いているはずだ。

それがなぜ、大岡越前守より遣わされた二人なのだ。

大岡は、おれのことを忘れていないのか。もう町奉行ではないはずなのに、大岡越前とはそう言う男だったのか。それとも、大岡越前守から遣わされたと言ったのは偽りで、先夜のように……

　そのとき、小屋の戸口の前に二人連れの人影が立っているのを認めた。二人連れの影の後ろに、戸口の腰高障子に行灯の薄明かりが映っていた。

　ひとりは深編笠、ひとりは菅笠をつけ、両者がまとう黒紺の引廻し合羽が、黄昏《たそがれ》の薄暗がりにまぎれて黒々として見えた。

　そのとき、寺の山門のほうの鐘楼で、暮れ六ツの鐘が鳴らされ始めた。

　二人連れは、水桶を提げた甚之助を見つけ、そろって辞儀を寄こした。

　甚之助が戸口へ近づいていくと、深編笠が身体をなおし深編笠をとった。そして、若い声で言った。

「前波甚之助さんと、お見受けいたします。古風十一と申します」

　隣で菅笠をとった男は、かなりの年配だった。男に見覚えがあった。

「あっしは、金五郎と申します。前波甚之助の旦那、ご無沙汰いたしておりました」

　金五郎の名を聞き、途端に江戸の記憶が甦った。

　この男はそうか、馬喰町の読売屋の、と思い出した。

　だが、甚之助は黙然として二人の前をすぎ、戸口の腰高障子を引いた。そして、二人のほうへ顔をひねり、

「おれに用があるなら、中で聞くぜ。入りな」

と、ぞんざいに言った。

西の赤い空へと、梵鐘の音はまだ流れていた。

甚之助は湯鍋をかけた竈の前にかがみ、焚き木を折ってくべながら、内庭の土間に立ち並んだ二人を見やった。

古風十一は背の高い痩身にまとっていた合羽をとり、一刀の小さ刀を道中差のように差しているだけで、綿入れの上着と、細袴の膝頭の下まできりきりと脚絆で締めた長い臑《すね》を見せていた。

色白の童顔と才槌《さいづち》頭に、愛嬌があった。

一方の金五郎も、脱いだ合羽を肩にからげ、細縞の上着に独鈷《とっこ》の博多《はかた》帯《おび》を締め、裾を端折った下に黒の股引に黒足袋草鞋の旅姿は、すでに六十を越しているはずだが、そんな年寄りにはまったく見えなかった。

古風十一は、二十歳をすぎているだろうが、まだがきだ。金五郎は、柄の悪い読売屋が老いぼれていい歳のはずが、やけに貫禄をつけていやがる。

大岡は妙なとり合わせを寄こしやがった。何が狙いだ。

と、甚之助は怪しんだ。

「おれはこれから飯を食って酒も呑む。あんたらの分の飯は炊かなきゃならねえ。炊いてやってもかまわねえが、どうする」

「われらにはおかまいなく。夕餉をどうぞ」

十一が言った。

「そうかい。ならあがって待ってな。そこに立っていられちゃあ、気にかかる。喉が渇いているなら酒もあるぜ。勝手にやりな。あそこにあるだけだがな」

甚之助は棚の一升徳利を指した。

やがて、みそ汁の匂いが戸内に広がった。沢庵《たくあん》を刻んで、鉢に山盛りにした。葱をたっぷり刻み、沸きたったみそ汁に入れた。

四畳半に居並ぶ二人に対座する恰好で、冷えた麦飯の椀、葱の香りが強いみそ汁の椀、沢庵を山盛りにした鉢を乗せた膳に向かった。

十一と金五郎の前の畳に椀をおき、徳利の濁酒《どぶろく》をついで、「呑め」と言った。

自分は麦飯の椀にかぶりつき、沢庵を咀嚼《そしゃく》し勢いよくみそ汁をすって、たちまち麦飯を平らげた。

からから、と箸を捨てた膳をわきへやり、麦飯を盛っていた椀に濁酒をそそいで、喉を鳴らした。節くれだった武骨な指と素焼きの土器のように乾いた手の甲を見せ、掌で口をぬぐい、ふっ、と息を吐いた。

その間、三人は言葉を交わさなかった。

十一と金五郎は、濁酒には手をつけず、甚之助が食い終るのを待っていた。

甚之助は胡坐をかき、片肘を膝につき、片方で濁酒の椀を持った。濁酒を呑み乾《ほ》すと、徳利を傾けた。

「呑まねえのか」

と、酒をつぎながらやっと言った。

二人が椀をとると、甚之助は土間へおり、干芋を入れた笊を持って戻った。干芋の笊を二人の前におき、自分も素焼きの土器のような手をのばして干芋をとった。

「こいつを焙《あぶ》ると旨《うま》い。酒にも合う。だが、これでもいい」

干芋をかじり、濁酒の椀をあおった。

「金五郎さんは、読売屋だったたな。見覚えがあるぜ」

金五郎に声をかけた。

「はい。馬喰町の宝屋でございます。今はもう、読売屋は辞め、古女房と二人暮らしの隠居でございます」

「隠居だと？　そんなに老いぼれちゃいねえぜ」

甚之助は十一へ向いた。

「大岡の指図できたと、寺の若い修行僧が、本庄宿で聞いたと教えてくれた。今日か明日かには、くるだろうとは思っていた。大岡の用を聞く前に、おれがここにいると、どうしてわかった。大岡は知っていたのか」

「大岡さまは、ご存じではありません。六間堀の八名川町のお半さんに、教えていただいたのです。本庄宿の貸元の、川太郎親分の賭場で用心棒に使われている甚三と呼ばれている浪人が、前波甚之助さまではないかと」

「お半か。そうかい、お半が知っていたか」

「一年半ほど前、旅の薬売りが川太郎親分の賭場で遊び、その折り、甚三という用心棒と言葉を交わし、用心棒は江戸の町家にとても詳しくいろいろ教えてくれ、どうやら用心棒の生まれと育ちが八丁堀らしく、八丁堀なら元は町方ではないかと思ったのです。用心棒は違うと言ったようですが。その薬売りが、八名川町のお半さんの店にも行商にいき、お半さんに用心棒の噂話を聞かせ、風貌や年恰好から前波甚之助さまに違いないと、思われたのです」

「歳は若いが、お半は女だてらに度胸もあり気の廻る腕利きの岡っ引だった。お半がおれの岡っ引を始めたのは、二十一か二の歳だった。十九のときに継いだ六間堀の親父の縄張りを、親父のときより広げるためにお上を後ろ盾にする狙いだった。お半なら、気づいてもおかしくはねえ。抜け目のねえあの女ならな」

「今は貫禄のある女親分です。まだ御用聞も務めておられます」

「そうなのかい」

で？　と甚之助は濁酒の椀から上目遣いに十一と金五郎を見比べた。

「大岡さまのご一存にて、調べるようにと、お指図を受けたのです。ですが、御公儀の御用ではありません。調べるようにと、大岡さまのお指図は、ただそれだけです」

十一は言った。

甚之助は十一と金五郎へ交互に目を向け、首をひねった。

「大岡の指図でも、お上の御用じゃねえ。古風さんと金五郎さんが、大岡のそんな物好きなお指図とやらに、わざわざ駆り出されたってわけだな」

日が暮れて、冬の凍てつく寒気が小屋の隙間から忍び寄っていた。内庭と四畳半をかろうじて暖めていた竈の火が小さくなり、

「ちゃんと聞いてるから、続けな」

と、土間に降りて焚き木をくべ、火を盛んに燃えたたせた。

そして四畳半に戻り、また濁酒を呑み続けた。

暗くなってから、北風が吹き始めていた。風は板戸を震わせ、小屋の裏手に繁《しげ》る竹林を騒がせた。僧房のほうからは、ほんのかすかな人の声も聞こえず、甚之助の小屋は静寂に閉ざされていた。

聞こえるのは、夜空の風のうなりと、竹林の騒《ざわ》めきと、竈でとき折り焚き木のはじける音と、十一の若い声だけだった。

十一の話が終ると、甚之助は物憂い吐息をついた。

「そういうことか。それで先夜のあの三人だな。たぶん、古風さんと金五郎さんが、道三郎にいきなり五年も前の一件を持ち出して訊きこみをしたのが、やつらを吃驚《びっくり》させたんだ。そりゃあ、肝を潰したろうな」

甚之助は、十一との間の宙へせせら笑いを泳がせた。

「広助と五平は、今どうしているのかも知っているのかい」

「いいえ。二人についてはまだ……」

「五平は、四谷御門外の塩町一丁目の酒亭の亭主に納まっているらしい。五平の酒亭だ。以前、川太郎から聞いた覚えがある。気にもかけなかったがな。広助はどうやらどこかの武家の主人に納まっているらしい。仲間広之進と名乗っていやがるのが、先だってわかった。水茶屋だろうと酒亭だろうと武家だろうと、やつらは今でもならず者の三人組だ。五年がたっても性根は変わっちゃいねえ。古風さんと金五郎さんが、今ごろになって、なんでだ、とやつらを動揺させたもんで、不逞《ふてい》の浪人どもを雇い、おれの口封じにかかりやがった。逆にこっちが打った斬ってやったぜ」

甚之助は椀をおき、疵ついた左肩に手を添えて言った。

「ところで、古風さん、五年前の手代の八右衛門殺しの一件を、大岡は今ごろになって気にかけているってえのは、どういう了見《りょうけん》だね。あの一件は、南町奉行大岡越前守さまの正義のお裁きがくだされ、下手人は打首となって一件落着した。それが、あのお裁きは間違いだった、正義のお裁きじゃなかったとわかったら、大岡はどうするつもりだ。間違って打首にした首を、元通りにはできねえんだぜ」

「大岡さまはわたくしに申されました。もしも、五年前の八右衛門殺しの裁きが間違っていたなら、あのとき何があったのか、本途のことを知りたい。今さら無駄な、無益な詮索であっても、本途のことを知ることに意味があり、それを知りたいだけだとしか今は言えぬ。とそのように」

「冗談じゃねえぜ。大岡はいくつだ。六十をすぎた爺さんのはずだぜ」

「元文二年の今年、六十一歳になられました」

「六十一歳の老いぼれが、本途のことだとか、意味があるだとか、それを知りたいだけだとしか今は言えぬだと。そんなこっ恥ずかしいことをよく言うぜ。町方見習の若蔵じゃあるまいし」

「大岡さまは、こうも申されました。歳をとって、わかったことがある。年寄は生きた年月の長さの分だけ、失態や羞恥、後悔と無念、おのれの愚かさに苛まれて生き長らえている。年寄はそれを墓場まで持っていかねばならない。八右衛門殺しを洗い直して、与佐にくだした裁きが間違っていなければ、そうか、と胸をなでおろせばよい。夜は安らかに眠れるだろうと」

「大岡は、墓場まで持っていく重荷が気になって夜も眠れねえのかい。ひとつでも減らして軽くしたいのかい。まったくあの男らしいや」

甚之助は肩の疵に触れたまま、眉をひそめた。

しばしの沈黙が流れ、夜風が小屋の板戸を震わせていた。

やがて、甚之助は言った。

「古風さん、金五郎さん、これもあんたらとおれの因縁に違いねえ。よかろう。ここら辺が潮どきだ。あの一件で何があったか、全部話してやる」

四

「……で、殺された手代の八右衛門がどんな男かと探れば探るほど、ぷんぷんと金の臭いがした。それも、これは同じ金でも裏金の臭いだと勘が働いたんだ。八右衛門殺しは、ただの喧嘩や恨みつらみやもめ事の末の仕業じゃねえ、どうやらその裏金にまつわる事情のからんだ殺しに違いねえと、おれは睨んだ。差米ごときのわずかな米が、何千俵何万俵、あるいは何十万俵ともなれば、塵《ちり》も積もれば山となって、こっそりどっかへ廻せば、けっこうなお宝に生まれ変わる。なら、八右衛門が山にした米をこっそりどっかへ廻してお宝に生まれ変わらせる仲間がいるはずだ。そいつらを探っていけば、八右衛門殺しの下手人にいきあたるに違いねえってな」

甚之助は濁酒を舐め、なおも続けた。

八右衛門が、牛込御留守居丁の武家屋敷の中間部屋で毎日開かれている賭場で遊んでいたことは、米問屋高間の者は誰も知らなかった。八右衛門の足どりをひとつひとつたどるうちに、御留守居丁の賭場に出入りしているのが知れた。

その賭場を探ると、八右衛門の賭場仲間で親密なつき合いのある、広助、五平、道三郎、という男らが浮かびあがった。男らは飯田町の同じ裏店に一緒に住み、小川町や駿河台界隈の辻番の番人を勤めているのがわかった。

三人に訊きこみをし、八右衛門とは賭場で知り合い、とき折りは、酒亭へいったり茶屋で遊んだりする仲で、というぐらいの話しか聞けなかった。

しかし、こいつらにも金の臭いがぷんぷんするぜ、とこのときも甚之助の勘が働いたのが、三人との腐れ縁の始まりだった。

なぜそんな真似をしたのかと、今になって思えば、ぷんぷんと嗅げる金の臭いに誘われたと言うしかなかった。

「あのころのおれは、金に飢えていたからさ。両替相場に手を出したんだ。両替相場に金貨も銀貨も要らねえ。要るのは、回転の速い頭と、損したら首をくくりゃあいいという糞度胸だけだ。儲けた損したと一喜一憂する賽子《さいころ》博奕なんぞとは、比べ物にならねえ博奕だ。と言っても、売り買いに金貨も銀貨も要らねえが、帳尻合わせには本物の金が要る。おれはその両替相場で、帳尻合わせのたびに損を出した穴埋めに借金を繰りかえし、借金だるまになっていたんだ。本気で腹をかっさばくか、首を括《くく》らなきゃあならねえところまで、追いつめられていたのさ」

甚之助は、三人に訊きこみをしたその夜、岡っ引のお半を従えず、ただひとりで飯田町の裏店を再び尋ねた。

だが、そのときはまだ、裏金の臭いは嗅いでも、三人が八右衛門を殺《や》ったとまで気づいてはいなかった。改めて、根掘り葉掘り八右衛門とのかかり合いを質しているうち、そうか、こいつらか、と勘が働いたのだった。

甚之助はじりじりと訊問を続けた末に、試しに鎌をかけた。

「おれの調べじゃあ、八右衛門はどうやら、お店の米の横流しに手を染めていたようだ。いくら誤魔化しても、今にばれるぜ。あんたらも、八右衛門となんぞ都合の悪いかかり合いがあったら、お上に何もかもが露顕《ろけん》する前に、じつは斯く斯く云々でと殊勝なところを見せりゃあ、あとの始末について相談に乗ってやれねえこともねえ。こう見えても、おれは話のわかる男だからよ」

図星だった。

広助の顔色がさっと変わって、五平と道三郎は明らかに激しい動揺を見せた。

「今のうちだぜ。おれに任せろ」

と、ひと押しした。

しかし、隠しきれないと観念して、三人が八右衛門殺しを白状し、八右衛門から奪った金貨と銀貨のつまった金袋を、店の床下から二つ出して見せられたときは、甚之助は身体の震えが止まらず、それを隠すのに苦労した。

享保十八年の正月、高間騒動が起こった。

あの日、三人は米問屋の高間に町民が押しかけ、打ち毀しが起こりそうな騒ぎを聞きつけ、この騒ぎにまぎれてやってやろうぜと決めた。

打ち毀しが始まると、群衆とともに高間へ押し入り、打ち毀しのどさくさに乗じて八右衛門を襲い、溜《た》めた金のありかを白状させ、命ばかりはお助けを、と命乞いをするのを滅多刺しにし、土蔵の裏手の草むらに亡骸を捨てた。

「小判が三百五十両、こっちは銀貨が十五貫でやす。七年前から、八右衛門が差米を溜めて町家の米屋に横流しにしておりやした。やらねえかと八右衛門に声をかけられて、あっしらが米をこっそり運んでおりやした。だんだん運ぶ量が増えて、八右衛門がでかい儲けを溜めこんでいるのは気づいておりやした。同じ危ねえ橋を渡っているのに、なんでこっちはいつも空《から》っ穴《けつ》なんだと腹がたって、それで……」

と、広助が言ったとき、甚之助は、自分があと戻りのできない一線を踏み越えたことがわかった。とりかえしのつかないところへ踏み出したことに、気づいた。にもかかわらず、これで借金の方がつく、ということしか頭になくなっていた。

飯田町の指物職人の与佐を、八右衛門殺しの下手人に仕たてあげる謀《はかりごと》は、三人のほうから言い出した。

顔見知りの与佐が、やはり米問屋の高間に押しかけ、高間の店頭にぶちまけられた米を、われを忘れて半纏にくるんでいるのを見た。

与佐はどじで間抜けな男だ。あのうすのろを下手人に仕たてあげて、お裁きがくだされてしまえば、八右衛門殺しは一件落着してあとに憂いがない、と仲間になったからにはいやとは言わせねえぜ、という口ぶりだった。

三人は、与佐が八右衛門を殺した現場を見たと奉行所に訴え出た。その訴えによって、甚之助は与佐をお縄にした。

与佐は入牢となり、八右衛門殺しのお白州が始まったのは、享保十八年の三月の下旬だった。お白州は三度開かれた。最初と三度目のお白州は、奉行大岡越前守出座の下、大白州で開かれた。

「あっしではございません」

与佐は、お白州で言い続けた。

二度目の吟味で、川浚《かわざら》いの人足二人が白州に出廷し、高間の店頭で与佐が血のついた半纏にぶちまけられた米をくるんでいるのを見た、と証言した。それは、甚之助が人足らを手引きし、口裏を合わせ証言させたのだった。

お裁きには、下手人本人の自白が必要だった。

与佐は牢屋敷で拷問にかけられた。与佐は丸二日、知らない、自分ではない、と拷問に耐えた。

三日目になって、甚之助は与佐にささやきかけるように言った。

「血に汚れたおめえの半纏を、女房が見ているはずだ。おめえが強情を張って言い抜ける腹なら、やりたくはねえが、女房を拷問にかけることになるんだぜ。亭主の半纏に血がついていたのを見ただろうってな。おめえ、それでもいいのかい」

与佐は唖然とし、それから号泣した。泣く泣く、

「あっしが八右衛門さんを……」

と、洗い浚い白状した。

三度目の奉行大岡越前守出座の下、開かれた大白州では、与佐の罪は明らかであり、本人の自白もあって、裁きはすでに決まっていた。

その夕刻、吟味方与力が牢屋敷に趣《おもむ》き、与佐に打首のお裁きをくだした。

即刻、刑は執行された。

享保六年から、庶民の連坐制は廃止になっていた。

しかし、与佐の女房と三歳の娘は、江戸によるべも暮らしていける方便もなく、田

無村の女房の里を頼って江戸を去った。

「なんだか、それから気が抜けてな。何もかもが、つまらなくて、どうでもよくなった。両替相場で抱えた借金はなくなったが、それきり、相場はやめちまった。定廻りの勤めも気が乗らず、毎晩呑む酒の量が増えただけだった。元々が自堕落な気性をはったりでつくろっていたのが、ほんのちょっとはあった性根の芯が、まるで根腐りしたみてえにしぼんで、これじゃあ町方の定服を着けたただの破落戸《ごろつき》だなと、自分でも笑えたぜ。広助と五平と道三郎には、極悪人の仲間同士、まれにこっそり会って酒を呑んだが、あいつらといると、自分が身も心もどんどん腐っていくのがよくわかった。襤褸布になっていく自分が見えるようにな」

ふうむ、と甚之助は濁酒の椀をすすった。

板戸を震わす夜風が、小屋の裏手の竹林をざわざわと騒がせていた。竈の火が、小さくゆらゆらとゆれていた。

北町の顔見知りの同心二人を誘い、新吉原の遊女屋の代金を南伝馬町と畳町の名主らにしつこくせびり、名主らの訴えでそれが露顕した。

大岡越前守の怒りを買って、処罰がくだされるまで組屋敷に謹慎を申しつけられたのは、与佐が打首になって三月ほどがたった、もう初秋のころだった。

大岡越前守の処罰がくだされる前日、甚之助は忽然と欠け落ちした。

高々三十俵二人扶持であっても、代々番代わりして続いた町方の身分を捨て、住み慣れた八丁堀の組屋敷を捨て、女房を捨て、江戸から姿を消した。

甚之助の欠け落ちは、大岡の失態と江戸市中では騒がれた。

《大岡はかさかき女郎、もう勤めはならぬ》

と、読売が書きたてた。

大岡越前守は、支配役の老中に遠慮伺を出したが、それは許されなかった。

「言ったろう。何もかもが、どうでもよかった。前波の家も、町方の身分も、生まれ育った八丁堀の組屋敷も、糠味噌《ぬかみそ》臭い女房もだ。あと腐れだらけだったが、がきはいなかったから、案外、気楽だったぜ。初めは、広助らの飯田町の裏店に隠れ、処罰を受けるなんぞごめんだ、もう江戸には戻るつもりはねえ、匿《かくま》ってくれるところを知らねえかと持ちかけた。五平が、本庄宿のはずれの沼和田村に、川太郎という貸元がいる。若いころ恩をかけてやった貸しがある。おれの添文を持っていけば、間違いなく匿ってくれる、というので、刀を筵にくるんで行商風体に身を変え、中山道の本庄へ落ちのびたってわけさ」

沼和田村の川太郎は、五平の添文を読み、厄介そうな口ぶりで言った。

「五平にゃあ少々恩があるだで、無下にするわけにもいくめえ。なら前波さん、賭場の用心棒でもやってな。飯と寝るとこぐらいは用意してやるだでよ」

川太郎の店の納屋で、近在の百姓衆や宿場の遊び人、まれには八州を放浪する旅烏などを相手に毎夜、賭場が開帳になった。その納屋の屋根裏が、川太郎の言った《寝るとこ》で、《飯》は朝と夕の二度の麦飯だった。

　前波甚之助の名を捨て、甚三、と名を変えた。

川太郎の子分ですら嘲《あざけ》る暮らしだったが、甚之助は一向に気にならなかった。寝て食うだけの暮らしに、すぐ慣れた。賭場の用心棒に落ちぶれたおのれ自身を、様はねえぜ、と嘲ったくらいだった。

　一年と数ヵ月前の去年の八月、大岡越前守が江戸町奉行職から寺社奉行職へと移ったことが、中山道の本庄宿にも伝わってきた。

　それを聞いたとき、甚之助は物憂い空虚を覚えた。何がというのでもないのに、終ったか、と思った。ふと、自分自身につくづくうんざりした。何もかもが、つくづく馬鹿ばかしく思えた。

　甚之助は、おれもここを出るか、と思った。

　陽雲寺の寺男になったのは、納屋の屋根裏のほかにいくあてがなかったからだ。

　偶然、本庄宿から中山道を西へ次の一里塚の数町手前に、陽雲寺という曹洞宗の寺があり、寺男を求めている、という話が聞けた。

　甚之助は川太郎に、用心棒稼業には厭《あ》いたので陽雲寺の寺男をやろうかと思うが、と持ちかけた。

川太郎は、やっと厄介払いができるぜと、口には出さなかった。

だが早速、陽雲寺の檀家である勅使河原村の顔見知りに内々に話をつけ、甚之助が陽雲寺の寺男に雇われるようにとり計らった。

江戸を欠け落ちし、本庄宿はずれの沼和田村の貸元・川太郎の賭場の用心棒稼業を始め、納屋の屋根裏で寝起きする暮らしを続けてほぼ丸三年がたっていた。

甚之助は、一升徳利を逆さにし、わずかに残った濁酒の雫を椀に落とした。椀を、ずず、と鳴らしてすすり、傍らの膳に戻した。それから、夜の彼方へ耳を澄ますかのように呆然とした。

「これを呑まれますか。わたくしは口をつけていません」

十一は、濁酒の椀を甚之助の胡坐の前に進めた。

「呑まねえならおいとけ。あとでおれが呑む」

甚之助は耳を澄ます恰好を変えず、低い声を響かせた。

「一年と数ヵ月がたって、おれを始末しにきた男らがいた。そいつらを叩き斬ったら、今度はあんたらがきた。足掛五年、凝っと引きこもっていたら、始末するためにわざわざ引き摺り出しにくるから、世の中、奇妙だぜ。そうだろう、古風さん、金五郎さん。あんたらは、おれをどうしたい。おれに縄をかけて、江戸へ連れ戻すかい」

「御用ではないと、申しました。どのようになさるかは、前波さんのお決めになることです。大岡さまも、そのことについては何も仰ってはおられません」

「大岡さまか。ふん、虫の好かねえお奉行さまだった」

甚之助は言った。

「前波さま、お訊ねいたします」

十一が言うと、甚之助は横目で十一を流し見た。

「謹慎を申しつけられ、大岡さまの処罰がくだされる前日、謹慎を破って出奔なされました。なぜですか。大岡さまの処罰を、恐れられたのですか。処罰は、屹度《きっと》叱り、と決まっていました。町方の勤めは続けられたはずです。それをご存じではなかったのですか。それとも……」

「それとも、なんだ」

「罪もない与佐を、広助、五平、道三郎らと謀り、八右衛門殺しの下手人に仕たて、打首にした負い目に、耐えられなかったのですか」

「冗談じゃねえ。負い目だと。そんなやわな善人じゃねえ。生きのびるために、人を踏みつけにして、それの何が悪い。踏みつけにされるやつは、そういう定めだった。弱いやつは、上手くやるやつに踏みつけにされる。それがこの世の定めだ。仕方がねえんだ」

「五年前の欠け落ちが、上手くやったことなのですか」

甚之助は、束の間、口ごもった。十一を睨みつけた。そして言った。

「若蔵が、猪口才《ちょこざい》な。おまえに何がわかる。世間の何を知ってる」

それから、甚之助は沈黙した。

十一も金五郎も、もう何も言わなかった。


十一と金五郎は、冷たい風の中を本庄宿の宿へ帰っていった。

甚之助は、竈の隣の流し台で、椀や鉢や箸を洗った。

明日は朝に飯を炊いて、みそ汁を拵え、残った沢庵を菜にして、残りの飯は握飯にし、大根畑の収穫を済ませ、などと旅だちの段どりを決めた。

夜風がだんだん強く吹《ふ》き荒《すさ》び、板戸を激しく叩いた。柱と梁《はり》を軋ませ、粗末な小屋をゆらした。

不意に、甚之助は洗物の手を止めた。

十一と金五郎の人影が思い浮かんだ。笠を押さえ、引廻し合羽の裾をなびかせ、街道を去っていく人影が見えた。

夜風がうなって、木々を激しく揺さぶっている街道をいく二人が見えた。

甚之助は四畳半にあがり、押入から黒鞘の二刀と、行商風体のように風呂敷にくるんで肩にかつぐ行李を持ち出した。

薄明かりを放つ行灯のそばに着座した。

大刀の黒撚糸の柄をにぎった。鯉口《こいぐち》を鳴らして抜いた。銀色に反った刃が、行灯の明かりを跳ねかえした。先夜、三人の血を吸った刃先が、わずかに欠けていた。

凝っと刃を見つめて考えに耽った。

やがて、刀を鞘にぱちんと納めると、行李を開いて、矢立と巻紙をとり出した。矢立の筆をとって、
一筆申上げ候……

と、巻紙にすべらせ始めた。

翌日は、二と七の日に本庄宿で市のたつ二十二日だった。金窪の村人の中にも、本庄宿の市に白絹の織物《おりもの》や、茶や草鞋、笠、などを売りに出す者がいた。

まだ暗い早朝、売物を荷車に乗せて本庄宿の市に向かう村人に、「これを、本庄宿の旅籠の……」と切封に〆と印《しる》した手紙を小銭を添えて頼んだ。

いいとも、と村人は引き受けてくれた。

十一と金五郎がすでに宿を出立していたら、とは思わなかった。必ず二人はくる。それが自分の定めのはずだ、としか甚之助は考えられなかった。

生憎、その日も凍えるような北風が吹いたが、風が黄色い土を巻く中、大根の収穫

を済ませた。大根は土を払い、小屋の内庭の筵に積み重ねておいた。

飯を炊いて朝飯を食い、普段通り寺の雑役をこなし、昨日と変わらぬ一日がすぎた。

夕方、四畳半のあがり端に腰かけてしばらくぼうっとし、ふっと気がつき、やおら立ちあがった。

無精髭を剃り、それから旅支度を始めた。

と言っても、甚之助に調える旅の衣などなかった。

ただ、先夜着ていた子持縞の半纏は、左肩を疵つけられ、かえり血で汚れたため、竈の焚きつけにした。

幸い、陽雲寺の檀家から譲られた古い蝙蝠半纏《こうもりはんてん》があって、それを黒木綿の胴着の上に羽織り、黒の角帯できつく絞った。

黒の手甲をつけ、黒股引に黒の脚絆を巻き、黒足袋を履いたのも、先夜のままだった。旅の荷物には、下帯など数枚の肌着が入っているばかりである。

黒鞘の二刀は筵にくるんで、その荷物にくくりつけた。

草鞋を着けていると、僧房のほうから僧らの読経の響きが、風のうなりとともに流れてきた。誰にも告げず、寺を出るつもりだった。修行僧の良源にひと言、声をかけたかったが、未練だと思い、それも止めた。

甚之助は破れた三度笠をかぶった。

竈の火の始末を確かめ、小屋を出て板戸を閉じた。

僧房から聞こえる読経の響きに送られて参道をいき、陽雲寺の山門を出た。

中山道を西へ、神流川の渡し場へとった。

西の空の山の端に、天道はすでに沈んでいて、夕焼けの赤い帯がかかっていた。

だが、北風に吹き曝《さら》された天上は、はや忍びよる宵の澄んだ暗みが広がり、小さな星のきらめきを、ちらほらとちりばめていた。街道をいくのは、破れ三度笠の甚之助ただひとりだった。

一里塚まできたころ、陽雲寺の梵鐘が暮れ六ツを報せた。

五

中山道は、蘆荻が凩に騒ぐ暗い神流川の川原道へ続いている。

川原道の先に、神流川の中州まで渡す板橋の影が見えていた。

星空の下の黒い川面が中州の向こう側に横たわり、渡し場の対岸の新町宿には、ぽつ、ぽつ、と旅籠の明かりが灯っていた。

十一は深編笠を押さえて前をいき、金五郎も菅笠を押さえて後ろについていた。

二人は、提げた提灯と黒紺の引廻しの長合羽を吹きつける風になびかせ、川原道から板橋に差しかかった。

橋板の下の黒い流れに、川面の模様のように白い波がたっていた。

「金五郎さん、あれです」

板橋を渡る途中、十一は金五郎へふりかえり、指差した。

中州の渡し場のそばに、木組に筵を蔽い、三方に廻らせただけの、路傍の庇のような粗末な小屋が見えた。小屋の中で焚火《たきび》の炎がゆれ動いているのが、風にあおられて筵がはためくたびに、戯れているかのように見え隠れした。

「十一さま、とうとうここまできました」

金五郎が、十一の指差した先を見やって言った。

「あそこがいき止まりです。きっと、あそこが……」

十一のあとの言葉を、吹きつける風の音が遮った。

板橋を渡り、中州を蔽う蘆荻の間の、石ころだらけの細道に歩みを進めた。

ざわざわとゆれる蘆荻の前方に、小屋の焚火のおぼろな明るみが、川縁《かわべり》の杭《くい》や、船寄せにつないだ渡し船を射していた。

少し開けた渡し場に人影はなく、渡し船が黒い川面の波にゆれていた。

小屋の奥は、三方に廻らせた筵に隠れていたが、小屋に近づくにつれ、石で囲った炉に燃える焚火と、その焚火の奥に片膝つきにかがんでいる旅姿が、だんだん見えてきた。

旅姿の甚之助は、破れ三度笠をかぶって、三度笠の下の骨張った太い顎と、一文字に結んだ血の気の薄い唇を、焚火が照らしていた。蝙蝠半纏を着けた腰に、黒鞘の二刀を重々しく帯びていた。

十一と金五郎は小屋の前に立った。

焚火の奥の甚之助へ、提灯を差し向けた。

「前波さん、これから旅に出るのですね。どちらへ……」

十一が声をかけた。

小屋を囲う筵が風にあおられ、ばたばた、と音をたてていた。

甚之助は、やおら三度笠の下の顔をもたげ、十一から金五郎へ目を向け、十一に戻して言った。

「こっから先は、あてのねえ旅だ。神流川を渡って上州へいき、三国峠を越えて、越後《えちご》へいくか信濃へいくか」

「三国峠は、雪のために春になるまで越せません」

「そうなのかい。古風さん、三国峠を越えたことがあるのかい」

「いいえ。父から聞いただけです。冬の三国峠の雪は深いと」

甚之助は、十一を訝しげに見つめて言った。

「古風さん、大岡の家臣でもねえあんたはどこのどいつなんだ。迂闊《うかつ》にも、あんたが何者かを聞いていなかった。大岡は、なんで古風さんみてえな若蔵に、物好きとしか思えねえ奇妙な調べをやらせている。古風さんは、なんで大岡みてえな老いぼれの、今さら誰のためにもならねえ物好きにつき合っている。あんたは何者だ」

「わたくしは、千駄木組鷹匠組頭・古風昇太左衛門の倅《せがれ》です。鷹匠ではなく、古風家の部屋住みにて、身分は父・昇太左衛門の郎党です」

「あんた、鷹匠組頭の倅なのかい。それがなぜ、大岡の指図を請けた。鷹匠組頭の部屋住みが、大岡となんのかかり合いがある」

「一年前、中野筋の拳場《こぶしば》で行われた将軍・吉宗さまの御鷹狩りに、父の郎党としてわたくしが雛から育て調教した隼の斑《まだら》とともに随行した折り、偶然、大岡さまにお声をかけていただきました。わたくしの斑を、よき隼だと。そのご縁で、大岡邸にお出入りが許されたのです」

「それがどうした」

「大岡越前守の名は、江戸の名町奉行と、童子のころよりずっとわが思いの中にありました。大岡さまのお近づきにすらなれぬ身ながら、いつか、大岡さまのお指図の下で働いてみたいものだと、思っていたのです。わたくしは二十二歳です。この歳になり、ようやくそれがかないました」

「馬鹿な。それだけのために、ここまできたのか」

「それだけでは、変でしょうか」

「馬鹿ばかしく愚かだ。金五郎さん、いい歳をしたあんたまで、大岡とこの若蔵の馬鹿ばかしさにつき合って、ここまできたのかい。どうかしてるぜ」

「前波さま、筋道が通っているか道理にかなっているか、だけではありません。あっしも物好きで、十一さまのお手伝いをしようと決めたんです。隠居をしたはずが、読売屋の物好きの性根がうずきましてね」

「物好きにもほどがあるぜ」

甚之助は、けたけたと笑い声を甲走らせた。

やおら、三度笠が屋根の筵につかえぬように身を起こし、小屋から出てきた。十一と金五郎に向かい合い、刀の柄に左手をだらりとかけ、右手で風にあおられそうな三度笠を押さえた。

「けど、あんたらの物好きは恐れ入谷《いりや》の鬼子母神《きしもじん》だ。馬鹿なおれには、似合いなのかもな。あんたらで、よかったのかもな」

「前波さん、どうぞご用を」

十一が言った。

今朝、本庄宿の宿に届いた甚之助の手紙には、一筆申上げ候、に続いて、果たすべき我用是有候、今宵戌《こよいいぬ》の刻まで神流川中州渡船場にてお待ち申上げ候、とあった。

「この刻限、人が通ることはねえ。邪魔が入らねえので、ここにした。おれの用は二つだ。こみ入った用じゃねえ」

甚之助は、右手を三度笠から左の肩にあてた。

左肩の疵に痛みはまだ残っているが、仕方あるまい、もうよい、と思った。

「ひとつは、名主らに集《たか》ったのがばれて謹慎を申しつけられ、大岡の処罰がくだされる前日、謹慎を破って欠け落ちをしたのはなぜかと、古風さんに訊かれたことに、まだ応えちゃいなかった。大岡の処罰を恐れたのか、処罰は屹度叱りと決まっていて、町方の勤めは続けられた、それを知らなかったのかとな。むろん、知ってたさ。組頭がこっそり教えにきた。処罰は屹度叱りと決まった、町方は続けられる、ただし、見廻り方はとかれるかもしれねえが、お奉行さまの温情だ、よかったじゃねえかってな。途端に、おれは冗談じゃねえ、と思った。なぜ冗談じゃねえなのか、古風さん、おれの気持ちがわかるかい」

「いえ」

十一はこたえた。

「大岡なんぞに、処罰を受けるのも、温情をかけられるのも、真っ平だったからさ。

偉そうに、てめえは何様なんだ。てめえは、名門旗本の家柄に生まれ育ち、お血筋もよく有能と周りから誉《ほ》めそやされ、数々の重き役職をへて町奉行さまにとりたてられ、町奉行さまに就いたら就いたで、名町奉行さまと町民に慕われ、晴れがましくも御駕籠を召されて御登城なさるわけだ。世の中は、下々が汚れ仕事を引き受けて、お支え申しあげていることなんぞ、これっぽっちも頭をかすめやしねえ。だから、冗談じゃねえのさ。あんなしたり顔の大岡の処罰を受けるつもりはねえ、こっちにも意地ってえものがあるんだってえとこを、見せつけてやりたかったのさ」

「大岡さまは、そのような方ではありません。わたくしと金五郎さんが、今ここにいるのは、大岡さまが五年も前の与佐の一件の調べ直しを、御用でもないのに望まれたからです。大岡さまは、罪もない指物職人に打首のお裁きをくだしたのではと、苦しんでおられます。前波さんこそ、与佐に罪を着せる謀に手を貸し、与佐を打首にしたのではありませんか」

「わかってるよ、古風さん。僻《ひが》み根性《こんじょう》のろくでなしの、性根の腐ったならず者の戯言《たわごと》さ。本途のところは、おれの身など、もうどうでもよかった。嫌みったらしく腹を切るのでもよかったんだが、それじゃあ、大岡に恥をかかせられねえ。大岡の裁きを受けるつもりはねえ。ならいっそ江戸から欠け落ちかと、思いたったのさ。欠け落ちなら大岡の失態になって、あのしたり顔に泥を塗ってやれるじゃねえか」

「それで満足なのですか」

「満足なんかしねえ。様あ見ろとせせら笑って、ろくでもねえ命が続くだけだ。古風さんが言った、与佐を打首にした負い目を背負《しょ》ってな」

そこでまた、甚之助はいきなり甲高い笑い声をたてた。

ひゅう、と風がうなり、その笑い声を吹き消した。

「今ひとつを、うかがいます」

十一が促した。

「昨日、古風さんと金五郎さんが引きあげてから考えた。そろそろここをたち退《の》いて旅に出るかと、前から考えていたんだ。どこへいくか、あてがないだけだった。そこへ、大岡の指図を請けた古風さんと金五郎さんが現れて、おれの今さら磨いてもどうにもならねえ身から出た錆《さび》を思い出させた。それで、ふと気づいた。ここら辺で仕舞いにする手もありだってな」

「仕舞いにする、のですか……」

「ゆくあてのねえ旅に出るか、もう仕舞いにするかだ。だから、これは刀に訊くしかねえぜと思った。どういうことかわかるだろう」

甚之助は破れ三度笠の顎紐をほどき、風の中へ投げ捨てた。

三度笠は星のきらめく夜空をくるくると舞って、神流川の暗い流れへと消えた。

「古風さんが侍でよかった。腰の刀は小さ刀一本でも、あんたが使い手らしいのはひりひりと伝わってきた。町民か侍か、見分けがつかねえ町方同心だが、これでも二本差しさ。古風さんと金五郎さんは、大岡の指図を請けて、臭い物にした蓋をとりにきた。余計なことをしやがった。なら、蓋をとったあとの始末をどうするか、あてのない旅に出るかここで仕舞いにするか、あんたらの刀に訊くしかねえだろう。古風さん、それが用の二つ目だ」

甚之助は大刀をにぎり、一歩を踏み出して、鯉口をきった。そして、柄にそっと手を添えるようにした。

「金五郎さん、あんたは読売屋だから、刀は持ってねえだろうし、しかももう老いぼれだ。古風さんの次は、読売屋だろうが老いぼれだろうが、容赦しねえ。いきたきゃいきな。今のうちだぜ」

「前波さん、あっしのことはお気遣いなく」

金五郎が言いかえした。

「そうかい。好きにするさ」

甚之助は深編笠に黒紺の引廻し合羽の十一から目を離さず、二歩目を踏み出した。

十一が提灯の火を消して捨てると、風にあおられた提灯が鞠《まり》のように転がった。

金五郎のかざす提灯と、小屋の焚火の小さな炎が、対峙《たいじ》した二人を、かろうじてうっすらと隈《くま》どっていた。

両者の間は、はや三間もなかった。

甚之助は一歩一歩と踏み出し、刀を押し出して抜き放ち、上段にかまえた。渡し場の石ころが、甚之助の足の下でからからと鳴った。

かざした刃が薄明かりを跳ねかえした。

さらに踏み出し、間をつめていった。

しかし、十一はまだ動かなかった。

「若蔵、怖気《おじけ》づいたかい。抜け。刀でこたえろ」

甚之助は言うと、素早く右足を踏み出し、「やあ」と、左足を引きながら袈裟懸を十一へ浴びせかけた。

袈裟懸が十一の深編笠を裂いたが、十一は一歩後退しただけで、切先をすれすれに躱していた。

すかさず、下段の刀をかえし、「とっ」と、今度は左足を踏み出し斬りあげた切先をうならせ、またしても十一の深編笠を裂いて破片を風に散らした。

それでも、十一は甚之助の踏みこみにそろえたかのように一歩を退き、その斬りあげをすれすれに空を打たせていた。

甚之助は止まらず、右足を大きく、残した左膝が地面につきそうなほど踏みこみ、上段より片手袈裟懸を追い打ちに見舞う。

必ず仕留める、と執念をこめた三の太刀を、ぶうん、と浴びせかけた。

すると、十一は後退しつつ、黒紺の引廻し合羽を大鷹が両翼を広げ羽ばたくようにふり扇《あお》ぎ、瞬時の間、ふり扇いだ合羽の陰に身を隠した。

そのため、その瞬時の間、十一を見失った甚之助は、ふり扇いだ合羽を空しく打ち払い、風をはらんで飛んでいく合羽の陰から、すぐ眼前に現れた十一と真正面に対峙したのだった。

十一は片手の小さ刀を中段にとり、両足を軽く折って低く身がまえていた。

斬り裂かれた深編笠はなく、月代を綺麗に剃った才槌頭と、ぱっちりと見開いた目に、鋭いけれども剝き出しの敵意ではない童子のような好奇心をたたえ、甚之助を凝っと見つめている。

ただ、両者の間はないも同然だった。

甚之助は、それが十一の間であることに気づいた。

近すぎた。だが、引けば追い打ちをかけられるのは明らかだった。

無理は承知だ。攻めるしかねえ。

と、甚之助が強引に大上段より斬りつけた一刀を、かあん、と十一の小さ刀が真正面に受け止めた。

動きが止まり、鋼をかすかに軋ませ、両者は睨み合った。

「若蔵、すばしこく逃げ廻るだけかい。それでは鷹に成れねえぜ」

甚之助が言った。

「前波さん、あなたを斬りにきたのではありません。本途のことを知りたかっただけです。どうぞ刀を引いて、旅を続けてください。それに、前波さんは左の肩を痛めているのではありませんか。その身体では、勝敗は見えています」

十一は諫《いさ》めるように言った。

「小ざかしい若蔵が。うぬぼれるな」

と、甚之助は鋼を悲鳴のように擦らせ、ひと声吠えて十一を突き退け、自らもひと足を引いてぎりぎりの間をとり、十一の才槌頭に打ち落としをしかけた。

しかし、打ち落としをしかけて開いた脇胴を才槌頭が俊敏に斬り抜けていった。

甚之助はその速さに応じきれず、防ぐことはできなかった。

脾腹を斬られ、前のめりにたたらを踏んだ。

懸命にふりかえった甚之助の目に、自分の頭上より高く、星空を背に躍動している十一の姿が映った。

あっ、鷹か。

と、十一と目が合った一瞬、空から浴びせかけた小さ刀の切先に額を一閃され、甚之助は顔をそむけた。

　数歩よろけたところで、堪えきれず片膝を落とした。

　刀を杖《つえ》にして十一を見やると、地上に舞い降りた十一は、すでに小さ刀をおろし、冷然と立ちつくしていたのだった。

　額から垂れた血が、甚之助の目に入った。

　蝙蝠半纏のわきが裂かれ、血がにじんで広がっていた。

　しかし、深手ではなかった。

　くそ、若蔵が、手加減しやがったな、と気づいた。

　陽雲寺の良源が、蘆荻の間の細道を、ためらいつつも、甚之助のほうへ小走りにくるのを認めたのは、そのときだった。

　提げた提灯の明かりが、困惑と、悲しみと、哀れみを浮かべた良源の顔を映し、風にゆれる蘆荻が、まるで良源を囃《はや》しているかのように騒めいた。

「甚三さん、なぜですか……」

　良源は、疵つき片膝をついた甚之助へ投げかけた。

「やあ、良源さん、見送りにきてくれたんですか。す、済まねえな」

　甚之助は、わざと明るく良源にかえした。

「可哀想に。疵の手当てをいたしましょう」

良源が数間のところまできて、立ち止まった。

良源のかざした提灯が震えていた。

「いいんですよ、良源さん。手当てをしている暇は、もうねえんですよ。あっしみたいな者に声をかけてくださった、お優しい良源さんに見送っていただくだけで、十分ですよ。へい、これから旅に出ます」

「ゆくあてのない旅に、出られるのですね」

「いいえ。ゆくあてはわかっております。こいつが決めてくれました」

と、甚之助は両膝を力なく落とした。

目に入った血をぬぐい、血に汚れた手で刀の柄をにぎりなおした。

「どちらへ」

言いかけて、良源は沈黙した。

「古風さん、金五郎さん、世話になった。あんたらのお陰で、やっと仕舞いがつけられるぜ。いやだいやだと思っていながら、性根は優柔不断でさ。なかなか決心がつかなかった。けど、これで本途の仕舞いだぜ」

甚之助はにぎった刀を首筋にあてた。

「いけません」

良源が叫んだが、甚之助は瞬時のためらいも見せなかった。

叫び声もなく、首筋に刃をすべらせた。

しゅう、と音をたてて煙のような血飛沫が噴き、風に巻きあげられて闇の先へまぎれて消えた。噴きこぼれる血の音が聞こえ、引き斬ったそのままに甚之助はうずくまり、ゆっくり横倒しにくずれていった。

十一も金五郎も良源も、吹きつける風の中で動かなかった。

ひゅう、ひゅう……

と、風がうなり、中州の蘆荻が騒ぎ、焚火の炎が震え、船寄せの杭に結ばれた川縁の渡し船が波にゆれ、漆黒の天空には無数の星がきらめいていた。

良源の震える声が、経を唱えていた。

結　落陽

元文二年十二月初旬のある日、大岡忠相が江戸城芙蓉之間の隣の控室を出たところへ、忠相が寺社奉行に転出したあと、南町奉行職に就いた松波筑後守正春《まさはる》が、偶然、町奉行の詰める芙蓉之間より出てきた。

忠相は松波に黙礼を投げ、いきすぎようとするのを、松波が呼び止めた。

「大岡さま、お待ちください」

松波は、ひと重瞼の細い目を忠相へ冷《ひや》やかに向け、頰が垂れてわずかな隙間のできた紫がかった閉じた唇を尖らせて、忠相の行手を阻むかのように数歩手前に立った。

松波は、紺の裃《かみしも》を着けた中背の背中を丸め、忠相に対して身体をやや斜にしながら、忠相へ向けた冷やかな、作り物のような目をそらさなかった。

「少々、よろしゅうござるか」

松波はやや声が高い。

「では、部屋にて」

忠相が言うのを松波は即座に遮り、

「立ち話で済む用件でござるゆえ、ここで。御用でもありませんので」

と、芙蓉之間と中庭に沿う縁廊下の間の入側《いりかわ》から動かなかった。

「さようでござるか。それでは、先月、松波さまにお伝えした、享保十八年の指物職人の与佐の、八右衛門殺しの一件で？」

「いかにも。御用ではないとは言え、大岡さまのお申し入れゆえ打ち捨ててもおかれず、目安方に念のために訊きとりをさせましたところ、吟味方の与力衆はみな困惑しておるばかりにて、はかばかしい返答は得られませんでした。すなわち、一件の顚末がお仕置始末帳に記した以外の事実や証拠、証言があるかないかの再調べは、下手人と断ぜられ大岡さまのお裁きを受けた与佐はすでになく、のみならず、一件の掛であった定廻りの前波甚之助は、あろうことかあるまいことか、江戸を欠け落ちいたし、大岡さまの内々のお調べではすでに没しておるのであれば、再調べのしようがない。のみならず、あの一件で与佐を下手人と差口した広助、五平、道三郎の三名についても、新たな証拠も証言もないのにお縄にして、お上に偽りを申したな、事実を吐けと拷問することなどできるはずもなく、もはや再調べなど無益と、いかにももっともな返答でございました」

「はあ。いたしかたございませんな」

忠相はこたえた。

「与力衆はこうも申しておりました。大岡さまがそのようにご不審を覚えておられたのであれば、五年前、下手人の与佐の吟味が行われておる折り、さらに念を入れて吟味いたすようにと命じておかれるべきであった。与佐の裁きは、五年前は間違ってはいなかった。あのとき明らかになっていた実事から判断し、あのお裁きはいたしかたなかった。あのときのお裁きが間違いであったとすれば、お裁きをくだされた大岡さまが責任を負われるべきでございましょう、とそのように」

その通りだと、責任を負うべきはわたしだと、忠相は思った。

「松波さま、余計なことを申し、ご厄介をおかけいたしました。まことに、ありがとうございました。それで納得、いたしました」

忠相は、ゆっくりとひとつ、松波に辞儀をした。

しかし、今はもう忠相の気鬱は治まっていた。かえって、気にかかることは増えていたものの、自分を責めて眠れぬ夜をすごすことも少なくなった。

「では……」

芙蓉之間の入側をいきかけると、松波は忠相の行手を阻むかのような斜のかまえを変えず、さらに言った。

「先だって、稲生さまと言葉を交わす機会がございましてな。大岡さまが町奉行より寺社奉行に栄転なされて一年と数ヵ月になりますが、どうも、大岡さまは今なお町奉行職に未練がおありと申しますか、物好きと申しますか、町家の事情を窃《ひそか》にいろいろと探っておられるようでござると、稲生さまが申されておられた。素性の知れぬ者や寺社奉行職の大岡さまとは身分の釣り合わぬ者らが、外桜田の大岡邸にしばしば出入りしているとか、噂がたっておるそうでござる。大岡さまのご身分に障りになるような事態が起こらねばよいが、と稲生さまが懸念しておられた。大岡さまはすでに六十をすぎておられる。歳相応、ご身分相応のおふる舞いに気を遣われてはいかがか。物好きもほどほどになされたほうが、御身のためではございませんか。年寄の冷水とも申しますのでな」

松波は嫌みな物言いをし、冷笑を見せた。

松波の言う稲生とは、北町奉行の稲生正武である。

南町奉行の松波正春も北町奉行の稲生正武も、勘定奉行をへて町奉行に就き、忠相が中心になって推進した去年の元文金銀御吹替の施策に、御吹替に反対する両替商と大商人らのために奔走した。

松波も稲生も、きれ者と自認してはばからない幕府の高官である。

「ご助言、肝に銘じます」

忠相は顔が赤らむのを、ほのかな笑みに隠した。

松波の傍らをいきすぎるとき、ふん、と松波のわざとらしい鼻息が聞こえた。

忠相は気にかけなかった。気に入らぬのであろう、そういうこともあると思った。

その日の午後八ツすぎ、忠相は外桜田の屋敷に戻った。

下城した裃姿のまま、幕府勘定所より派遣されている手付の松亀柳太郎のその日の報告を長々と聞かされた。

それがようやく済んで松亀が退ってから、肌着に帷子と唐茶色の綿入れ、上に袖なしを羽織の不断着に替え、居室の庭側へ向いた文机について日記に筆を走らせた。

若党の小右衛門が用意した陶の火鉢に炭火が熾り、五徳にかけた黒い鉄瓶のそそぎ口から、ほどなく白い湯気が淡くのぼり始めた。

日記には、今日の城中での出来事を記し、最後に松波正春と交わした立ち話の子細を書き添えた。

日記を書き終えたころ、南向きの縁側に閉てた腰付障子に、西のほうの空の夕焼けが薄赤く映っているのに気づいた。

忠相は筆をおき、腰付障子を少し引いた。

先だって、初雪がちらちらと舞ったが、あれから雪は降らない。

二台の石灯籠に、山吹の灌木やすっかり葉を散らした欅の高木を土塀が囲い、土塀の上の、まだ青い空に浮かぶ白雲の片側に、西の彼方の夕焼けが映っていた。

庭のどこかで、四十雀が忙しそうにさえずっている。

「物好きもほどほどに、か」

忠相はため息をついた。そのとき、

「旦那さま、雄次郎左衛門でござる」

と、次之間の間仕切ごしに声がかかった。

「入れ」

間仕切の襖を開け、岩の座像のようなずんぐりむっくりの短軀に、濃い鼠色の羽織と縞袴を着けた雄次郎左衛門が、ずるずるとにじり入ってきた。

「どうした。何か用か」

忠相は雄次郎左衛門の白髪に眉毛も白い福々しい丸顔へ、先に声をかけた。

「用ではございません。旦那さまのご機嫌はいかが遊ばされますかなと、ただのご機嫌うかがいでございます」

「機嫌？　いつもと変わらぬ。よくもなし、悪くもなしだ。何かあったか」

「いえ、何かあったというわけではございません。ですが、小右衛門が旦那さまが少し沈んでおられますと申しておりましたので、御城で何かおありだったのかな、と気にかかりましたもので」

「ふむ。そう見えたのか。そうか」

あれ式のことがすぐ顔に出るとは修行が足りぬ、と忠相は苦笑を庭へ投げた。

忠相は松波正春と交わした立ち話を、雄次郎左衛門に聞かせた。

雄次郎左衛門は、うむうむ、とか、ああ、とか、操り人形のように頷いたり、首をひねったり、溜息を吐いたりした。

「なるほど。さようでしたか。よろしいではございませんか。松波さまや稲生さまの申されそうなことでございます」

「気にはしていない。ただ、罪を犯しても罪をまぬがれる者がいる。罪を犯さぬのに罰せられる者もいる。わたしはそれを正すことができなかった。そう思うだけだ」

「お気になされますな。旦那さまおひとりが負い目に思われたとて、どうにもなるものでもございません」

「だから、物好きもほどほどにと、嫌みを言われた」

「そうではございません。与佐の裁きは、五年前は間違ってはいなかった。あのとき明らかになっていた実事から判断し、あのお裁きはいたしかたなかった。それはその通りでございましょう。けれど、五年たとうが百年たとうが、間違いが間違いでなくなるのではございません。いたしかたなかったとしても、間違いは間違いでござる。旦那さまがそれを負い目に思われ、仮令、物好きと嫌みを言われ、そしられようと、その物好きを通されたことは正しいのでござる。しかしながら、完全無欠の人などおりませんし、そんな世の中もございませんと、それがしは申したいのでござる。正しいと思うことをなされたご自分を、どうにもならぬ無益なことをしたとそしる方々がおられようと、お気になされますなと、申しあげたいのでござる」

「雄次郎左衛門は、いつもわたしの味方をしてくれるから、ほっとする」

「生きておる限り、どこまでもお味方いたしますとも」

「それは、心強い」

二人は、冬の夕方の静けさにまぎれそうな笑い声をたてた。

庭のどこかで、四十雀が鳴いている。

「十一は、あれから姿を見せぬな」

忠相は言った。

「さようですな。年始の挨拶には参るでしょうが、その前に一度、駒込の鷹匠屋敷にどうしておるか様子を見にいってみましょう」

「来年は、十一の扶持を少し増やしてやりたいと思っている」

「それはよろしゅうございます。あの男の、無邪気に喜ぶところが可愛らしい。いっそのこと、家臣にとりたてられてはいかがで」

「ふむ、家臣にな。あの男、武家奉公の枠に収まるのかな」

忠相は言い、庭を眺めて頬笑んだ。

表火之番衆の仲間広之進、すなわち広助と、塩町一丁目の酒亭の亭主の五平、八幡町の水茶屋の主人の道三郎は、与佐打首の真相がつまびらかになっても、その罪を咎められることはなかった。

ときは果敢なく流れていたし、証人も証拠もなく、三人が犯した罪を糺《ただ》す手だてはなかったからである。

しかしながら、三人がそれからつつがなく平穏に暮らし長く生きた、というわけではなかった。

年が明けた元文三年正月の末、八幡町の水茶屋の主人・道三郎は、客と茶汲女とが金銭の支払いでもめ事を起こし、それを収めるために客とかけ合ううち、なぜか急に激昂《げきこう》した客に匕首でひと突きにされ、あえない最期を遂げた。

塩町一丁目の酒亭の亭主の五平は、賭場とはしばらく縁をきっていたが、生来の博奕好きの気性を抑えられず、四谷伝馬町《よつやてんまちょう》二丁目の賭場に出入りし始め、ついには病みつきになった。

それから一年もたたぬうちに、博奕の借金がふくらんで首が廻らなくなり、塩町の酒亭は失い、内藤新宿の荷送業者の人足部屋にもぐりこんだ。

しかし、そこでも人足仲間らとの賽子博奕にのめりこみ、最後は襤褸着ひとつで人足部屋さえ逃げ出し、行方知れずとなった。

表火之番衆の仲間広之進こと広助の死は、不可解なものであった。

八幡町の道三郎が、水茶屋の客とのもめ事で刺された同じ元文三年の夏の夜ふけ、元鮫ヶ橋表町に近い鮫ヶ橋坂で、何者かに惨殺された広助の亡骸を、通りかかった夜廻りが見つけた。

財布は盗られていなかったので、物盗り強盗の類ではなかった。

元鮫ヶ橋表町の住人の中に、夜ふけに鮫ヶ橋坂のほうで複数の男らの口論する声が聞こえたという証言もあったが、仲間家の家人は、その夜ふけ、主人の広之進がいかなる用があって鮫ヶ橋坂のほうまで出かけたのか、子細を知らず、傍輩の表火之番衆らも思いあたる節はなかった。

仲間広之進の不可解な死は、誰かとささいな事が原因で口論になった末に斬られたのであろうと見なされたものの、その誰かはわからぬままであった。

御家人の仲間家は表火之番衆の役を解かれ、小普請に廻った。

いずれにせよ、広助、五平、道三郎のそれぞれの顚末が、大岡忠相の耳に聞けたのはのちのことである。

大岡忠相と岡野雄次郎左衛門が、古風十一のそれからの様子を少し気にかけた元文二年十二月の同じ夕方、十一が豊島《としま》村のほうまで歩き廻って捕えた餌差《えさし》用の小鳥を、駒込村の御鷹部屋に持っていくと、御鷹部屋の番人が、

「十一さま、驚きましたぞ」

と、そわそわとした様子で話しかけた。

「うん？　なんだい」

十一は、軽い口調で番人へふりかえった。

「斑《まだら》が、戻って参ったのです」

番人がふりかえった十一の眼差しを導くように、薄暗く、いく羽もの鷹の臭いのこもった御鷹部屋の奥を指差した。

「斑が」

十一は御鷹部屋の奥へ、足早に向かった。

「斑の部屋に入れておきました。幸い、新しい鷹がきておりませんでしたので」

と、十一のあとについてきた番人が言った。

金網の戸を閉じた斑の部屋に、斑が止まり木に止まっていた。

斑は十一を見つけ、すぼめた青灰色の両羽をゆっくりと広げて見せた。

「斑、戻ってきたのか。自由に、飛びたっていったのではなかったのか」

十一が話しかけると、斑は頬に黒色斑のある鋭い眼差しの相貌を左右へふり、両羽

を静かにすぼめた。

「斑なら、自由気ままにどこででも生きていけるのに」

「自由気ままと申しましても、いくら鷹でも隼でも生きるのは大変なのです。生きる苦労は同じでござる。御鷹部屋にいれば、食うには困りませんからな。自由気ままを手に入れたものの、斑もずいぶん苦労したのでしょう。腹が減って仕方なく、戻ってきたのですよ」

ははは……

と、番人が十一に並びかけて笑った。

「そうか。斑も苦労したか。ではまた、捉飼場へつれていってやるからな。もっともっと獲物を捉える訓練をせねばな。斑、屋敷へ戻ってまたあとでくるぞ」

十一は番人に餌差の小鳥を入れた袋をわたし、御鷹部屋を出た。

鷹匠屋敷は、駒込の野道の先に見える神明宮の杜《もり》の向こうに、茅葺屋根をつらねている。

十一が駒込の野道をいくと、はや晩冬の入日が西の空の果てにあって、駒込の台地へと沈みかけていた。

それに気づいて、十一は駒込の台地のほうへふりかえった。

すると。この地のすべてのものに輝かしい光をまき散らすかのように、落陽が真っ赤に燃え、十一の若い顔を赤く耀かした。

「ああ」

と、十一は落陽の美しさに息を呑んだ。

本書は文庫書下ろし作品です。

|著者|辻堂 魁　1948年高知県生まれ。早稲田大学第二文学部卒。出版社勤務を経て作家デビュー。「風の市兵衛」シリーズは累計200万部を超え、第5回歴史時代作家クラブ賞シリーズ賞を受賞、ドラマ化でも好評を博した。著書には他に「夜叉萬同心」シリーズ、「日暮し同心始末帖」シリーズ、単行本『黙《しじま》』など多数。本書は待望の新シリーズ、「大岡裁き再吟味」第1作となる。

落暉《ゆうひ》に燃《も》ゆる　大岡裁《おおおかさば》き再吟味《さいぎんみ》

辻堂《つじどう》 魁《かい》

講談社文庫

定価はカバーに
表示してあります

2021年8月12日第1刷発行

KODANSHA

発行者——鈴木章一
発行所——株式会社　講談社
東京都文京区音羽2-12-21　〒112-8001
電話　出版（03）5395-3510
　　　販売（03）5395-5817
　　　業務（03）5395-3615

Printed in Japan

デザイン—菊地信義
本文データ制作—講談社デジタル製作
印刷———大日本印刷株式会社
製本———大日本印刷株式会社

ISBN978-4-06-524190-5

講談社文庫刊行の辞

二十一世紀の到来を目睫に望みながら、われわれはいま、人類史上かつて例を見ない巨大な転換期をむかえようとしている。

世界も、日本も、激動の予兆に対する期待とおののきを内に蔵して、未知の時代に歩み入ろうとしている。このときにあたり、創業の人野間清治の「ナショナル・エデュケイター」への志を現代に甦らせようと意図して、われわれはここに古今の文芸作品はいうまでもなく、ひろく人文・社会・自然の諸科学から東西の名著を網羅する、新しい綜合文庫の発刊を決意した。

激動の転換期はまた断絶の時代である。われわれは戦後二十五年間の出版文化のありかたへの深い反省をこめて、この断絶の時代にあえて人間的な持続を求めようとする。いたずらに浮薄な商業主義のあだ花を追い求めることなく、長期にわたって良書に生命をあたえようとつとめるところにしか、今後の出版文化の真の繁栄はあり得ないと信じるからである。

同時にわれわれはこの綜合文庫の刊行を通じて、人文・社会・自然の諸科学が、結局人間の学にほかならないことを立証しようと願っている。かつて知識とは、「汝自身を知る」ことにつきていた。現代社会の瑣末な情報の氾濫のなかから、力強い知識の源泉を掘り起し、技術文明のただなかに、生きた人間の姿を復活させること。それこそわれわれの切なる希求である。

われわれは権威に盲従せず、俗流に媚びることなく、渾然一体となって日本の「草の根」をかたちづくる若く新しい世代の人々に、心をこめてこの新しい綜合文庫をおくり届けたい。それは知識の泉であるとともに感受性のふるさとであり、もっとも有機的に組織され、社会に開かれた万人のための大学をめざしている。大方の支援と協力を衷心より切望してやまない。

一九七一年七月

野間省一

講談社文庫 最新刊

- 神楽坂 淳『あやかし長屋〈嫁は猫又〉』
  江戸で妖怪と盗賊が手を組んだ犯罪が急増した。奉行は妖怪を長屋に住まわせて対策を！
- 夏原エヰジ『Cocoon5〈瑠璃の浄土〉』
  最強の鬼・平将門が目覚める。江戸を守るため、瑠璃の最後の戦いが始まる。シリーズ完結！
- 石川智健『20《ニジュウ》〈誤判対策室〉』
  ドラマ化した『60 誤判対策室』の続編にあたる、ノンストップ・サスペンスの新定番！
- 谷口雅美『殿、恐れながらブラックでござる』
  パワハラ城主を愛される殿にプロデュース。凄腕コンサル時代劇開幕！〈文庫書下ろし〉
- 上野 歩『キリの理容室』
  憧れの理容師への第一歩を踏み出したキリ。でも、実際の仕事は思うようにいかなくて!?
- 後藤正治『拗《す》ね者たらん〈本田靖春 人と作品〉』
  「戦後」にこだわり続けた、孤高のジャーナリストを描く傑作評伝。伊集院静氏、推薦！
- 藤田宜永『女系の教科書』
  夫婦や親子などでわかりあえる秘訣を伝授！エスプリが効いた慈愛あふれる新・家族小説。
- リー・チャイルド 青木 創 訳『宿敵(上)(下)』
  十年前に始末したはずの悪党が生きていた。復讐のためリーチャーが危険な潜入捜査に。

講談社タイガ

- 秋《あき》保《う》水《すい》菓《か》『謎を買うならコンビニで』
  コンビニの謎しか解かない高校生探偵が、トイレで発見された店員の不審死の真相に迫る！
- 飯田譲治 協力 梓 河人『NIGHT HEAD《ナイトヘッド》 2041(上)』
  超能力が否定された世界。翻弄される二組の兄弟の運命は？ カルト的人気作が蘇る。
- 汀 こるもの『探偵は御簾《みす》の中〈鳴かぬ螢《ほたる》が身を焦がす〉』
  京《みやこ》で評判の鴛鴦《おしどり》夫婦に奇妙な事件発生、絆《きずな》の危機迫る。心ときめく平安ラブコメミステリー。